Alina Bronsky
Spiegelkind

Alina Bronsky

Spiegelkind

Arena

Für Franka

2. Auflage 2012
© 2012 Arena Verlag GmbH, Würzburg
Alle Rechte vorbehalten
Covergestaltung: Frauke Schneider
Gesamtherstellung: Westermann Druck Zwickau GmbH
ISBN 978-3-401-06798-8

www.arena-verlag.de
Mitreden unter forum.arena-verlag.de

Prolog

»Du musst mir helfen«, sagt er. »Ohne dich bin ich verloren. Wenn du es tust, wenn du bei mir bleibst, wenn du mich rettest, dann wirst du es niemals bereuen. Ich werde dich niemals im Stich lassen, ich verspreche es. Ich werde dich beschützen.«

»Du weißt, was passiert, wenn du das Versprechen brichst«, sagt sie. »Das habe nicht ich mir ausgedacht, das steht im Gesetz.«

»Ich habe gehört, ihr macht eure Gesetze selber«, sagt er.

»Das ist falsch.«

Stille.

»Aber du willst es doch auch«, sagt er schließlich.

Sie schweigt.

Sie sitzen im Dunkeln und sie sind jünger als heute. Ich kann ihre Gesichter nicht sehen. Aber die Art, wie sie den Kopf neigt, wie er die Schultern hochzieht, ich würde sie beide mit niemandem auf dieser Welt verwechseln.

Diese sehr junge Frau ist meine Mutter. Der Mann ist mein Vater.

Ich öffne die Augen, es ist Nacht, ich liege in meinem Bett, unter meiner Decke. Die beiden Narben an meinen Schulterblättern jucken. Ich habe nicht geträumt. Ich bin gerade irgendwo gewesen und habe etwas gesehen, was ich nicht sehen sollte.

Etwas, was mit dem zu tun hat, wer ich bin. Etwas, was ich nicht wissen darf.

Das Verschwinden

»Schau lieber nicht hin«, sagte mein Vater und versperrte mir den Weg.

»Wieso?«, fragte ich und versuchte, unter seinem linken Arm durchzuschlüpfen, mit dem er sich am Türpfosten abstützte. Es war mir fast gelungen, doch dann hielt er mich an der Kapuze fest.

»Jetzt lieber nicht.«

»Aber wieso?« Ich schüttelte den Kopf, um mich aus seinem Griff zu befreien. Normalerweise berührte er mich gar nicht.

Mein Vater ließ die Kapuze los, legte mir dafür beide Hände auf die Schultern. Sie fühlten sich schwer an. Mein Vater war dünn und hochgewachsen, kein kräftiger Mann, eher der Typ Trauerweide. Jetzt bückte er sich zu mir runter, um mir in die Augen zu schauen. Ich starrte zurück. Er sah wieder weg.

»Was soll das alles?« Ich schüttelte seine Hände ab. »Was tust du überhaupt hier?«

»Juli«, sagte er, diesmal ohne mich anzusehen. »Ich muss dir etwas sagen.«

Das hatte ich mir schon gedacht, so merkwürdig, wie er sich verhielt. Außerdem hatte er hier an diesem Tag gar nichts zu suchen. In dieser Woche war meine Mutter dran. Mein Vater sollte in ihrer Zeit nicht auftauchen und umgekehrt auch. Das war eine Vereinbarung, die von ihren Anwälten ausgehandelt und von meinen Eltern im Gerichtssaal unterschrieben worden war.

Sie wurde nur im Notfall außer Kraft gesetzt.

Mein Herz schlug gegen meine Rippen, als hätte ich unseren Kanarienvogel Zero verschluckt. Ich riss mich zusammen, um mir meine aufsteigende Angst nicht anmerken zu lassen.

»Juli, mein Mädchen.« Mein Vater sprach mit ungewöhnlicher Zärtlichkeit. »Ich muss dir etwas sagen. Es ist etwas Schlimmes passiert.«

Ich riss mich los und schoss an ihm vorbei ins Innere des Hauses.

Ich rannte durch den Flur, der dunkel war, weil alle Türen geschlossen waren. Ich konnte kaum etwas sehen. Draußen hatte grell die Sonne geschienen. Ich stolperte geblendet über die Schuhe, die meine Geschwister Jaro und Kassie abgeworfen und mitten im Weg liegen gelassen hatten. In den Wochen mit meiner Mutter lagen die Dinge einfach rum. In den Wochen meines Vaters standen alle Schuhe im Schuhschrank, alle Tassen im Küchenschrank, mit den Henkeln in die gleiche Richtung gedreht, und alle Zeitungen steckten nach Datum sortiert im Zeitungsständer.

Ich riss die Wohnzimmertür auf.

Dieses Chaos hätte selbst meine Mutter mit uns drei Geschwistern zusammen nicht anrichten können.

Die Zeitungen bedeckten im wirren Durcheinander den Boden. Die Blumentöpfe waren alle umgeworfen, dazwischen lag verstreute Erde, die Stängel der Pflanzen waren abgebrochen und einzelne Blütenblätter flogen umher, was dem Raum eine unpassende Festlichkeit verlieh. Jemand hatte die Bücher aus den Regalen gerissen und die Schubladen aus ihren Verankerungen. Die Tür von Zeros Käfig stand offen. Der Käfig war leer, nur eine einzige gelbe Feder klebte am Gitter und flatterte im Luftzug.

Ich drückte den Rücken gegen den Türpfosten, rutschte

langsam herunter und biss mir vor Aufregung in die Hand. Einbrecher. Bei uns war eingebrochen worden.

Mein Vater kam rein und hockte sich neben mich.

»Du solltest so etwas Schreckliches nicht sehen«, sagte er.

Ich sah ihn an und er wich zurück.

Keine Ahnung, wann genau es angefangen hatte, aber irgendwas zwischen uns lief nicht mehr so gut wie früher. Als ich klein war, hatte ich meinen Vater unglaublich bewundert. Später hatte ich ihn einfach nur geliebt und irgendwann hatte ich mich dabei ertappt, dass ich ihn bemitleidete. Es hatte ihn ziemlich umgehauen, als meine Mutter beschlossen hatte, ihn zu verlassen.

Nach der Trennung brach er schon mal am Frühstückstisch in Tränen aus, völlig unvermittelt, während meine Geschwister und ich den Blick verlegen auf unsere Vollkorncroissants senkten. Er erzählte sogar den Nachbarn auf der Straße, wie schlecht es ihm und uns allen ginge und wie schrecklich sich unsere Mutter verhalten hätte, indem sie aus heiterem Himmel beschloss, unsere heile Familie zu verlassen. Damit legte er ein Verhalten an den Tag, das er bei anderen als skandalös bezeichnet hätte.

Das mit dem heiteren Himmel stimmte auch überhaupt nicht – bei uns zu Hause hatte es schon seit Jahren nach Gewitter gerochen, nach elektrisch geladener Luft, mit Donnergrollen im Hintergrund. Auch hatte Mama zwar unseren Vater verlassen, nicht aber die Familie. Jaro, Kassie und ich waren schließlich auch noch da und meine Mutter hatte nicht vor, sich nach der Trennung weniger um uns zu kümmern als vorher.

Trotzdem war ich am Anfang sauer auf sie gewesen, weil mein Vater ihretwegen so leiden musste. Aber irgendwann hatte ich keine Lust mehr darauf, ihn ständig zu trösten. Er war einmal zu oft in mein Zimmer gekommen, als ich schon fast eingeschlafen war, hatte mich geweckt und zu erzählen begonnen, wie einsam er war und dass ich mich als seine älteste Tochter jetzt mehr um ihn kümmern müsste. Was unlogisch war, denn bis dahin hatte er noch gepredigt, ich soll unbeschwert die letzten Jahre meiner Kindheit genießen, bevor der Ernst des Lebens käme. Ich bräuchte mich im Gegensatz zu ihm noch um nichts zu kümmern, außer zur Schule zu gehen und mich an ein paar Regeln zu halten. Er habe es in meinem Alter nicht so gut gehabt und ich solle mich glücklich schätzen.

Wahrscheinlich hatte er sogar recht: Außer der Trennung meiner Eltern gab es lange Zeit nichts, was mich hätte stressen können. Zur Schule fuhr ich mit dem Schulbus, danach kam ich nach Hause. Der Haushalt machte sich, wie es mir schien, von alleine. Ich musste nie auf meine kleinen Geschwister aufpassen – das taten meine Eltern oder Großeltern. Ich ging niemals Lebensmittel einkaufen und hatte noch nie im Leben etwas gekocht. Das Einzige, was ich gelegentlich aufräumen musste, war mein eigenes Zimmer.

Manchmal war es fast ein wenig langweilig.

Als mein Vater angefangen hatte, von mir Fürsorge einzufordern, versuchte ich erst, es ihm recht zu machen. Ich kümmerte mich um ihn, so gut ich konnte. Ließ mir von ihm den Kopf streicheln, mich mit weinerlicher Stimme seinen größten Schatz nennen, reichte ihm auch nachts um halb zwei die parfümierten Papiertaschentücher, die seine Firma herstellte und die wir in großen Mengen und allen Duftrichtungen zu Hause hatten. Und hörte dabei langsam auf, ihm zu glauben.

Denn ich wusste nur zu gut, dass er anders sein konnte. Mein

Vater arbeitete in der Geschäftsführung des Hygieneartikel-Konzerns HYDRAGON und als kleines Kind war ich ungeheuer beeindruckt gewesen, wenn ich ihn im Büro besuchen durfte. Dort hatte ich zum ersten Mal mitbekommen, wie mein Vater seine Stimme ändern konnte, je nachdem, mit wem er gerade sprach. Mit seiner Sekretärin herrisch oder kühl. Mit einigen Kollegen so herzlich, als würden sie zu unserer Familie gehören. Und einmal hatte ich sogar etwas schier Unglaubliches beobachtet: Im Gespräch mit einem winzigen runzligen Mann hatte es mein Vater durch eine interessante Verschränkung der Beine und gebeugte Haltung tatsächlich geschafft, sich unauffällig einen ganzen Kopf kleiner zu machen. Diesem Mann gehörte der Konzern.

Irgendwann begann ich, mich zurückzuziehen, wenn Papas Woche anbrach und er mit einem Koffer in das Haus einzog und mit unserer Mutter in der Küche wichtige Dinge absprach, bevor sie mit ihrer Tasche ging. Sie nannten das »Übergabe«, als wären wir Pakete mit dem Aufkleber »Vorsicht, Glas!«.

»Deine Mutter ist verschwunden«, sagte mein Vater und das sagten auch die Polizisten, die das Chaos mit Blitzlicht fotografierten. Ein Polizeiauto parkte vor der Tür und ein Mann saß bei uns in der Küche. Man sagte mir, ich solle sitzen bleiben und die Beamten ihre Arbeit machen lassen, und da saß ich nun und einer der Polizisten erzählte mir irgendwas über seinen Neffen, der fast so alt war wie ich, nämlich dreizehn, und sensationell Tennis spielte.

»Ich bin nicht dreizehn, ich bin fünfzehn!«, sagte ich sauer. »Und meine Mutter ist nicht einfach verschwunden. Hier ist doch etwas Schreckliches passiert, das würde selbst ein Blinder sehen.« Zu den Tenniserfolgen des Polizistenneffen hätte ich mich auch unter besseren Umständen nicht geäußert. Ich hasste Tennis. Es gab leider auch keinen anderen Sport, in dem ich gut war. Aber der Polizist tat die ganze Zeit so, als würde er mich nicht hören. Wahrscheinlich hatte er eine Fortbildung belegt zum Thema, wie man Jugendlichen nach einem Verbrechen das Gehirn zu Brei zerredet, damit sie bei der Ermittlungsarbeit nicht stören.

Ich aber wollte helfen. Ich wollte, dass sie sich sofort an die Arbeit machten und meine Mutter fanden. Menschen konnten nicht einfach verschwinden, nicht am helllichten Tage aus dem eigenen Haus. Nicht in unserer Zeit – der Zeit der totalen Normalität.

Also stand ich immer wieder auf und rannte zu den Polizisten, die durch das Haus liefen und Teppiche anhoben und hinter Spiegel schauten, als würde sich meine Mutter dahinter verstecken.

»Heute Morgen war hier alles noch okay, Mama hat uns Frühstück gemacht, sie war gut drauf und sie wollte den ganzen Tag malen.« Jede Kleinigkeit konnte wichtig sein, in meinem Gehirn ratterte es auf der Suche nach Details, die helfen könnten, das alles zu erklären.

Sie hörten mir nicht zu. Überhaupt nicht. Sie versammelten sich im Wohnzimmer, wechselten Blicke und was taten sie dann? Ich traute meinen Augen nicht. Sie fingen an aufzuräumen. Sie hoben die Bücher auf und stellten sie ins Regal. Mein Vater verzog das Gesicht, denn er hatte es lieber, wenn die Buchrücken alphabetisch geordnet waren, aber das konnten die Polizisten nicht wissen.

Einer von ihnen kam mit einem kleinen Handbesen. Es war komisch zu sehen, wie dieser große Mann sich hinhockte, um die verstreute Blumenerde von unseren Fliesen zu kehren. Ein anderer hob die Zeitungen vom Boden auf und stapelte sie auf der Fensterbank. Ein dritter guckte verdattert in Zeros Käfig, als könne er nicht glauben, dass der Käfig tatsächlich leer war. Dann schloss er mit einem bedeutungsvollen Gesichtsausdruck das Türchen.

Ich schoss ins Wohnzimmer und riss die Käfigtür wieder auf. »Die muss offen bleiben, falls Zero zurückkommt«, sagte ich. Zero war oft unterwegs, meine Mutter machte ihm immer das Fenster auf und er hatte jedes Mal den Weg zurück nach Hause gefunden.

Mein Vater sah mich kopfschüttelnd an. »Ich hab doch gesagt, du sollst in deinem Zimmer bleiben.«

»Ich dachte, du hast gesagt, in der Küche.« Was spielte es für eine Rolle, wo ich war, wenn meine Mutter verschwunden war und jemand unser Haus verwüstet hatte?

»Ich dachte außerdem noch, dass man nach einem Verbrechen keine Spuren vernichten darf?« Ich sagte es leise, aber sie hatten es trotzdem gehört. Es fühlte sich an, als ob es im Zimmer schlagartig kälter geworden wäre. Alle hörten für einen Moment auf, zu fegen und Zeitungen nach Datum zu sortieren, und starrten mich an.

»Wer spricht denn von einem Verbrechen, Schätzchen?«, fragte einer der Polizisten, ein dicklicher Mann mit rosafarbener Glatze und drei Sternchen auf dem Ärmel.

Ich versuchte, mich an den Unterricht der Gesetzkunde an meinem Lyzeum zu erinnern. Hilfreicher waren jetzt allerdings die Krimis, die mein Vater manchmal abends im Unterhaltungskanal guckte. Seit ich vierzehn war, durfte ich dabei im Zimmer bleiben.

»Wenn ein Mensch gewaltsam entführt wird, ist es ein Verbrechen«, sagte ich verunsichert.

»Wer spricht denn von einer gewaltsamen Entführung, meine Süße?«

Ich sah von einem Polizisten zum anderen. Ihre Gesichter glänzten. Noch nie hatte mich jemand so angeredet.

»Ich«, sagte ich. »Ich spreche davon. Jemand hat meine Mutter entführt und bei der Gelegenheit das Zimmer verwüstet. Das ist doch klar wie Kloßbrühe.«

Die Polizisten sahen sich an und lachten. Es klang gutmütig, aber irgendetwas an diesem Lachen machte mir Angst.

Der dickliche Mann mit der Glatze kam auf mich zu. Jetzt stand er ganz dicht vor mir, was strategisch nicht geschickt von ihm war. Er war ziemlich klein und ich überragte fast alle meine Mitschüler. Deswegen ging ein Gutteil seiner Überheblichkeit verloren, als er mir die Schulter tätschelte und sehr, sehr gutmütig sagte: »Es gibt keinerlei, wirklich keinerlei Hinweis darauf, dass deine Mami Opfer einer Gewalttat geworden ist, mein Schätzchen.«

»Aber sie ist offenbar verschwunden. Spurlos. Oder etwa nicht?« Ich versuchte, ruhig und vernünftig zu klingen, was mir nicht gerade leichtfiel.

Der Mann strahlte und tätschelte mich noch ein bisschen. Meine Schulter juckte. Ich hatte Sorge, dass seine Finger abrutschten und meine Narbe neben dem linken Schulterblatt berührten. Dann hätte ich reflexartig zugeschlagen – an keiner anderen Stelle war ich so empfindlich.

Das durfte aber auf keinen Fall passieren. Ich hatte mir schon zu viel herausgenommen. Schließlich war ich darauf angewiesen, dass diese Polizisten mit den gleichgültigen Augen aufhörten, mich zu verspotten, und anfingen, meine Mutter zu suchen. Also musste ich mich zusammenreißen und wenigstens höflich sein.

Auf dem Lyzeum hatten wir ein Nebenfach, das Konfliktvermeidung hieß. Obwohl es freiwillig war, hatte mein Vater darauf bestanden, dass ich es belegte. Der Unterricht bestand hauptsächlich daraus, einfache Zusammenhänge in möglichst gewundenen Sätzen zu formulieren – so lange, bis der Gesprächspartner vergessen hatte, worum es überhaupt ging. Mein Vater argumentierte, in den Zeiten der Normalität gehöre es zu den wichtigsten Kompetenzen überhaupt. Dabei suchte ich auch sonst nicht gerade Streit, weder auf dem Lyzeum noch zu Hause.

Wahrscheinlich war Konfliktvermeidung das Lieblingsfach meines Vaters in der Schule gewesen, denn bei den Streitereien mit meiner Mutter hatte er nie eine besonders gute Figur gemacht. Sie dagegen konnte richtig laut werden. Manchmal krachten Teller gegen die Tapete, während mein Vater seinen Kopf mit den Händen schützte und meine Mutter mit hoher Stimme an die dünnen Wände in unserer Straße erinnerte. Als ob sie in solchen Momenten klar denken konnte.

»Deine Mutter ist nicht da, na und?«, sagte jetzt der Polizist. »Weißt du, meine Kleine, es passiert manchmal, dass Frauen keine Lust mehr haben und einfach gehen. Wenn du erwachsen bist, wirst du das besser verstehen.« Er lachte.

»Und wer hat hier dann gekämpft?«, fragte ich.

»Wo?« Der Mann in der Uniform sah sich um. Ich folgte seinem Blick und bekam das Gefühl, dass man mich übel reingelegt hatte. Das Zimmer sah inzwischen fast so aus wie immer, nur Zeros Tschilpen fehlte.

»Ich hab es doch mit meinen eigenen Augen gesehen«, sagte ich. »Hier war alles komplett verwüstet.«

Der Polizist winkte ab. »Ach das. Nichts weiter als ein Hausdieb, ein armseliger Freak, der durchs offene Fenster geklettert ist und Geld und Elektronik gesucht hat. Wahrscheinlich war er wütend, dass er nicht so viel finden konnte wie erhofft, und hat ein paar verärgerte Grüße hinterlassen. Das kennen wir zur Genüge. Die Drogenabhängigen unter den Freaks werden zu immer größerem Problem.« Der Polizist seufzte und hob einen zerrissenen Buchrücken hoch, den seine Kollegen auf dem Boden übersehen hatten.

Ich schwieg. Was sollte ich dazu auch sagen?

Ein Hausdieb, der in ein Haus in unserer Gegend einbricht, und das zu einer Tageszeit, in der alle Frauen das Essen kochen und aus den Küchenfenstern jedem neuen Autokennzeichen auf der Straße nachgaffen? Das musste, wennschon, ein sehr blöder Hausdieb gewesen sein. Oder ein komplett zugedröhnter.

»Jetzt wird zur Sicherheit noch das Schloss ausgetauscht und dann ist alles wieder normal«, sagte der Polizist und die Goldzähne leuchteten so grell in seinem Lächeln auf, dass ich die Augen schloss.

»Und meine Mutter?«, fragte ich.

»Tja, Mamas kommen, Mamas gehen.« Er brach in schallendes Gelächter aus, das wohl sogar meinem Vater zu viel war.

»Geh auf dein Zimmer und mach deine Hausaufgaben«, sagte er brüsk, als wäre ich an allem schuld. Ich tat, was er sagte, weil ich nicht wollte, dass jemand von ihnen meine Tränen sah.

Eine Phee

Ich wollte zu gern glauben, dass meine Mutter freiwillig aus dem Haus verschwunden war und bald wiederkommen würde. Aber sosehr ich mich auch um diese Vorstellung bemühte, sie schien einfach absurd. Ich hatte nicht einmal einen Hausschlüssel dabei und meine Mutter wusste das. Sie ging so gut wie nie aus dem Haus. Am Morgen hatte sie noch vorgehabt, den ganzen Tag zu malen, bis wir aus der Schule kamen. Zuerst Kassie und Jaro, weil ich an diesem Tag normalerweise Nachmittagsunterricht hatte, der aber diesmal ausgefallen war. Meine Mutter war zuverlässig, auch wenn mein Vater gern versuchte, sie als jemanden darzustellen, der am Abend nicht mehr wusste, was er am Morgen gesagt hatte.

»Hör auf, so von ihr zu reden!«, brüllte ich, als unser Vater am Abend nach Mamas Verschwinden meinen kleinen Geschwistern erzählte, dass unsere Mutter höchstwahrscheinlich spontan zu einer Reise aufgebrochen sei. Sie neige ja zu schrägen Ideen, sagte er, vielleicht habe sie jemanden kennengelernt, man wisse nie, was in ihrem Kopf vorginge.

In meinem eigenen Kopf pulsierte es vor Wut.

Mein Vater und meine beiden Geschwister saßen am Küchentisch, Jaro mit gerundeten Augen, angespannt wie ein Flitzebogen, Kassie zurückgelehnt, ein Auge zusammengekniffen. Mein Vater erzählte ihnen, was vorgefallen war. Seine Version davon. Er versuchte es jedenfalls. Ich ging dazwischen, ich konnte das nicht mit anhören.

»Das ist Schwachsinn. Mama hätte sich nie einfach so aus

dem Staub gemacht! Sie hat sich immer auf ihre Woche mit uns gefreut, und wenn du dran warst, hat sie uns vermisst! Sie hat uns bloß nicht ständig so vollgejammert wie du!«

Mein Vater hielt im Satz inne und sah mich mit einer Mischung aus Ärger und Überraschung an. Meine Geschwister schwiegen verängstigt und selbst ich war erstaunt darüber, wie ich plötzlich zu meinem Vater sprach. In diesem Ton hatte ich ihn noch nie angefahren. Ich war schließlich Elite-Lyzeistin, ich war gut erzogen.

Jaro und Kassie hatten sich, kaum zu Hause angekommen, sofort an unseren Vater geklammert. Trotz seiner halbherzigen Beteuerungen, er habe alles im Griff, konnte auch ihnen nicht entgehen, dass etwas Schlimmes passiert sein musste. Im Gegensatz zu mir glaubten sie ihm noch jedes Wort, aber es schien sie nicht zu trösten.

Ich hatte eigentlich vorgehabt, meinen Mund zu halten, wollte nichts von meinem Verdacht verraten, dass unserer Mutter etwas Schlimmes zugestoßen sein musste, nicht weinen, nicht wütend werden, um die Kleinen nicht noch mehr zu erschrecken. Sie sollten sich nicht so verlassen und elend fühlen wie ich. Trotzdem konnte ich mir nicht anhören, wie unser Vater derart dumme Lügen über unsere Mutter erzählte.

»Wenn du noch einmal so etwas sagst, rede ich überhaupt nicht mehr mit dir«, zischte ich ihm zu, bevor er Kassie auf den Arm nahm. Er trug sie gern herum. Und wenn unser Vater da war, verhielt sie sich wie ein Baby, obwohl sie es sonst faustdick hinter den Ohren hatte.

Irgendwie gelang es mir, diesen Tag zu überstehen, ein paar belegte Brote zu Abend zu essen, mir die Zähne zu putzen und mich ins Bett zu legen. Ich kroch unter die Decke und rollte mich zusammen, nachdem ich den Schlüssel im Schloss meiner Zimmertür mehrmals umgedreht hatte. Es war das erste Mal, dass ich mein Zimmer abschloss.

Ich hörte Jaro im Flur weinen. Er klopfte an meine Tür, aber ich hatte mein Kissen auf dem Kopf und versuchte einzuschlafen. Ich blieb liegen, während Jaro immer wieder klopfte. Ich konnte mich nicht um ihn kümmern, mir ging es schon schlecht genug.

Und dann lag ich doch die ganze Nacht wach und grübelte.

Ich gab jeden Versuch auf, noch einzuschlafen. Wieder und immer wieder ging ich durch, was ich heute erlebt hatte, vom ersten Moment an, in dem mir klar wurde, dass irgendwas schieflief.

Wahrscheinlich war das genau der Augenblick gewesen, als ich meinen Vater mittags in der Tür stehen sah. Ich hatte mich nicht gefreut, ihn zu sehen, weil es eben nicht seine Woche war. Eigentlich hatte ich mich sofort auf einen Streit zwischen meinen Eltern gefasst gemacht, denn ich hatte zuerst vermutet, dass mein Vater sich mal wieder nicht an die Abmachung gehalten hatte. Ab und zu tauchte er in Mamas Zeit auf, »nur so, zum Hallosagen«, hing in der Küche herum, wollte mit uns reden und machte uns alle nervös. Wir waren heilfroh, wenn er endlich wieder ging. Schließlich gab es die Vereinbarung und mein Vater war normalerweise ein großer Fan von Vereinbarungen, ganz besonders von schriftlichen.

Je länger ich wach lag und grübelte, desto weniger wollte ich glauben, dass meiner Mutter etwas Schlimmes zugestoßen war. Ich wollte es einfach nicht. Ich ging fest entschlossen davon aus, dass alles nur ein Missverständnis war, ein kleiner Unfall meinetwegen. Ein saublöder Hausdieb von mir aus, der Mama ... was? Einfach mitgezerrt hatte?

Es würde sich schon irgendwie aufklären, meine Mutter

würde nach Hause kommen, mein Vater würde wieder gehen und in seiner Woche einen Tag später übernehmen als ursprünglich geplant, als Ausgleich für seine Extrazeit mit uns.

Das war auch Teil der Vereinbarung: Jeder Elternteil durfte die aus schwerwiegenden Gründen verpasste Zeit nachholen. Mein Vater war zum Beispiel neuerdings ziemlich oft krank und dann kümmerte sich unsere Mutter auch in seiner Zeit um uns. Danach kam er zum Ausgleich für zwei Wochen am Stück.

Ich lag unter meiner Decke und grübelte und hatte noch keine Ahnung, dass in dieser Nacht, in der Sekunde, in der ich nach Hause gekommen war und an Mamas Stelle Papa entdeckte, dass genau dann meine Welt begann, sich auf den Kopf zu stellen. Es war nur eine leise Ahnung, dass mein Leben bis jetzt vielleicht gar nicht mein richtiges Leben gewesen war. Die Vorstellung machte mir Angst. Ich zog mir die Decke über den Kopf, einen Vorhang über jene meiner Gedanken, die mich verstörten.

Ich wollte gar nicht, dass sich irgendwas änderte. Ich war bereit, bis zum Morgen zu warten, und spätestens dann sollte alles bitte schön wieder normal werden. Ich wollte kein anderes Leben. Meins war okay, nicht aufregend, aber eben meins.

Wahrscheinlich fing ich bereits in dieser Nacht an, mich zu verändern. Aber das bekam ich nicht mit, denn mich selber ändern wollte ich noch weniger. Ich war schon immer Juliane Rettemi gewesen, Einserschülerin der inzwischen zehnten Klasse des Lyzeums, das zweitlängste Mädchen des Jahrgangs, das wegen des pausbäckigen Gesichts trotzdem gern für jünger gehalten wurde und in Sachen Geburtstagseinladungen nur ganz knapp unterm Durchschnitt lag.

Ich trug eine absolut normale Frisur (mittelbraun, schulterlang, leicht gestuft), hatte die gleichen Impfungen wie alle anderen Lyzeisten meines Alters, meine Zähne waren kariesfrei und meine Schultasche stammte vom einem beliebten Lederartikelhersteller. Ich konnte mich selbst nur an der Größe aus der Menge meiner Mitschülerinnen herausfiltern, wenn wir im Sport mal alle vor dem großen Spiegel aufgereiht standen.

Das Einzige, was mich von Gleichaltrigen unterschied, waren die beiden symmetrischen Narben an den Schulterblättern, jede etwa drei Zentimeter lang. Ich war als ganz kleines Kind gestürzt und hatte mich verletzt. Erinnern konnte ich mich nicht mehr daran. Manchmal juckten die Narben. Für den Schwimmunterricht zog ich einen Badeanzug mit extra breiten Trägern an, damit niemand etwas sehen konnte. Narben waren etwas für Freaks, die fanden so etwas schick. Mein Vater hatte mal erzählt, dass Freaks sich gern selbst mit Messern und Brandeisen verstümmelten, um noch mehr aufzufallen. Kein Wunder, dass sie ständig auf der Suche nach neuem Rauschzeug waren, um all das verkraften zu können. Ich mochte nicht, wenn mein Vater über diese Sekte redete, mir wurde übel davon.

Seit meine Eltern endlich beschlossen hatten, nicht mehr unter einem Dach zu leben, sondern abwechselnd für jeweils eine Woche in unser Haus einzuziehen, war mein Leben etwas entspannter geworden. In den Wochen meiner Mutter hatte sich eigentlich nicht viel verändert, nur der Streit und das geladene Schweigen fielen weg. In den Wochen meines Vaters wurde ich am Anfang von Mitleid zerrissen, aber trotzdem war das noch besser auszuhalten als die Stimmung all der Jahre, in den meine Eltern versucht hatten, uns Kindern zuliebe zusammenzubleiben.

Meinem Bruder Jaro und meiner Schwester Kassie ging es

nach der Trennung auch besser, zumindest vermutete ich das. Sie waren Zwillinge, sieben Jahre alt und seit dem Sommer in der ersten Klasse. Sie gingen in die Grundschule. Mein Lyzeum begann wie alle weiterführenden Schulen ab der fünften Klasse.

Die Zwillinge durften im Gegensatz zu mir noch ihre gewöhnliche Kleidung tragen. Ich dagegen hatte zwei Schuluniformen im Schrank hängen, eine schwarze für den Alltag und eine festliche, die aus einem dunkelblau-rot karierten Rock und Jackett bestand. Dazu einige weiße Blusen. Die Röcke gingen knapp bis zum Knie und in der schwarzen Uniform sah ich aus wie eine Krähe. Es gab kaum ein Mädchen, dem diese Kleidung stand, aber unser Schulleiter sagte bei jedem zweiten Morgenruf, dass wir stolz auf unsere Uniformen sein sollten – daran könne man jederzeit erkennen, welch elitäre Bildungseinrichtung wir besuchten und dass die Zukunft der Normalität in unseren Händen lag.

Die Zukunft interessierte mich gerade nicht über die Frage hinaus, wann ich meine Mutter wiedersehen würde.

Kurz bevor mein Wecker klingelte, war ich in den ersten unruhigen Halbschlaf gefallen. Mit dem Scheppern der Uhr schreckte ich wieder hoch, im Morgengrauen, mit pochenden Schläfen und Gedanken zäh wie angetrocknetes Kaugummi. Obwohl ich müde war, sprang ich sofort aus dem Bett. Die Nacht war vorbei und das machte mir Hoffnung. Ich wollte fest daran glauben, dass mit dem vergangenen Tag und der schlaflosen Nacht das Schlimmste überstanden war. Jetzt konnte es nur besser werden.

Ich beugte mich über das Geländer, sah aus dem ersten Stock, dass unten in der Küche ein Licht brannte und jemand mit Tellern und Besteck klapperte. Ich fiel fast die Treppe runter, schaffte es tatsächlich, auf den Antirutsch-Matten, die jede Treppenstufe absicherten, auszurutschen, eilte durch den Torbogen zu unserer Küche und entdeckte meinen Vater im Bademantel.

Er gähnte und schnitt Brot in Scheiben, sein Gesicht war grau und zerfurcht. Auch für ihn war es zu früh, er hatte morgens immer schlechte Laune.

»Hast du was Neues gehört?«, fragte ich.

Er sah auf. »Kannst du nicht wenigstens erst mal Guten Morgen sagen?«

»Guten Morgen«, sagte ich. »Hast du etwas gehört?«

»Von wem?«

Er schaute mich an, als wüsste er nicht, wovon ich redete. Er war ein schlechter Schauspieler und ich kochte innerlich.

»VON. MEINER. MUTTER. DIE. ENTFÜHRT. WORDEN. IST.«

»Wir haben uns doch drauf geeinigt, dass sie *nicht* entführt worden ist«, sagte mein Vater und nahm einen Schluck aus seiner Kaffeetasse.

»Wir haben uns *nicht* drauf geeinigt«, sagte ich. »Das kannst du vielleicht den Kleinen erzählen, aber doch nicht mir. Sie liegt jetzt ganz bestimmt nicht irgendwo am Strand im Liegestuhl!«

»Schrei nicht so rum, Juli«, sagte mein Vater. »Es ist noch so früh und ich habe Kopfschmerzen.«

»Ich gehe heute zur Polizei und frage noch mal nach«, sagte ich.

Er sah auf. »Wieso?«

»Ich hatte das Gefühl, die wollten sich gestern nicht wirklich um den Fall kümmern. Ich hatte das Gefühl, die halten uns für dumm.«

»Ach, Unsinn«, sagte mein Vater. »Niemand hält dich für dumm. Die Polizei hat nur ihre Arbeit getan. Es gibt überhaupt keinen Grund zur Panik. Sie sind Experten. Sie werden wohl besser als du wissen, was in solchen Fällen zu tun ist.«

»Von wegen! Sie haben doch regelrecht die Spuren verwischt.«

»Wo hast du bloß solche komischen Sprüche her?«

Ich zuckte mit den Schultern.

Mein Vater stellte seine Tasse auf den Tisch. »Du liest zu viel«, sagte er. »Und vor allem das Falsche.«

Er war schon immer der Meinung, dass ich zu viel Schund las. Er selber konsumierte ganz andere Dinge als ich. Meine Lieblingsromane und Filme nannte er Freak-Lektüre. Das hieß: reine Zeitverschwendung, und gefährliche dazu. Er war überzeugt davon, dass meine Bücher mir eine Wirklichkeit vorgaukelten, die vom normalen Leben ablenkte. Er selber las viel Zeitung und Sachbücher, die mit seiner Arbeit zu tun hatten, sonst noch philosophische Abhandlungen über das Prinzip der Normalität und immer wieder Krimis. Zudem hatte er eine Vorliebe für Katastrophenromane. Es war mir ein Rätsel, warum er die fantasievollen Cover meiner Bücher als widerwärtig bezeichnete, während ich von den bluttriefenden und grässlich realistischen Umschlägen auf seinem Nachttisch einen Würgereiz bekam.

Die meisten Romane zu Hause gehörten meiner Mutter. Es waren fast alles sehr alte Bücher, provozierend unmodern in Größe und Gestaltung. Ab und zu blätterte ich in einem von ihnen, aber ich verstand nicht viel. Das Schriftbild war schwer zu entziffern und machte mir nach wenigen Sekunden Kopfschmerzen. Und nicht nur mir. Als meine Mutter ausgezogen und Papas erste Woche angebrochen war, kam meine Großmutter väterlicherseits, um endlich mal richtig zu putzen. Als Erstes schleppte sie Dutzende Bücher aus dem Wohnzimmer in den Keller, stapelte sie in Kartons, ließ die Regale vom Abräumdienst abholen und hängte an den frei gewordenen Stellen Wandteppiche und riesige Spiegel auf.

Deswegen hatte ich damals einen ersten kleinen Knatsch mit ihr. Schließlich waren bei jenen Büchern auch zufällig einige von mir dabei gewesen und ich hatte keine Lust, sie jedes Mal im kalten dunklen Keller zu suchen. Ich hätte nie zugegeben, dass ich mit fünfzehn immer noch manchmal Angst hatte, abends allein in den Keller zu gehen, und stattdessen gern mal die kleine Kassie vorschickte. Die fürchtete sich nur demonstrativ vor etwas, wenn unser Vater in der Nähe war. Dann konnte er sie sofort retten und war glücklich, während meine Schwester sich ins Fäustchen lachte. Denn ansonsten war sie völlig unerschrocken.

»Ich frage mal auf dem Lyzeum rum, ob es normal ist, dass die Polizei sich so verhält«, murmelte ich, dann griff ich nach der Marmelade, um mir ein Brot zu schmieren. »Vielleicht versteht dort jemand etwas davon.«

»Juli!« Mein Vater, der gerade die Thermoskanne aufschraubte und mit einem Auge reinschaute, um zu prüfen, ob noch Kaffee drin war, ließ vor Schreck fast den Deckel fallen. »Du darfst niemandem erzählen, was hier passiert ist, verstehst du?«

»Papa!« Kassies Gebrüll kam nicht von oben aus dem Kinderzimmer, sondern aus dem Erdgeschoss. Aus dem Schlafzimmer meines Vaters. Sie hatte schon wieder in seinem Bett geschlafen. Irgendwie regte mich das auf. Vielleicht war ich eifersüchtig. Das warf mir mein Vater vor, wenn ich ihm sagte, er soll Kassie nicht immer so verwöhnen, sie wäre zu groß dazu. Und er sagte, ich sei einfach neidisch, weil *ich* schon viel zu alt dafür war, bei ihm auf dem Schoß zu sitzen. Dabei behauptete er sonst eigentlich gern, ich wäre für die meisten Dinge dieses Lebens zu jung – als wäre es das einzige Merkmal meines Alters, mit meinem Hintern nicht mehr auf seinen Schoß zu passen.

Ich holte tief Luft. »Ich werde jedem alles erzählen, was ich will«, sagte ich langsam und deutlich, obwohl ich mir eigentlich vorgenommen hatte, im Sinne der Konfliktvermeidung meinen Mund zu halten. »Und *du* kannst mir das nicht verbieten.«

Papas unteres rechtes Augenlid begann zu zucken.

»Kein Wort zu jemandem, Juli! Ich möchte nicht, dass die ganze Schule mit den Fingern auf dich zeigt!«

»Mit den Fingern? Auf mich? Seit wann muss man sich für ein Unglück schämen, das einem widerfahren ist?«

»Du verstehst einfach gar nichts!«, stöhnte mein Vater.

»Dann erklär es mir!«

In diesem Moment quietschte die Schlafzimmertür und Kassies flinke Füße flogen über die Marmorfliesen. Papa hatte ihre Schritte wahrscheinlich noch nicht gehört, jedenfalls beugte er sich zu mir runter und sagte mit einer Stimme, die mich zusammenzucken ließ:

»Jetzt reiß dich doch mal zusammen, Juliane. Ich erkenne dich ja nicht wieder. Du weißt genau, dass deine Mutter . . .« Er hielt kurz inne, biss sich auf die Unterlippe, »dass sie eine . . . diese . . .«

»Was?« Meine Angst war plötzlich wieder da, heftiger und größer als am Abend zuvor. »Was ist sie? Krank?«

»Schlimmer, Juli. Viel schlimmer. Stell dich doch nicht so dumm. Sie ist . . .«

»Was ist sie?« Ich brüllte fast.

Mein Vater schloss die Augen. Erst dann ging es ihm, wenn auch sehr mühsam, über die Lippen.

»Deine Mutter, Juli, ist eine Phee.«

Ich renne los.
Schon mit dem ersten tiefen Atemzug weiß ich, dass ich einen Fehler mache. Ich kenne mich nicht aus. Ich entferne mich immer weiter von dem Haus, in dem meine Geschwister und meine Freunde sind. Immer tiefer in den dunklen Wald.

Unter Krähen

Ich konnte meinem Vater nichts mehr entgegnen, denn Kassie stürmte in die Küche und kletterte routiniert auf seinen Schoß. Sie hatte verwuschelte blonde Locken und sah in ihrem langen Nachthemd wie ein verschlafener Engel aus. Mein Vater küsste sie ausgiebig, dann schmierte er ihr ein Brot und fing an, sie zu füttern. Ich konnte mich nicht erinnern, ob er es bei mir früher auch so gemacht hatte. Wahrscheinlich schon. Er hatte mir jedenfalls lange den Schulranzen getragen, die Klamotten herausgesucht und manchmal sogar großzügig die Lösungen der Hausaufgaben diktiert, obwohl ich sie auch von allein gewusst hätte. Der Satz »Ich mach das für dich« gehörte eben zu meinem Vater wie sein gelegentliches Schielen.

»Sie kann allein essen!«, sagte ich angewidert. »Sie ist doch kein Baby mehr. Bei Mama macht sie alles selber.«

»Lass sie«, sagte mein Vater zärtlich. »Sie hat einen Schock nach diesem schrecklichen Vorfall.«

Kassie streckte mir von seinem Schoß aus die Zunge raus. »Selber Baby«, sagte sie.

Mein Vater seufzte und strich ihr eine Locke aus dem Gesicht.

»Juli, du bist zu spät dran«, sagte er zu mir und klopfte mit dem Zeigefinger auf seine Armbanduhr.

Der Unterricht am Lyzeum begann um 7:30 Uhr, früher als an jeder anderen Schule der Stadt. Auch das machte uns zur künftigen Elite – wir waren alle chronisch unausgeschlafen und schlecht drauf.

»Vergiss nicht, den Kleinen Schulbrote zu machen«, sagte ich.

Ich selber musste nichts in die Schule mitnehmen. Wir aßen in der Kantine und überall standen Automaten herum, aus denen wir in den Pausen Äpfel, abgepackte Ananasstücke und Vitaminriegel ziehen konnten.

Im Schulbus kühlte ich meine heiße Stirn an der Fensterscheibe und dachte daran, was mein Vater gesagt hatte. An diesen seltsamen Satz, dass ich nicht so dumm sein sollte und dass meine Mutter eine Phee war. Mein Vater hatte es sehr dramatisch geflüstert.

Begann er gerade, seinen Verstand zu verlieren? Ich war offenbar nicht die Einzige, der der Stress des Vortags so zusetzte.

Ich hatte schon einmal erlebt, wie ein Normaler wahnsinnig wurde. Es gehörte zu den gruseligsten Erinnerungen meines Lebens. Ich war damals fünf oder sechs gewesen, die Zwillinge waren noch nicht auf der Welt. Ein Nachbar in unserer Straße, ein Mann, der bis dahin nie aufgefallen war, lief plötzlich singend und unrasiert über die Straßen. Dann war ein schwarzer Wagen gekommen und hatte ihn abgeholt. Ich sah ihn nie wieder. Dafür hatte ich meine Großeltern mit Papa flüstern gehört. Meine Großmutter hatte gesagt, es hätte nicht so weit mit ihm kommen müssen, heute könne man viel dagegen tun, sie nehme doch auch immer ihre Medikamente. Mein Großvater hatte gesagt, da hätte vielleicht eine Phee ihre schmutzigen Krallen im Spiel gehabt. Der Beitrag meines Vaters war nur ein angstvolles »Psst!« gewesen. Mama hatte mit den Augen gefunkelt und eine Tasse gegen die Wand geschmissen. In der Tasse war Kaffee gewesen, ein Malermeister hatte die Raufasertapete danach neu streichen müssen.

Eine Phee. Eines der schlimmsten Schimpfwörter in der Gesellschaft der totalen Normalität. Etwas, womit man seine Kinder erschrecken konnte: »Räum sofort dein Zimmer auf und löffel die Zucchinisuppe aus. Sonst kommt heute Nacht eine Phee und holt dich.«

»Ich muss dringend zum Friseur, ich sehe schon aus wie eine Phee« – das sagten manchmal Mädchen, die nicht so gut erzogen waren wie ich.

Mein Vater hatte einen blöden Scherz gemacht. Einen *sehr* blöden Scherz. Es war zwar nicht gerade seine Art, aber offenbar war ich nicht die Einzige, die sich nach den letzten vierundzwanzig Stunden nicht wiedererkannte.

So absurd die Vorstellung auch war – der Gedanke an Pheen lenkte mich ab. Das tat gut. Endlich konnte sich mein Gehirn mit etwas anderem beschäftigen als mit der Vorstellung, meine Mutter würde gefesselt in einem feuchten Keller eines Freaks verhungern.

Ich überlegte, was ich schon mal über Pheen gehört hatte. Es war ein Schimpfwort, klar, aber jedes Wort hatte einen Hintergrund. Kassie hatte sich einmal zum Kostümfest als Phee verkleiden wollen. Sie hatte ein Bild in einem Buch gesehen, eine hübsche und zarte Gestalt mit durchsichtigen Flügeln und rosafarbenen Tüllröcken, das engelsgleiche Haar ganz ähnlich wie ihres. Es war ein altes Buch, das meiner Mutter gehörte. Meiner Schwester hatte das Bild gefallen und sie hatte genau solch ein Kostüm haben wollen. Und obwohl sie sonst immer alles bekam, was sie wollte – diesmal hatte sie sich geschnitten.

Jetzt erinnerte ich mich auch daran, wie seltsam mein Vater sich damals verhalten hatte. Er hatte getobt und es ihr verboten. Seiner süßen kleinen Kassie etwas verboten – so etwas passierte seltener, als es im Sommer schneite. Kassie hatte lange geheult und war schließlich aus Protest als Putzfrau verkleidet zum Kostümfest gegangen, mit Eimer, Besen, Gummihandschuhen. HYDRAGON stellte auch Gummihandschuhe her, daher hatten wir Unmengen von ihnen zu Hause, in allen Größen und Farben.

Das war so ziemlich das Spannendste, was mir zum Thema Pheen einfiel. Bilderbücher. Fantasyromane. Und dass Kassie ihretwegen mit Gummihandschuhen zum Kostümfest gegangen war.

Und jetzt behauptete mein Vater, meine Mutter sei eine Phee. Und es klang nicht so, als wäre es einfach nur eine der Beleidigungen gewesen, wie sie in der letzten Zeit zwischen meinen Eltern üblich geworden waren. Es klang viel zu bedeutungsvoll.

Und es war der größte anzunehmende Schwachsinn. Ich blickte nicht mehr durch. Sollte ich anfangen, mir wieder mehr Sorgen um meinen Vater zu machen?

Ich löste die Stirn von der Scheibe, sie hatte einen ovalen Fleck auf dem Glas hinterlassen, der sich schnell verkleinerte. Ich schaute mich im Bus um. Er wurde von der Stadtverwaltung ausschließlich für die Schüler des Lyzeums bereitgestellt. Auf jedem Sitz hockte eine Krähe. Aber ich selber sah in meiner schwarzen Schuluniform auch nicht gerade wie ein fröhlicher Wellensittich aus. Am anderen Ende des Busses entdeckte ich Philomena, mit der ich einige Lerneinheiten gemeinsam hatte. Der Platz neben ihr war noch frei. Ich stand auf. In diesem Moment bremste der Bus, um ein paar Lyzeisten an der Haltestelle einzusammeln, und ich rutschte durch den ganzen Innenraum und hielt mich an Philomenas Sitz fest.

»Hallo«, sagte ich und lächelte.

»Hallo«, sagte sie, erst etwas hochnäsig, dann lächelte sie aber doch noch zurück: Wahrscheinlich fiel ihr gerade ein, dass sie schon mindestens dreimal von mir abgeschrieben hatte.

»Ist hier noch frei?«, fragte ich.

Sie zögerte, dann sagte sie: »Aber ja.«

Ich ließ mich davon nicht abschrecken, ich war selber so. Wenn man nicht eng befreundet war, verhielt man sich am Lyzeum so, als würde man sich zum ersten Mal sehen. Und was »eng befreundet« hieß, das wusste ich eigentlich selber nicht so genau. Ich setzte mich hin und nahm meine Schultasche auf den Schoß.

»Kann ich dich was fragen?«

»Aber ja.« Philomenas Zahnspange glitzerte kurz auf.

»Wann machen wir endlich mal was über Pheen? Im Unterricht?«

Philomena sah mich an.

»Ich hoffe, niemals. Wir sind ja nicht hier, um uns mit solchem Dreck zu befassen. Dieser Stoff ist für die Schule nicht geeignet.«

»Ich finde, jeder Stoff, der im Leben vorkommt, ist für die Schule geeignet«, sagte ich. Ich versuchte, genauso hochnäsig zu klingen wie sie. Früher hätte ich mich das nicht getraut, aber heute war ich bereits vorgewärmt durch den Streit mit meinem Vater. Ich kopierte Philomenas Gesichtsausdruck, eine Augenbraue angehoben, der Rest ohne Regung.

»Du irrst dich«, sagte Philomena gleichmäßig und sah aus dem Fenster. »Wir sind Lyzeisten. Wir sind jung und lernen noch. Mit Pheen sollen sich Experten befassen, die dafür ausgebildet sind.«

»Was?« Ich verlor die Kontrolle über meine mühsam arrangierten Gesichtszüge.

»Experten, die ausgebildet sind«, wiederholte sie ungeduldig. »Fachleute, die Maßnahmen ergreifen können, um sich und andere zu schützen.«

»Wovor schützen?« Jetzt stand ich komplett auf dem Schlauch.

»Na, wovor wohl?« Philomena schüttelte den Kopf. »Vor Pheen. Oder wonach hast du mich gerade gefragt?«

Das Gespräch entwickelte sich völlig anders als vermutet. Ich dachte, dass ich gerade über ausgestorbene Märchenwesen redete, die es nur noch in Form von Schimpfwörtern in die Zeit der Normalität geschafft hatten. Aber Philomena redete offenbar über gefährliche Tiere oder ansteckende Krankheiten. Oder über sehr gefährliche Tiere, die sehr ansteckende Krankheiten verbreiteten.

»Und was ist mit den Glitzerflügeln?«, fragte ich in einem hilflosen Versuch, Philomena wieder auf den Boden der Tatsachen zurückzubringen.

»Glitzerflügel?« Philomena entblößte ihre Zahnspange, was bei ihr als Lächeln verstanden werden durfte. »Das ist doch ein

altes Klischee aus den Büchern der vornormalen Zeit. Pheen sind nicht schön, sie sind schlampig, schmutzig, ungekämmt.«
»Woher weißt du das alles?«, fragte ich.
»Ich verfolge Info-Medien und lese empfohlene Sachbücher für unsere Altersgruppe«, sagte Philomena gleichmütig.
»Aha. Und da steht das alles so drin?«
»Du bist so schlecht informiert.« Jetzt schwang eine Spur Verachtung in Philomenas Stimme mit. »Lass dir die *Wissen-ab-15-Reihe* zum Geburtstag schenken. Oder besser die *Wissen-ab-3*, deine Defizite scheinen zu groß.«
Ich war so verwirrt, dass mir darauf keine Antwort einfiel.

Die schwarzen Schulterpolster, Röcke und Hosen der Lyzeisten füllten den Pausenhof. Wir stellten uns in gleich lange Reihen, jeder an seinen Platz. Am Anfang des Jahres, wenn die neuen Schüler aufgenommen wurden, bekamen wir ihn zugewiesen. Es gab, wie bei allem, bessere und schlechtere Plätze. Als Glückspilz galt, wer am Rand stehen durfte. Es regnete, aber wir waren zu dicht Schulter an Schulter aufgereiht, um noch einen Schirm hochhalten zu können. Die Tropfen glitten über unsere Gesichter, blieben an den Nasenspitzen hängen.
Der Schulleiter stand auf einem kleinen überdachten Podest. Er trug einen langen Mantel. An seinem Kragen war ein winziges Mikrofon befestigt und seine Stimme dröhnte über den Platz. Er ließ es sich nicht nehmen, uns das Schulbekenntnis jeden Morgen vorzusprechen. Ein dumpfer vielstimmiger Chor fing die Enden seiner Sätze auf, zerkaute sie und reichte sie ihm kaum wiedererkennbar zurück.
»Wir Lyzeisten!«
». . . Lyzeisten . . .«
»Schwören im Beisein unserer Mitschüler!«

»... unserer Mitschüler ....«
»Hart zu arbeiten im Namen der Normalität!«
»... malität ...«
Die Schüler um mich herum gähnten, nur der Regen hielt uns aufrecht. Alle sahen so aus, als schliefen sie noch, auf den Wangen die Abdrücke der Kissen, die Hände in der Luft, als suchten sie nach der verrutschten warmen Daunendecke. Vom Schulgeld, das man hier jährlich zahlen musste, hätte man in der gleichen Zeit eine dreiköpfige Familie durchfüttern können. Aber man sah uns nicht an, dass wir Kinder wohlhabender Eltern waren: Die Uniformen waren alle gleich, Schmuck war verboten, sämtliche elektronischen Geräte wurden von der Schule gestellt, was auch das gleiche Betriebssystem garantierte und eine einheitliche Virenabwehr.

Als der Morgenruf beendet war, hörte ich das Wort schon wieder. Vielleicht achtete ich auch einfach genauer darauf. Die Menge löste sich auf, die Reihen vermischten sich zu einem unförmigen Etwas, das sich langsam in Richtung der Schulgebäude verteilte. Auf dem Asphalt hatten sich Pfützen gebildet, ein Mädchen rutschte aus, ein Seniorschüler, der hinter ihr lief, stolperte und fiel beinah hin. Und dann sagte er, sobald er sein Gleichgewicht wiedergefunden hatte: »Pass doch auf, du Phee!« Es klang wie ausgespuckt.

Der erste schwarze Punkt

Du Phee!«

»Du Phee!«

Die Worte klopften zwischen meinen Schläfen, während ich mich auf den Weg zu unserem Lernraum machte. Wie viel Verachtung und Ärger da mitgeschwungen hatten.

In puncto Schimpfwörter war ich ein ziemlich unbeschriebenes Blatt gewesen, bis ich auf das Lyzeum kam.

Unsere Mutter mochte es nicht, wenn sich jemand in ihrem Beisein verächtlich über andere äußerte. Deswegen redete sie fast nie mit unseren Nachbarn, beteiligte sich nicht an Klatsch und Tratsch über den Zaun hinweg, an den Vergleichen von Autos, Dienstgraden, Noten. Ich hatte immer gedacht, ihre Zurückhaltung hätte nur damit zu tun, dass sie eigentlich wusste, über wen hinter ihrem Rücken am meisten getratscht wurde: über sie selbst. Und sie war wirklich etwas seltsam, ein klein bisschen auffällig, anders, deswegen zog sie sich zurück, war fast nie auf der Straße.

Wenn mein Vater zu Hause von einem schlechten Mitarbeiter erzählte und ihn »den Fetten« nannte oder über ein Kind aus der Schule der Zwillinge sagte: »Das ist doch der Kleine, der so nuschelt«, dann fuhr unsere Mutter ihm immer über den Mund. Ihre Kinder sollten sich nicht daran gewöhnen, Menschen an körperlichen Auffälligkeiten festzumachen, sagte sie. Es war allein ihre Schuld, dass ich bis vor Kurzem gedacht hatte, »behindert« würde gar nichts Schlimmes bedeuten.

Dass Pheen mehr als Märchenwesen aus Bilderbüchern

oder Fantasyromanen waren, dass es sie in der Zeit der Normalität immer noch gab, dass sie schmuddelig und gefährlich waren, dass sich Experten mit der Frage auseinandersetzten, wie man sich vor ihnen schützte – das alles hatte ich bis heute vollkommen verpasst. Als hätte ich eine Brille aufgehabt, die diesen Teil des Lebens vor mir verbergen sollte. Es war etwas, was offenbar jeder wusste, ein bestimmtes Bild, das sofort vor jedermanns innerem Auge entstand, wenn das Wort Phee fiel. Nur eben nicht vor meinem. Mein Kopf war dank meiner Mutter ein Naturschutzgebiet für falsche Vorstellungen geworden.

»Du Phee!«

Ich wusste selber nicht, wie mir diese zwei Worte entfuhren, bloß weil mich jemand angerempelt hatte. Es hatte schon zur ersten Lerneinheit geklingelt und Verspätungen waren auf dem Lyzeum ebenso gern gesehen wie ein auf die Touchscreens verschütteter Vitaminsaft. Meine Schultasche war mir von der Schulter gerutscht, ich fing sie mit einer Hand auf.

Doch plötzlich konnte ich meine Hand nicht mehr bewegen. Erst einen Bruchteil einer Sekunde später begriff ich den Grund dafür. Sie wurde festgehalten von einer anderen, feingliedrigen Hand, die aus einem ebenso schwarzen Ärmel ragte wie meine.

»Dein Name und deine Lerngruppe!«

Ich war von einem Mitglied der Aufsicht erwischt worden.

»Ähhh . . .«, stotterte ich. So etwas passierte mir zum ersten Mal auf dem Lyzeum und ich hatte eine leise Ahnung, dass es unangenehm werden könnte.

Die fremden Finger hielten meine Hand immer noch fest, drehten sie so um, dass mein Ärmel hochrutschte und das Armband an meinem Handgelenk freigab. Darauf war meine

Nummer eingraviert, die die Aufsicht mit einem kleinem Gerät einscannte und interessiert den Text durchlas, den das Display daraufhin zeigte.

»Erster schwarzer Punkt für dich, Juliane Rettemi! Der erste in vier Jahren! Schäm dich.«

»Aber was habe ich denn gemacht?«

»Geflucht hast du, Juliane Rettemi.«

»Habe ich doch gar nicht!«

»Willst du dich mit mir streiten, Juliane Rettemi? Willst du gleich deinen zweiten schwarzen Punkt?«

»Nein«, sagte ich. »Bitte nicht.«

»Das Ph-Wort«, die Pausenaufsicht kicherte und verlor für einen Augenblick ein paar Gramm Überheblichkeit. »Das mit den vier Buchstaben. Auf dem Schulgelände im Beisein mehrerer Mitschüler. Besser dich!« Und drehte sich um und ging hüftschwingend davon, ein langes, fast durchsichtiges Wesen, von dem ich immer noch nicht wusste, ob es jetzt eigentlich ein Junge oder ein Mädchen war.

Ich hatte die erste gute Idee dieses Tages. Ich ging nicht an meine persönlichen Schulgeräte, die verführerisch an meinem Arbeitsplatz leuchteten, sondern an die Bildschirme im Flur, die allen zur Verfügung standen. Ohne wirklich zu verstehen, was ich gerade tat, holte ich einen Kaugummi aus der Tasche, wickelte ihn aus dem Papier, kaute ein paar Sekunden an ihm herum und klebte ihn schließlich auf das Auge der winzigen Webcam, das mich neugierig anglotzte. Dann legte ich die Finger an die Tastatur.

»Deine persönliche Nummer«, verlangte der Computer.

Na klar. Ich ließ mir meine Nummer durch den Kopf gehen, zerlegte sie in Einzelteile und ersetzte einige Ziffern und

Buchstaben durch andere. Atmete ein, tippte sie herunter, atmete wieder aus.

Das Gerät gab mit einem befriedigten Schmatzen die Suchmaschine für Lyzeisten frei.

Meine Finger zitterten. Noch vor zwei Tagen hätte ich nichts dabei gefunden, aber jetzt traute ich mich nicht mehr, das Wort einzutippen. Die vier Buchstaben ließen meine Fingerkuppen bleischwer werden. Ich brauchte lange, bis ich damit fertig war.

Noch bevor ich die Suche starten konnte, wurde der Bildschirm schlagartig schwarz und es leuchtete der Satz auf: »Dir fehlt die persönliche Reife, um mit mir umzugehen. Schäm dich!«

Ich knirschte mit den Zähnen. Schon wieder »Schäm dich«. Waren wir hier im Kindergarten? Ich loggte mich aus.

Dann hatte ich die zweite gute Idee des Tages und lief, so schnell und unauffällig ich konnte, an meinen Arbeitsplatz in der Lerngruppe.

Ksü

Unsere erste Lerneinheit war Chinesisch. Ich setzte mich an meinen Platz und versteckte die Hände unter dem Tisch. Sie zitterten noch immer.

Der Lernbegleiter für Chinesisch und Mathematik war zugleich unser Tutor. Das hieß, er nannte jeden Schüler beim Vornamen, sprach alle zusammen mit »meine Lieben« an und begann die Lerneinheit gern damit, dass er jeden aufforderte, vom gestrigen Tag zu berichten.

Diese Prozedur hatte ich schon an besseren Tagen gehasst. Noch nie war es mir gelungen, meine Mitschüler mit meinen Berichten zu beeindrucken. »Hab gelesen.« Haha. »Mit Mama über Mineralien gequatscht.« Grinsen. »Mit meinen kleinen Geschwistern gespielt.« Kichern.

Dabei fand ich nicht, dass die anderen Besseres zu berichten hatten. »Habe einen neuen Nachhilfelehrer in Zahlenkunde!« Sensationell. »Habe mein Zimmer nass gewischt!« Wahnsinn. »War bei der Pediküre!« Herzlichen Glückwunsch. Nur dass ich mich im Gegensatz zu den anderen nie traute, meine Reaktion zu zeigen.

Heute hätte ich endlich mal auftrumpfen können, zum Beispiel so: »Ich kam gestern nach Hause, meine Mutter war weg, dafür war die Polizei da. Das ganze Zimmer war verwüstet. Die Polizei hat mich angelogen und sich auch sonst seltsam verhalten. Mein Vater ist seitdem total daneben. Und außerdem habe ich die ganze Nacht nicht geschlafen.«

Natürlich hielt ich den Mund, aber allein die Vorstellung tat gut.

»Meine Lieben«, der Tutor klatschte in die Hände und lief zwischen den Tischen hin und her. »Bitte nehmt eure Näschen von den Bildschirmen, ihr werdet im Leben noch genug Gelegenheit haben, euch die Augen zu verderben. Bevor wir uns in die Grammatik vertiefen, erbitte ich mir ein bisschen von eurer Aufmerksamkeit. Die Gegenwart baut immer auf der Vergangenheit auf und unsere unmittelbarste Vergangenheit ist das Gestern. Ohne Gestern kein Heute, daher möchte ich . . .«

»Stimmt nicht!«, sagte eine heisere Stimme.

Ich sah auf. Und ich war nicht die Einzige. Andere verschlafene Augenpaare lösten sich von der Krawatte des Tutors, auf der bunte Zahnräder rotierten, und von der Betrachtung des Regens, der wie ein Vorhang die Welt da draußen von uns abschirmte.

Der Tutor stockte. Auch er war überrascht. Normalerweise hörte ihm niemand in seinen Morgenausführungen zu, wenn sie nicht unmittelbar mit dem Stoff zu tun hatten und entsprechend nicht in Tests abgefragt werden konnten. Kommentare, gar Widerspruch waren die reinste Energieverschwendung.

»Ach ja«, sagte er säuerlich. »Das habe ich ganz vergessen. Wir haben uns vergrößert. Herzlich willkommen, Ksenia.«

Ich drehte so ruckartig meinen Kopf, dass mir die Halswirbel knackten.

Es stimmte: Wir waren nicht mehr elf in dieser Gruppe, wir waren zwölf. An einem freien Platz am Fenster saß ein mir bislang gänzlich unbekanntes Wesen. Es hatte einen kahlen Kopf, was unheimlich war, weil keine Haare die Tätowierung verbargen, die sich um den Schädel schlängelte. Das Wesen trug die gleiche Uniform wie alle anderen und doch bestand keinerlei Gefahr, es jemals mit einem anderen Lyzeisten zu verwechseln. Es war ihm gelungen, die schwarzen Kleider aus schickem knitterlosem Normtuch alt und zerschlissen aussehen zu lassen. Die Ärmel des Jacketts waren hochgekrempelt. Das Wesen sah aus wie ein Junge, aber der Name Ksenia hörte sich weiblich an. Mein verdrehter Hals schmerzte schon, also verschob ich meinen Stuhl, um besser sehen zu können. Auch andere Schüler hatten sich der Neuen zugewandt.

»Hallo«, sagte Ksenia heiser und grinste in die eisigen Gesichter.

Nein, ein Junge war sie trotz der Hosen eher nicht.

Der Tutor starrte die Neue an. Er hatte den Faden verloren. Und offenbar dachte er gerade das Gleiche wie alle anderen, mich eingeschlossen: Wie um Himmels willen kam denn *so jemand* ans Lyzeum?

Ksenia ließ sich von den Blicken nicht stören, sondern fuhr unbeeindruckt fort: »Das Gestern, wollte ich eben sagen, ist nicht die Basis für heute. Ganz bestimmt nicht. Das Heute existiert ganz von alleine, verstehen Sie? Gestern, heute und morgen existieren gleichzeitig und ziemlich unabhängig voneinander!«

Der Tutor räusperte sich. »Das besprichst du am besten mit deinem Lernbegleiter in der Einheit abendländische Philosophie. Und wir kümmern uns jetzt um die Phonetik des Putonghua.«

Und er öffnete den Mund, um Töne zu produzieren, die sich für mich immer noch wie Miauen anhörten – wir hatten Chinesisch erst seit diesem Jahr.

Er ging mit uns eine Reihe neuer Zeichen durch, dann klatschte er erneut in die Hände. »Bildet bitte Paare und guckt euch ganz genau in den Mund.«

Links und rechts von mir verzogen sich die Gesichter – wer tat so was schon gern, außer man hatte sich gerade einen neuen Kunstbrillanten in die Zähne einsetzen lassen. Für mich war Gruppenarbeit das Zweitschlimmste – nach persönlichen Berichten am Anfang der Stunde. Und heute hatte ich besonderes Pech.

Denn schon saß die Neue an meiner Seite und grinste.

Ich konnte ihr nicht einmal richtig böse sein. Irgendjemanden musste es treffen und es war klar, dass sich niemand freiwillig als ihr Partner melden würde. Sie war neu und sie sah zu seltsam aus. Sie konnte nie im Leben eine Normale sein. Sie sah aus wie ein Freak. Sie gehörte einfach nicht hierher. Freaks wie sie gingen nicht auf unser Lyzeum, sie hingen im Zentrum rum, betranken sich am helllichten Tag und brauten sich neuen Stoff zusammen, den sie dann mit falschen Versprechungen an normale Teenager verhökerten, die vom Lernstress überfordert waren. Am Abend lagen sie im Gebüsch. Sie hatten Läuse und ansteckende Krankheiten.

Wie konnte es passieren, dass sie plötzlich hier saß?

Und, noch tragischer, direkt an meiner Seite?

Ich sah mich um. Alle anderen waren schneller als ich gewesen und warfen mir schadenfrohe Blicke zu.

Ich blieb selten bei der Partnerarbeit übrig, dafür war ich zu gut und zu unkompliziert. Die meisten wussten, dass es angenehm und effektiv war, mit mir zusammenzuarbeiten. Aber einen festen Partner hatte ich nicht, genauso wenig wie meine Mitschüler. Ihr könnt mich alle mal, dachte ich und sagte zu der Neuen: »Juli.«

»Ksü«, lächelte sie. »Schreibt sich nicht Xy, sondern wie es ausgesprochen wird.«

»Ich kann lesen und schreiben«, sagte ich trocken.

»Glückwunsch!« Sie grinste breit und ich war erstaunt über das Strahlen ihrer schneeweißen Zähne. Offenbar hatte ich automatisch eine Reihe schwarzer Zahnstummel erwartet. Und außerdem noch, dass sie mich mit Fragen überschütten würde. Schließlich war sie neu und hatte keine Ahnung. Ohne Anleitung konnte man auf dem Lyzeum nicht mal die Toiletten finden, weil sie nicht gekennzeichnet waren.

Aber Ksü fragte erst mal gar nichts, sie blätterte in meinem Lehrbuch. Ich starrte sie verstohlen an. Auch ihre Fingernägel waren überraschenderweise sauber. Vielleicht war sie doch kein Freak, sondern kam von irgendwoher, wo auch die Normalen sich so anzogen? Ein blödsinniger Modetrend, der bald Vergangenheit sein würde, wie die Aufklebetattoos, mit denen vor einigen Jahren normale Jugendliche gern ihre Eltern schockiert hatten.

»Ist wahrscheinlich schwierig«, sagte ich. »So mitten im Jahr einzusteigen.«

»Es gibt Schlimmeres«, sagte Ksü. Sobald ich eine Vorstellung von eurem Tempo habe, kann ich das gut nacharbeiten.«

Da sie noch keine Vorstellung von irgendwas hatte, konnten wir auch nichts zusammen üben. Die einzige Silbe, die sie meinte zu beherrschen, war das Ma. Und so, wie sie es aussprach, war komplett unklar, ob sie dabei Mama, Pferd, schimpfen oder Hanf meinte. Von der Betonung hatte Ksü absolut keine Ahnung.

Eigentlich hätte ich dem Tutor sofort melden sollen, dass Ksü mich in meinem Lernfortschritt behinderte. Aber ich brachte es nicht übers Herz. Ich hoffte ein bisschen darauf, dass es ihm sowieso gleich auffallen würde. Er ging durch die Reihen und hörte den miauenden Pärchen zu. Nur um uns machte er einen großen Bogen.

Erst am Ende der Lerneinheit traute er sich in unsere Nähe. Ich atmete schon erleichtert auf – die ganze Zeit hatte ich auf meinem Blatt die Leerräume der einzelnen Zeichen ausgemalt, um nicht einzuschlafen. Er beugte sich zu uns runter und legte jeder von uns eine Hand auf die Schulter, was sich sonst kaum ein Lehrer aus Angst vor einer Anklage wegen sexueller Belästigung erlaubte – so etwas konnte die Karriere ernsthaft gefährden.

»Gut vorangekommen, meine Damen?«

»Mmmmh«, brummte ich. Auch in meinem fünften Lyzeumsjahr ging mir das Petzen »Die Neue hat null Ahnung und zieht mich runter!« nicht so leicht von der Zunge.

»Ich habe null Ahnung und ziehe Juli runter«, meldete Ksü fröhlich.

Ich starrte sie an. Hatte sie gerade meine Gedanken gelesen?

»Ich möchte Sie gern in der Sprechstunde besuchen und mir einen Plan zum Nacharbeiten des Lernstoffs abholen«, fügte Ksü hinzu.

Der Tutor wandte sich ab, um die Schlange auf Ksüs Schädel nicht ansehen zu müssen.

Ksü wartete freundlich. Sie hatte Anspruch darauf. Ein ganzer Monat stand ihr dafür zu – wenn sie es in der Zeit nicht schaffte, den Stoff nachzuholen, würde sie wieder gehen müssen. Das wusste ich, weil auch ich erst in der sechsten Klasse ins Lyzeum gekommen war, nachdem mein Vater sich gegenüber meiner Mutter durchgesetzt hatte. Seit meiner frühesten Kindheit hatten sich meine Eltern darüber gestritten, ob wir das Juniorland und die Schule (und wenn ja, welche) besuchen oder lieber zu Hause von unserer Mutter unterrichtet werden sollten. Letzteres war illegal und da hatte Mama bei unserem Vater schlechte Karten, egal wie stark ihre Abneigung gegen das normale Schulsystem war. Das Lyzeum war ihre größte Niederlage.

Ich konnte ihre Abwehrhaltung nicht so richtig nachvollziehen. Ich war stolz gewesen, auf das Lyzeum zu gehen, auch wenn die erste Zeit hart gewesen war. Die anderen hatten mir schon ein Jahr in den Lerngruppen voraus und es hatte gedauert, bis ich mir neue Namen, Gesichter und Wege eingeprägt hatte.

»Selbstverständlich«, sagte der Tutor schließlich. »Lass dir im Sekretariat einen Termin geben.«

»Mach ich.« Ksü nickte. Doch dann holte der Tutor zu einem Gegenschlag aus, und zwar in meine Richtung.

»Hast du schon einen Paten, Ksenia?«

Ich wusste sofort, wie das ausgehen würde. Wenn ein neuer Schüler aufs Lyzeum kam, dann bekam er einen Paten zugewiesen. Jemanden, der ihn rumführte, die Lernräume und die Kantine zeigte und für dumme Fragen zur Verfügung stand. Nur bei mir hatte man es damals vergessen. Natürlich hatte Ksü noch keinen Paten.

»Juliane Rettemi ist von diesem Moment an die Patin von Ksenia Okasaki, Probezeit ein Monat, der Rechtsweg ist ausgeschlossen«, verkündete der Tutor. »Ich gratuliere dir zu dieser Aufgabe, Juliane.«

Die Tatsache, dass Ksü mich von diesem Moment an auf Schritt und Tritt begleitete, machte meine Versuche der letzten Jahre zunichte, mir im Lyzeum eine einigermaßen respektable Position zu erarbeiten.

In der Schlange in der Kantine hatten zwei Jungen hinter uns darüber diskutiert, seit wann man denn Freaks in die höchsten normalen Schulen reinließ. Sie gaben sich keine Mühe, die Stimme zu senken. Ein anderer fragte Ksü, ob sie ihm Rabatt geben würde. Ksü hatte daraufhin nur arglos gegrinst und ich wäre am liebsten in den Erdboden versunken. Noch jemand hatte »Vogelscheuche« hinter Ksüs Rücken geflüstert und ich hatte sofort gelächelt, um zu zeigen, dass ich derselben Meinung war.

Und später saßen wir zu zweit an einem großen leeren Tisch und fünf Mitschülerinnen, die ich für so etwas wie gute Bekannte gehalten hatte, winkten mir höchst verhalten vom anderen Ende des Saals zu.

Aus der Entfernung fiel mir auf, wie ähnlich sie sich sahen: glänzende schwarze Röcke und Jacketts, strahlend weiße Blusenkragen, Lederschultaschen mit wuscheligen Glücksbringern. Die Haare reichten glatt und blond bis zu den Schulterblättern, nur die Haarreife waren mal braun, mal pink.

Ksü in ihrem übergroßen, zerschlissen aussehenden Anzug wirkte wie ein Straßenköter auf einer Schau reinrassiger Pudel. Und dann war da noch die Schlange auf ihrem Schädel – eigentlich die erste Tätowierung, die ich in meinem Leben überhaupt gesehen hatte. Menschen mit Tätowierungen nannte mein Vater grundsätzlich abnorm – und wenn meine Mutter es hörte, war der Streit unvermeidlich. Dabei hatte sie selber keine einzige Tätowierung, jedenfalls, so weit ich es sehen konnte.

»Wieso hat man dir das erlaubt?«, fragte ich und deutete mit der Gabel auf den Schlangenkopf. »In der Schulsatzung steht doch, dass Tattoos verboten sind, genauso wie Schmuck, Nieten und farbig lackierte Fingernägel.«

»Das ist kein Tattoo.« Ksü schaffte es, Rucolasalat mit Croutons in sich hineinzuschaufeln und mir gleichzeitig zu antworten, ohne zu schmatzen. »Ich habe ein Attest, dass es nicht mehr weggeht. Sie dürfen mir deswegen die Aufnahme nicht verweigern. Das steht auch so in der Satzung.«

»Aha«, sagte ich und beschloss, bei Gelegenheit nachzulesen. Jeder Lyzeist hatte das kleine dicke Buch mit tausendundeiner Schulregel zu Hause, aber kein Mensch schaute da rein.

Jetzt saß ich wie auf heißen Kohlen. Mir war, als würden mich alle anstarren.

»Meinst du, du wirst den Lernstoff schnell nachholen?«, fragte ich. Ich hoffte eigentlich, dass das Gegenteil eintreten würde. Dann würde sie gehen müssen und alles wäre wieder so wie früher. Ich war mir ziemlich sicher, dass ich schnell wieder Anschluss finden könnte. Vermutlich könnte ich dann allen gegenüber so tun, als wäre Ksü nie hier gewesen, und sie würden es akzeptieren.

»Ich lerne schnell«, sagte Ksü unbekümmert und zog einen Teller mit Reis und Lamm zu sich heran. »So schwierig ist das alles hier nicht.«

»Nicht?«, fragte ich, unangenehm überrascht. Ich war immer stolz auf meine guten Noten gewesen. Wollte Ksü jetzt sagen, dass das an dem viel zu einfachen Lernstoff lag?

»Jedenfalls danke, dass du den Tutor heute von dieser schrecklichen *Wie war dein Tag*-Morgenrunde abgelenkt hast. Ich fühle mich dann immer durchleuchtet«, sagte ich widerwillig.

»Das hat man dir angesehen«, sagte Ksü.

»Mir angesehen?« Jetzt wollte diese merkwürdige Erscheinung auch noch wissen, was ich gedacht hatte.

»Und wie. *Bitte nicht fragen, habe einen beschissenen Tag und eine noch schrecklichere Nacht hinter mir*, das stand richtig auf deiner Stirn geschrieben.«

Meine Hand fuhr automatisch nach oben zu meiner Stirn und betastete sie.

»Nicht wörtlich gemeint.« Ksü lächelte.

»Verstehe«, sagte ich, meine Laune endgültig auf dem Gefrierpunkt.

»War er denn so schlimm, dein Tag?«, fragte Ksü, ohne mich anzusehen.

»Ging so«, brachte ich zwischen zusammengebissenen Zähnen hervor.

Ich hatte es wirklich für eine Weile geschafft, nicht daran zu denken, dass meine Mutter gestern verschwunden war und ich keine Ahnung hatte, wo sie steckte und wie es ihr ging. Der Ärger im Bus, die Betreuung der Neuen, mein erster schwarzer Punkt – all das hatte mich abgelenkt. Aber jetzt schossen mir die Tränen in die Augen. Ich schirmte mein Gesicht mit der Hand ab, als würde mich das Neonlicht der Kantine blenden.

Ksü beugte sich tiefer über ihren Teller und stellte keine Fragen mehr.

Es dauert keine fünf Minuten und ich weiß nicht mehr, aus welcher Richtung ich gekommen bin. Ich traue mich nicht zu schreien, weil ich Angst vor der eigenen Stimme habe. Ich gehe einfach weiter, durchs Gestrüpp, Dornen zerren an meinen Kleidern, zerkratzen meine Beine.

Pheentochter

Im Bus auf dem Weg nach Hause setzte ich mich neben Artemis. Artemis hatte mich vor vier Monaten zu ihrem Geburtstag eingeladen, der sich als handverlesene Gesellschaft herausgestellt hatte. Deswegen hielt ich uns durchaus für ein wenig befreundet. Die ganze Party war damals zusammen ins Kino gegangen und hatte sich einen Film über ein Prinzessinneninternat angesehen. Es war ein Film für kleine Kinder, zum fünfzehnten Geburtstag fand ich ihn etwas seltsam, sagte aber nichts. Danach waren wir zu Artemis nach Hause gegangen und hatten mit einer zertifizierten Schmuckdesignerin aus goldenen und silbernen Einzelteilen und falschen Edelsteinen Ketten gefertigt, die wir dann mit nach Hause nehmen durften. Alle Mädchen sagten, wie schade es sei, dass man in der Schule keinen Schmuck tragen dürfe. Auch ich sagte das, obwohl ich die gebastelte Halskette und das Armband zu Hause sofort Kassie geschenkt hatte.

Artemis nickte mir zu und drehte sich wieder in Richtung Fenster.

»Temi, meine Mutter ist spurlos verschwunden. Einfach so«, sagte ich. Jetzt, auf dem Weg nach Hause, hatte ich meinen Kummer mit voller Wucht wieder. Ich hatte nicht schlecht geträumt, es war wirklich passiert. Obwohl ich mir hartnäckig Mühe gab, von einer baldigen Rückkehr meiner Mutter auszugehen, drückte mir die Sorge bleischwer aufs Herz.

Artemis drehte den Kopf kurz zu mir und sah dann wieder weg.

»Es ist außerdem noch bei uns eingebrochen worden, irgendein Freak, sagen alle, vermutlich drogenabhängig. Die werden ja auch immer gewalttätiger«, fuhr ich fort.

»Ich würde dir empfehlen, zur Polizei zu gehen«, sagte Artemis mit glockenheller Stimme. »Es ist besser, sich mit Problemen an Experten zu wenden. Sie können dir weiterhelfen.« Es klang wie auswendig gelernt.

»Du hast recht«, sagte ich frustriert und wartete auf noch etwas, Worte des Mitgefühls, Neugierde wenigstens, einfach eine menschliche Reaktion, aber es kam gar nichts. Artemis schwieg, als hätte ich etwas unglaublich Peinliches gesagt, das sie aus Höflichkeit übergehen wollte.

Mir war mehr denn je zum Heulen zumute.

Als ich aus dem Bus ausstieg und um die Ecke bog, begann mein Herz, glücklich zu hämmern – in der Küche unseres Hauses brannte Licht, jemand war da. Ich begann zu rennen, meine Schultasche schlug gegen meine Hüfte. Es hatte aufgehört zu regnen, aber die Pfützen waren noch genauso tief. Es spritzte unter meinen Füßen und meine Wildlederstiefel wurden sofort nass.

»Mama!«, schrie ich und stieß die Tür auf, atmete den Kaffeeduft ein, rannte in die Küche ... und entdeckte meine Großmutter Ingrid.

»Oh«, sagte ich und hatte sofort ein schlechtes Gewissen, weil ich mich bei ihrem Anblick todunglücklich fühlte. Und bestimmt sah sie mir das an. Als ich noch klein war, hatte ich die Mutter meines Vaters durchaus gemocht. Ich hatte mich gefreut, wenn sie und Opa Reto uns besuchten. Sie hatten immer Schokolade und Spielsachen mitgebracht und mir meine erste Konsole geschenkt. Doch später fand ich ihre Mitbringsel – meist Parfumproben und funktionale Unterwäsche – nicht mehr so richtig aufregend, dafür begann mich die geladene Stimmung zwischen meiner Mutter und meinen Großeltern umso mehr zu stören. Nach der Scheidung hatte sich unser Verhältnis weiter abgekühlt und jetzt war ich einfach nur frustriert. Es war nicht Ingrid, die ich sehen wollte.

Sie tat so, als würde sie es nicht merken. Sie schloss mich in ihre Arme und küsste mich auf beide Wangen, was selten genug vorkam. Dazu musste sie sich inzwischen auf die Fußspitzen stellen.

»Du solltest nicht noch mehr wachsen«, sagte sie streng.

Ihre Wangen waren glatt und leicht flauschig von der letzten Kosmetikbehandlung. Wie die meisten normalen Frauen arbeitete Ingrid nicht, sie kümmerte sich um den Haushalt und sehr gründlich um ihr Äußeres, trainierte täglich im Sportstudio, ging alle vier Wochen zum Friseur und zur Schönheitsbehandlung in den Salon »Reife Beauty«. Ihre Haare waren perfekt in Form und frisch nachgefärbt, aber trotz aller Mühen sah sie kein bisschen jünger aus, als sie war. An ihrem Mund bildeten sich Falten, wie sie eigentlich nur sehr alte Frauen hatten.

Ich hatte überhaupt nichts gegen alte Frauen (nicht, dass ich viele kannte), ich hatte bloß das Gefühl, dieser welkende Mund wollte zum Rest von Ingrid besonders schlecht passen, zu ihrem gestählten Körper in den schmal geschnittenen Hosen und dem jugendlichen Kapuzenpullover, der sich nur in der Farbe von dem Kleidungsstück unterschied, das ich ebenfalls im Schrank hängen hatte. Ihr Pulli war weinrot und meiner smaragdgrün. Der Mund sprengte Ingrids sämtliche Bemühungen, sich das Alter nicht ansehen zu lassen. Deswegen tat sie mir ein bisschen leid.

»Was von Mama gehört?«, fragte ich.

Täuschte ich mich oder verzog meine Großmutter ganz leicht das Gesicht?

»Hast du nasse Füße?«, fragte sie zurück. »Dann zieh dir ganz schnell warme Socken an.«

»Vergiss die Füße, gibt es Nachrichten von Mama?«, sagte ich etwas lauter.

Ingrid drehte mir den Rücken zu und rührte lange und gründlich in dem Topf, der auf dem Herd stand.

Ich sah auf ihren durchtrainierten, geraden Rücken und dachte, dass es nicht wahr sein konnte.

Meine Mutter und meine Großmutter hatten sich nie gut verstanden, sich aber immerhin umeinander bemüht. Früher. Sie hatten versucht, sich miteinander zu unterhalten, wenn es Gelegenheit dazu gab, was etwas mühsam wirkte, denn Ingrid verstand oft nicht, was meine Mutter meinte. Meine Großmutter war überhaupt ein bisschen schwerfällig im Verstehen, auch ich musste ihr die einfachsten Dinge lange erklären. Mama hatte immer gesagt, Ingrid habe eine grundsätzlich andere Art zu denken, was eine sehr nette Erklärung für Begriffsstutzigkeit war. Sie schenkten sich trotzdem Blumen (Mama) und

Parfum (Ingrid) zum Geburtstag und versuchten tapfer, weiter miteinander ins Gespräch zu kommen.

Das war, bevor meine Mutter beschlossen hatte, Papa zu verlassen. Als meine Großeltern davon erfuhren, erkannte ich sie kaum wieder. Es war, als hätte man einen Deckel von einem Topf genommen, in dem jahrelang Hass und Abneigung geköchelt hatten. Jetzt brodelte alles über und meine Großeltern sagten hinter Mamas Rücken, was sie schon immer von ihr gehalten hatten. Und dass sie von Anfang an gewusst hatten, dass diese Ehe ein Fehler war – eine Meinung, die ich mit ihnen durchaus teilte.

Ich musste Ingrid nicht fragen, ob sie sich vielleicht darüber freute, dass meine Mutter verschwunden war. Käme Mama nämlich nicht mehr zurück, konnte meine Großmutter endlich das tun, was sie sich schon die ganze Zeit gewünscht hatte: zu uns ziehen und sich um alles, alles kümmern. Sauber machen, noch mehr Bücher in den Keller tragen, noch mehr Spiegel aufstellen und darauf achten, dass Nachbarn auch von unserer Seite des Zauns mit den nötigen Tratsch-Infos versorgt wurden.

Und, vor allem, Mamas Quadren entsorgen, weil sie Ingrid Kopfschmerzen machten. Meine Großmutter weigerte sich, Mamas Quadren anzusehen, als hätten sie etwas Anstößiges, was normale Menschen nicht betrachten durften. Dabei war fast immer nur Wald auf Mamas Quadren und überhaupt hatte ich noch nie im Leben etwas Schöneres gesehen.

Deswegen sagte ich jetzt nichts mehr. Mir war kalt, ich hatte immer noch die nassen Wildlederstiefel an. Ich zog sie aus, streifte die feuchten Socken ab, warf sie in den Wäschekorb.

Das Gute an Ingrids Anwesenheit war, dass so etwas wie Wäschewaschen bei ihr tadellos funktionierte. Ich musste nicht suchen und dann fluchend feststellen, dass meine Mutter immer noch nichts gewaschen hatte, weil sie mit den Gedanken bei ihren Quadren gewesen war. Alle Sachen lagen gebügelt und nach Waschpulver duftend in meinem Schrank. Ich zog mir trockene Socken an, schlüpfte in meine Turnschuhe und nahm mir meine dicke Jacke.

»Wo gehst du hin?« Ingrid wischte gerade den Backofen aus und sah aus der Hocke zu mir auf.

»Ins Zentrum«, sagte ich, und bevor sie etwas erwidern konnte, stand ich schon wieder im Regen.

Das war gelogen – was sollte ich im Zentrum? Ich verließ unser Viertel nur, wenn ich zum Lyzeum fuhr, und auch dann nur mit dem Schulbus. Im Viertel war alles, was man zum Leben brauchte: die gigantischen Markthallen in der Vierten Straße, in denen man von den Schnürsenkeln bis zum künstlichen Kaviar alles kaufen konnte. Ein nagelneues Jugendzentrum mit einem Basketballfeld und mehreren Computerräumen an der Siebten. Dort trafen sich Jugendliche aus dem Viertel, um zusammen SYSTEM zu spielen. Vermutete ich jedenfalls, denn ich ging nie hin.

Fast alle Kinder unter zehn hatten ein Abo fürs Juniorland mit Hüpfburgen und künstlichen Grotten. Es gab mehrere Servicestellen für Altenpflege, Fitnessstudios und diverse Läden für kosmetische Behandlungen, zwei Parks und ein Schwimmcenter. Natürlich war unser Viertel nicht das einzige normale. Meine Großeltern lebten in einem benachbarten, das sich auf der Stadtkarte an unseres schmiegte wie eine Bienenwabe. Im Mittelpunkt der Karte leuchtete silbrig das Zentrum. Hier gab es keine Wohnhäuser, sondern nur Regierungsgebäude und die Sitze wichtiger Unternehmen. Hier arbeitete auch mein Vater in der zwölften Etage eines verspiegelten Büroturms.

Obwohl ich täglich im Zentrum zur Schule ging, fühlte ich mich dort fremd. Die Gebäude waren größer, die Straßen breiter, Autos fuhren schneller und aggressiver und es waren fast nur Erwachsene auf den Straßen. Und, anders als bei uns zu Hause, waren viele von ihnen nicht normal. Hier hatte ich als kleines Kind meine ersten Freaks gesehen – mit ihren wahnsinnigen Frisuren, den dreckigen Klamotten und ihren irren Blicken.

Man konnte ihnen natürlich nicht verbieten, ins Zentrum zu gehen. Viertel wie das unsere waren dagegen sicher. Ich wusste, dass Freaks eigene Wohnbezirke hatten, und stellte sie mir als überbevölkerte Dreckslöcher vor. Als ich kleiner war, hatte mir mein Vater verraten, dass es zwischen den Vierteln immer noch spärlichen öffentlichen Nahverkehr gab. Das hatte mir nächtelang Albträume von U-Bahnen beschert, die beladen mit lärmenden Freaks in unsere friedliche Straße einbrachen.

»Irgendwann werden diese Züge abgeschafft«, hatte mir mein Vater daraufhin versprochen, was mich ungemein beruhigte.

»Und wie sollen die Menschen dann zu den Behörden ins Zentrum gelangen oder zu ihren Freunden in die anderen Viertel?«, hatte sich meine Mutter eingemischt und ich hatte sofort gewusst, gleich gibt es wieder Streit.

»Mit dem Privatauto«, hatte mein Vater knapp geantwortet. Meine Mutter hatte nichts mehr gesagt. Sie hatte keinen Führerschein, aber das hatte mich damals nicht gekümmert. Ich war einfach nur froh gewesen, dass diesmal kein schwerer Gegenstand über meinen Kopf geflogen war.

Ich sah mich nicht um, obwohl ich wusste, dass meine Großmutter mir aus dem Fenster nachstarrte. Ich ging schnell. Ingrid sollte nicht auf die Idee kommen, mich aufzuhalten. Ich vergaß immer wieder, dass ich inzwischen einen halben Kopf größer war als sie und es nicht mehr so leicht war, mich an irgendwas zu hindern. Ich rannte durch die Pfützen und die Nässe kroch durch meine Turnschuhe. Das Polizeirevier war nicht weit, es lag an der Kreuzung Siebte Straße, Ecke Zwölfte. Das Gebäude war ein Flachbau und wie alle Behörden in einem Mintgrün gestrichen, das mich entfernt an das Klopapier aus der Fabrik meines Vaters erinnerte. Ich klopfte an eine Glastür, die mit einem leisen Summen zur Seite fuhr und mich hereinließ. Feuchtwarme Luft schwappte mir entgegen.

Als ich noch im Betreuungscenter im Juniorland gewesen war – für sehr kurze Zeit, denn meine Mutter hatte mich bald wieder abgemeldet –, hatten wir einen Ausflug zu diesem Revier gemacht. Ein Polizist hatte uns ein paar Räume gezeigt und gesagt, die Polizei sei hauptsächlich da, um Kindern wie uns zu helfen, wenn sie sich verlaufen hatten. Ich hatte ihm sofort geglaubt, weil er mit seinem breiten lächelnden Gesicht so hilfsbereit ausgesehen hatte.

Der Mann, der jetzt am Empfang saß, war jung, dünn und blass. Vielleicht war er gar nicht so viel älter als ich und sein Schnurrbart sollte ihn kompetenter wirken lassen. Er war eindeutig nicht derjenige, der meine Gruppe damals herumgeführt hatte.

Er sah mir fragend entgegen. Ich kam näher, räusperte mich und nannte meinen Namen.

Er sah mich weiter an.

Ich sagte, ich käme wegen eines Verbrechens.

Er rührte sich nicht.

Ich sagte, meine Mutter sei entführt worden.

Er guckte mich so starr an, dass ich anfing, an seiner Lebendigkeit zu zweifeln. In der Schule hatten wir im Technikunterricht einfache Roboter gebaut, vielleicht war dieser Mann ein etwas veraltetes Modell.

Ich hielt ihm das Armband mit meiner Nummer hin. Er wachte endlich auf. Nachdem er die Nummer mit seinem Gerät eingescannt hatte, las er die Zeilen auf seinem Bildschirm mehrmals gründlich durch. Wie erhofft, war er beeindruckt. Ab und zu sah er zu mir rüber und ich nickte bestätigend: Jawohl, ich besuche das Lyzeum. Genau das, was Sie sich für Ihre Kinder später bestimmt nicht leisten können, außer Sie strengen sich ein bisschen an und bringen es hier zu etwas. Genau, das hätten Sie eigentlich gleich an meiner Schuluniform erkennen können.

Ich hatte sie noch an, obwohl ich mich sonst sofort umzog, sobald ich nach Hause kam. Viele meiner Mitschüler trugen auch in ihrer Freizeit die schwarzen Lyzeumskleider, ganz nach dem Motto unseres Schulleiters: »Ein Lyzeist ist man immer oder nie!«

Ich sah hochnäsig zu dem jungen Polizisten rüber, der an dem mageren Bärtchen über seiner Oberlippe zupfte.

Plötzlich drehte er sich abrupt in seinem Bürostuhl, stand auf und verschwand hinter einer Milchglastür.

Ich blieb, wo ich war. Was hätte ich auch sonst machen sollen.

Es öffnete sich eine Seitentür und heraus kam der Beamte, den ich sofort wiedererkannte: Er war nach Mamas Verschwinden bei uns zu Hause gewesen, der kleine Dicke mit der schweinsrosa Glatze. Ihm musste ich mich nicht mehr vorstellen.

»Juliane Rettemi!«, rief er freudestrahlend, als wäre ich seine verschollene Jugendliebe. »Wie wunderbar, dass Sie vorbeigekommen sind!«

Er nahm mich am Ellbogen und bugsierte mich um Ecken und durch Türen in sein Büro. Ich ließ ihn, obwohl ich inzwischen gar nicht mehr überzeugt davon war, dass es eine gute Idee gewesen war, hierherzukommen.

Er gab mir einen leichten Schubs und ich stürzte in einen weichen und tiefen Sessel und sah von unten zu ihm hoch. Endlich überragte er mich und das gefiel ihm sichtlich.

»Ist zu Hause alles in Ordnung?«, fragte er vertrauensvoll und beugte sich tief zu mir herunter.

»Kann man nicht so direkt sagen«, bekam ich irgendwie heraus.

»Dem Herrn Papa geht's gut?«

»Dem schon.« Mir wurde unangenehm bewusst, dass meine Stimme sehr hoch und kindlich klang.

»Möchten Sie vielleicht einen Kakao mit mir trinken?«, fragte er augenzwinkernd.

»Nein, vielen Dank.« Jetzt stotterte ich fast.

Er wirkte erstaunt. »Aber was kann ich denn *sonst noch* für Sie tun?«

Ich spannte meine Beine an und streckte sie und schoss in einer einzigen Bewegung aus diesem Sessel. Er zuckte unwillkürlich zurück.

»Meine entführte Mutter wiederfinden«, sagte ich. »Das wäre doch mal eine gute Idee, was Sie für mich tun könnten.«

»Wie bitte?«

Ich pustete konzentriert ein unsichtbares Staubkorn von meinem schwarzen Lyzeumsärmel, als gäbe es nichts Wichtigeres auf der Welt.

»Meine Mutter finden«, wiederholte ich möglichst beiläufig.

»Sie haben doch vor Kurzem den Tatort besichtigt, vielleicht erinnern Sie sich noch.«

»Welchen Tatort?« Sein Erstaunen steigerte sich ins Bodenlose.

»Waren Sie nicht derjenige, der die Blumenerde vom Boden aufgefegt hat? Gibt es noch mehr solche wie Sie, so bisschen rund, mit diesen feuchten Flecken unter den Armen?«

Jetzt schnaufte er und die Gutmütigkeit begann, aus ihm zu weichen wie Luft aus einem angepiksten Luftballon.

Und dann vergaß er erstens, dass er mich eigentlich gerade siezte, und zweitens, dass er schon mal etwas ganz anderes behauptet hatte.

»Hör mal, Mädchen«, sagte er und sein Gesicht veränderte sich. Jetzt war es kein bisschen nett und die Augen waren schmal und gnadenlos. »Ich habe viel Arbeit, meine Hübsche, und ich möchte nicht, dass du mich davon abhältst. Denkst du, irgendjemand auf dieser Station wird ernsthaft nach einer Phee suchen? Verschwinde auf der Stelle und sei froh, dass wir dein Geheimnis für uns behalten, Pheentochter. Danke deinem Vater auf Knien, dass ich überhaupt mit dir geredet habe. Was meinst du, was ich jetzt mit dir getan hätte, wenn du nicht die Tochter von Doktor Rudolf Rettemi gewesen wärest?«

Er fuhr mit dem Zeigefinger, dessen Kuppe sich kratzig anfühlte, meine Wange entlang, von der Schläfe bis zum Kinn, während ich ihm in die Augen starrte. Dann breitete sich ein Lächeln auf seinem Gesicht aus. Er beobachtete mich, wie ich zurückwich, mich gegen die Rückenlehne drückte, mich verrenkt aufzurappeln versuchte und, sobald es mir gelungen war, davonstürzte. Als ich endlich draußen stand, klapperten meine Zähne, aber nicht vor Kälte.

Wie deine Mutter

Draußen regnete es immer noch, aber ich beeilte mich nicht, ich ging ganz langsam nach Hause, meine Haare hingen herunter, in meiner Kapuze hatte sich ein kleiner See gesammelt. Ich heulte. Wenn ich es nur gekonnt hätte, hätte ich diese ganze Station in die Luft gejagt, zusammen mit den dumpfen Gesichtern, die sie bevölkerten. Wie hatte sich doch alles innerhalb kürzester Zeit verändert. Ich war kein kleines Mädchen mehr und die Polizisten waren nicht mehr meine Freunde.

Einer von ihnen hatte mein Gesicht angefasst und mich Pheentochter genannt. Offenbar war das so ziemlich das Schlimmste, was ihm gerade noch für mich einfiel.

Die nasse Kälte kroch unter meine Klamotten und ich war auf einmal zu erschöpft, um noch richtig traurig zu sein. Ich dachte an meine Mutter. Bis zu ihrem Verschwinden war sie die ganze Zeit bei mir gewesen, selbst in den Wochen mit meinem Vater hatte ich ihre ständige Nähe gespürt. Solange sie da war, war ich niemals beleidigt worden. Und ich hätte mir nicht vorstellen können, dass jemand meiner Mutter etwas Ernsthafteres antun konnte als das bisschen Getuschel hinter ihrem Rücken. Selbst in den heftigsten Streitereien mit meinem Vater hatte sie auf mich gewirkt wie jemand, der stärker als andere war und niemals in wirklicher Gefahr.

Aber jetzt war sie nicht mehr da und alles war verändert. Als ob jemand den Schutzzaun weggenommen hätte, der all die Jahre zwischen mir und dem Rest der Welt existiert hatte.

Wenn es mir schon so elend ging – wie musste sie sich gerade fühlen?

Beim Gedanken daran hörte ich auf zu heulen und versuchte, mein Gesicht trocken zu reiben, was im Regen natürlich nicht ging. Als ich zu Hause ankam, waren meine Augen nicht mehr rot, dafür die Lippen blau. Meine Großmutter empfing mich schon in der Tür, sie sah aufgebracht aus, aber ich schob sie beiseite. Ohne auf ihre für meinen Geschmack etwas zu schrill gestellten Fragen einzugehen, schloss ich mich im Bad ein und ließ heißes Wasser in die Badewanne ein. Erst nach einer halben Stunde hatte ich mich so weit gefasst, dass ich mich in der Lage sah, meiner Großmutter gegenüberzutreten.

Die Zwillinge waren inzwischen zu Hause und saßen gemütlich vor dem Elektrokamin auf einem synthetischen Zebrafell. Alles sah so friedlich aus, dass es mir einen Stich versetzte. Sie konnten doch nicht so tun, als wäre alles in Ordnung? Wie konnten sie so ruhig bleiben, wenn wir nicht wussten, wo unsere Mutter gerade war und wie es ihr ging? Meine Großmutter stand in der Küche und wischte die Schränke aus. Offenbar hatte sie ihre Taktik geändert, denn sie stellte keine Fragen mehr.

Aber jetzt war ich dran. Ich musste irgendwohin mit meiner Gereiztheit. »Das gibt's doch nicht!«, sagte ich. »Was denken Jaro und Kassie, warum du hier bist, obwohl jetzt eigentlich Mamas Woche ist?«

»Psst!« Ingrid hielt den Zeigefinger an ihre Lippen und zog mich rasch in den Flur, während Jaro hellhörig aufsah.

»Was willst du von mir?« Ich ließ es geschehen, dass sie mich hinausschob und die Tür hinter uns schloss. »Warum tust du so geheimnisvoll?«

»Du sollst Rücksicht auf die Kleinen nehmen!«, sagte meine Großmutter.

»Ich nehme Rücksicht!« Jetzt flüsterte ich auch, obwohl ich es nicht einsah, ein Geheimnis aus Mamas Verschwinden zu machen. »Aber wir können doch nicht so tun, als wäre alles in bester Ordnung.«

»Wir *müssen* so tun!« Ingrid überprüfte, ob die Tür auch wirklich gut verschlossen war. »Oder willst du, dass Jaroslav und Kassandra *ihretwegen* ganz unglücklich werden?«

Ich öffnete den Mund und schloss ihn wieder. Nein, ich wollte nicht, dass meine Geschwister so unglücklich wurden wie ich. Dass sie das unheimliche Gefühl kennenlernten, von den nächsten Angehörigen angelogen zu werden. Dass sie unseren Vater und unsere Großmutter für deren Schadenfreude über Mamas Verschwinden zu hassen anfingen. Das war wirklich kein schönes Gefühl.

Das wollte ich den Zwillingen ersparen, aber mir war unklar, wie das gehen sollte, ohne unsere Mutter zu verraten, die es mehr denn je nötig hatte, dass hier jemand zu ihr hielt.

»Bitte, Juliane.« Ingrid machte ein liebenswürdiges Gesicht. »Sei nicht so egoistisch. Ich erkenn dich ja gar nicht wieder.«

»ICH BIN NICHT EGOISTISCH!«

»Bist du sehr wohl.« Sie presste vorwurfsvoll ihre Lippen aufeinander. »Ich verstehe es ja, du bist gerade in einem schwierigen Alter. Ich hatte mich schon gefragt, wann das kommt, andere Mädchen werden früher schwierig und du warst immer so brav.«

»Stell dir vor, Papa verschwindet und Mamas Familie feiert ein großes Fest und ich sag dir: Feier doch mit, sei nicht so egoistisch!«, brüllte ich.

Ingrid blinzelte.

»Schrei nicht«, sagte sie. »Es ist halt so und nicht anders herum.«

Ich wusste nicht, was ich jetzt noch hätte tun oder sagen sollen.

Also ging ich nach oben und versuchte, etwas zu lesen, weil Lesen für mich die beste Ablenkung auf Erden war, aber diesmal funktionierte es nicht. Ich spürte nichts als Angst.

Angst um meine Mutter. Angst um mich. Angst um meinen Verstand.

Als ich klein gewesen war, hatte ich zum Einschlafen oft einen von Mamas weichen Pullovern ins Bett genommen. Ich hatte sie zu einer Wurst gedreht und mir unter den Kopf geschoben. Die Ärmel legte ich so, dass ich mich umarmt fühlte. Der Stoff hielt die Wärme und roch nach Mama. Jetzt war ich längst zu alt dazu, aber Jaro und Kassie machten es immer noch oft. Unsere Mutter sagte, sie habe keine Pullover mehr, die sie noch tragen könnte, weil in jedem Kinderbett fünf Stück herumlagen und nicht gewaschen werden durften, damit der Duft nicht wegging.

Mir war dringend nach so einem Pullover.

Ich kletterte aus dem Bett und machte mich auf den Weg zu Mamas Schlafzimmer. Es war am anderen Ende des Hauses, nah an dem Kinderzimmer, in dem die Zwillinge früher zusammen geschlafen hatten, bevor sie in eigene Zimmer umzogen. Als ich vor der Tür stand, stellte ich mir vor, wie es wäre, jetzt die Tür zu öffnen und meine Mutter schlafend im Bett zu finden, sie zu wecken, ihr einen Kaffee ans Bett zu bringen, ein paar Blumen dazu – warum hatte ich das nie gemacht, als sie noch da war?

Ich rüttelte am Türgriff und nichts passierte.

Ich konnte die Tür nicht öffnen.

Sie klemmt, dachte ich und drückte mit der Schulter dagegen, aber sie gab keinen Millimeter nach. Ich begriff erst einige Augenblicke später, dass ich mich irrte.

Die Tür war abgeschlossen.

Wütend rannte ich die Treppe wieder runter, wo Ingrid die Zwillinge zu einem Kartenspiel zu überreden versuchte. Aber es klappte nicht. Jaro tat, als würde er sie nicht hören. Er lag bäuchlings auf dem Boden und starrte das künstliche Feuer an. Kassie dagegen zerrte und zupfte an Ingrid und quengelte, aber so undeutlich, dass es unserer Großmutter einfach nicht gelang rauszufinden, was Kassie nun wirklich von ihr wollte.

Sie kam ganz schön ins Straucheln. Jetzt war ich diejenige, die schadenfroh grinste.

»Die Tür zu Mamas Zimmer geht nicht auf«, sagte ich laut. Das durfte ich ja wohl sagen, da war nichts dabei, was die Kleinen hätte erschrecken können. Außerdem war es die Wahrheit.

Ingrid zuckte zusammen.

»Hast du eine Idee, wer sie abgeschlossen haben könnte?«, fragte ich betont freundlich.

»Ähh . . . sie selbst?«, fragte Ingrid halbherzig.

»Bevor sie . . .« Jetzt wäre mir beinahe »entführt worden ist« herausgerutscht, aber das hätte die Zwillinge wiederum schockieren können, daher verkniff ich es mir und sagte stattdessen: »Bevor sie das Haus verließ? Erzähl mir doch nicht so einen Scheiß!«

»Achte auf deine Wortwahl, Juliane«, mahnte Ingrid und Jaro sagte: »Mama schließt ihr Zimmer niemals ab.«

»Genau!«, sagte jetzt auch Kassie und unsere Großmutter hätte mir unter anderen Umständen fast leidtun können, denn sie schwitzte und hatte rote Flecken auf den Wangen.

»Pfui, du stinkst«, sagte Jaro.

Ingrid rückte von ihm weg. Wahrscheinlich hätte Jaro nichts

sagen können, was sie mehr getroffen hätte als das, abgesehen von »Siehst du aber alt aus«.

»Jaro!«, sagte ich jetzt warnend, wenn auch halbherzig. Ich wusste, dass seine Worte unserer Mutter nicht gefallen hätten. Auf Ingrids Seite war ich aber auch nicht, zudem wir alle gerade hören konnten, wie sie in den Flur hinauslief und von dort unseren Vater anrief, um sich über die schrecklichen Kinder zu beklagen.

Bis unser Vater von der Arbeit kam, sagte niemand mehr etwas. Ingrids Tränen hatten die Zwillinge verwirrt und sogar mich verstört. Ich war regelrecht überrascht, dass sie so tiefe Gefühle entwickeln konnte. Sie war in der Zwischenzeit ins Bad gegangen und hatte sich dort, den Geräuschen nach zu urteilen, einer gründlichen Reinigung unterzogen. Dann kam sie heraus und roch intensiver denn je nach Essig und Rose, ihrem Lieblingsparfum, seit ich denken konnte.

Unser Vater kam von der Arbeit und ging mit seiner Aktentasche, die Straßenschuhe ebenfalls noch untypischerweise an, in mein Zimmer, machte die Tür zu, setzte sich an meinen Tisch und sagte:

»Juliane, wir müssen ernsthaft miteinander reden.«

»Das finde ich auch!«, sagte ich, obwohl ich eigentlich das Gegenteil meinte. Wenn mein Vater so etwas ankündigte, redete er erstens sehr viel, zweitens meistens über sich. Noch viel schlimmer war es aber, wenn er hartnäckig Dinge fragte, die man lieber für sich behalten wollte. Er akzeptierte kein Schweigen und bohrte sich immer zu den Antworten durch. Man konnte sich eine halbe Stunde mit unserem Vater unterhalten und sagte plötzlich Sachen, die man niemals hatte sagen wollen – einfach damit er endlich aufhörte zu sprechen.

Wenn er immer weiter auf einen einredete, begann schon der Klang seiner Stimme, in den Ohren wehzutun.

»Juli, du kannst so nicht weitermachen«, sagte mein Vater, aber ich unterbrach ihn und erzählte ihm, dass ich bei der Polizei gewesen war und was man mir dort gesagt hatte. Nur dass der Polizist mich im Gesicht angefasst hatte, brachte ich nicht über die Lippen, obwohl ich ständig daran denken musste.

Mein Vater lehnte sich zurück. Damit hatte er nicht gerechnet. Seine Nasenflügel bebten, ein Zeichen, dass er wütend war.

»Wer hat dir erlaubt, zur Polizei zu gehen? Was bildest du dir ein?«

»Einer muss es ja tun«, sagte ich. »Sonst rühren die keinen Finger!«

»Mach dir mal darüber keine Sorgen«, sagte mein Vater. Seine Augen röteten sich und an der Stirn schwoll eine Ader an. »Du sollst dich nicht einmischen in Dinge, von denen du keine Ahnung hast.«

»Ich soll mir keine Sorgen machen?«, brüllte ich. »Keine Sorgen? Du hättest mal den Polizisten erleben sollen!«

Vielleicht war ich eine Spur zu laut gewesen, denn nun sprang Papa auf und hielt mir den Mund zu.

Das hatte er noch nie gemacht. Ich wehrte mich, ohne nachzudenken – und vergaß dabei für einen Augenblick vollkommen, dass die Hand, in die ich mit aller Kraft reinbiss, meinem Vater gehörte. Papa schrie auf. An diesem Ton hätte ich ihn niemals wiedererkannt, mir war neu, dass er so kreischen konnte, und seine Worte trafen mich bis ins Mark.

»Du verzogenes Pheenkind! Genau wie deine Mutter! Deine Mutter!«

Die Quadren meiner Mutter

Dann wurde es ganz still, so still, dass ich die Uhr ein Stockwerk tiefer in der Küche ticken hörte. Ich saß auf dem Bett und schaute meinen Vater an. Er stand vor mir, sein Gesicht war rot, seine Krawatte hatte sich gelöst, er knetete mit der einen Hand die Lehne meines Drehstuhls und hielt sich die andere vor den Mund. Er war entsetzter als ich.

Wir starrten uns an, als hätten wir uns noch nie im Leben gesehen.

Mein Vater sprach als Erster.

»Es tut mir leid«, sagte er.

Ich schwieg.

»Das hätte ich nicht sagen sollen«, sagte er.

»Aber wenn es doch wahr ist«, sagte ich. So, jetzt war es heraus.

Mein Vater seufzte und setzte sich zu mir aufs Bett. Er legte mir den Arm um die Schultern und aus Rücksicht zuckte ich nicht zurück, obwohl er ziemlich schwer war und drückte. Außerdem juckten meine Schulterblätter.

»Meine Mutter ist eine Phee«, sagte ich. Es hätte eine Frage sein sollen, aber dann ging mir das Fragezeichen in der Stimme verloren. Hatte ich heute Morgen wirklich noch gedacht, Pheen gäbe es nur in Märchen? Ich konnte mich nicht erinnern. Seitdem, so schien es, war ein ganzes Leben vergangen.

Mein Vater nickte. Es kostete ihn sichtlich Überwindung.

»Ja«, sagte er.

»Und was heißt das jetzt? Was hat das mit ihrem Verschwinden zu tun?«

Mein Vater sah mich an und schwieg.

Ich versuchte es anders. »Ist es sehr schlimm, eine Phee zu sein?«

»Oh ja«, sagte mein Vater. »Das ist *sehr* schlimm.«

»Eher für sie als für dich, oder?«, fragte ich.

»Für dich«, sagte mein Vater. »Es ist vor allem für dich schlimm.« Er stand auf und seine Miene verhärtete sich. »Ich habe ja überhaupt keine Ahnung gehabt, wie naiv du wirklich bist. Und wie absolut ahnungslos. Das ist *ihr* Fehler.«

Er beugte sich zu mir herunter. »Juli«, flüsterte er eindringlich. »Wenn ich du wäre und wenn ich klug wäre, dann würde ich so was von den Mund halten. Und vielleicht ginge dann, aber auch nur dann, dieser Kelch an uns vorüber.«

»Welcher Kelch?«, fragte ich und mein Vater griff sich stöhnend an den Kopf, als müsse er den Schädel zusammenhalten, bevor er bersten würde. Dann stürzte er aus meinem Zimmer.

Ich blieb auf dem Bett sitzen. Mein Blick wanderte zu dem Quadrum, das an der Wand hing. Meine Mutter hatte es gemalt, extra für mich. Es war eines ihrer größten. Jaro und Kassie hatten kleinere, sie hingen in ihren Zimmern. Alle Quadren meiner Mutter waren ein bisschen ähnlich, fand ich.

Auf meinem Quadrum war ein Haus, das auf einer Lichtung mitten im Wald stand. Es war ein altes braunes Häuschen aus Holzstämmen, nicht sehr groß, mit einer Terrasse. Die Haustür war leicht angelehnt. Über der Brüstung der Terrasse hing ein geblümtes, an einer Ecke versengtes Küchentuch. Auf den Dielen stand eine Untertasse mit Milchresten.

Ich war mir sicher, dass diese Milch vom Bewohner des Hauses für seine Katze hingestellt worden war. Die Katze hatte schon fast alles geleert. Aber nirgendwo auf dem Quadrum war ein Tier oder ein Mensch zu sehen. Ich war immer davon ausgegangen, dass der Mensch noch im Haus war – das Quadrum sah nach einem frühen Sommermorgen aus – und dass die Katze vielleicht gerade im Wald jagte.

Ich fand es schön, dieses Quadrum beim Aufwachen und Einschlafen zu sehen. Manchmal hatte ich das Gefühl, den Wald rauschen zu hören. Überhaupt hatte ich den Wald nie als einfach nur gemalt wahrgenommen. Er war nicht weniger lebendig als jeder andere Wald dieser Welt, er war nur etwas weiter weg.

Manchmal hörte ich ganz leise Töne aus dem Quadrum, die wie Flüstern und Kichern klangen. Deswegen dachte ich, dass vielleicht mehrere Menschen im Häuschen lebten und dass mindestens einer von ihnen ein Mädchen war.

Beim Frühstück quengelte sich Kassie die Seele aus dem Leib.

»Maaaammaa«, nölte sie. »Ich will meine Maaaamaaa.«

Meine Großmutter hatte schon wieder Schweißperlen auf der Stirn. Sie hatte Kassie Kakao gekocht, eine Schüssel Schokomüsli hingestellt, zwei Brote mit Schokocreme bestrichen – an jedem anderen Tag wäre Kassie glücklich und leise gewesen. Aber heute schob sie Teller, Schüssel und Tasse von sich weg und wiederholte immer wieder wie eine kaputte Sprechpuppe: »Aber ich wiiiill zu meiner Maaamaaa. Zu meiner Maaama.«

»Sie ist verreist«, redete Ingrid auf Kassie ein.

Kassie entdeckte mich und das gab ihr Auftrieb.

»Aber Juli sagt, Mama ist gar nicht verreist!« Sie zeigte mit einem schokoverschmierten Finger auf mich.

»Natürlich sagt Juliane, dass deine äähh . . .« Das Wort *Mutter* kam Ingrid sichtlich schwer über die Lippen, »dass *sie* verreist ist. Juliane, sag es bitte noch mal, damit Kassandra es hören kann.«

Ich blickte in Kassies verschmitzte Augen. Anders als Ingrid sah ich genau, dass Kassie nicht etwa untröstlich war, sondern sich einen Spaß draus machte, unsere Großmutter auf die Palme zu treiben. Um unsere Mutter machte sich Kassie, wie es mir schien, nicht die geringste Sorge. Ich wusste nicht, ob ich das gut oder schlecht fand. Wahrscheinlich eher gut: Schließlich hatte niemand was davon, wenn auch die Kleinen das Gefühl bekamen, ihre Welt gehe gerade unter.

Ich sagte also lieber einfach gar nichts, schüttete ein paar Frühstücksflocken in eine Schüssel und trug sie nach oben in mein Zimmer.

»Mach mir da oben bloß keine Flecken!«, rief mir Ingrid hinterher. Sie schien nicht traurig darüber, dass ich nicht mit ihnen zusammen aß.

Ich war verblüfft, in meinem Zimmer Jaro anzutreffen. Er stand auf Zehenspitzen vor meinem Quadrum. Es war ein bisschen zu hoch für ihn aufgehängt, seine Nase reichte bis an die untere Rahmenkante.

»Geh ein Stück weiter weg oder nimm dir einen Stuhl«, sagte ich. »Ich will deinen Rotz nicht auf diesem Rahmen haben. Und, bei der Gelegenheit: Wer hat es dir erlaubt, hier einfach so reinzugehen?«

»Ich hab doch geklopft«, sagte Jaro und schaute mich aus einem grünen und einem braunen Auge an. Er war so geboren und die ersten Monate von Jaros Leben hatte mein Vater darauf bestanden, dass verschiedenfarbene Augen eine schlimme Krankheit waren, und schleppte ihn von einem Arzt zum anderen, begleitet von Mamas Lachen, die sich um Jaros Augen nicht die geringste Sorge machte. Auch ihre waren unterschiedlich. Aber bei ihr schienen ja noch mehr Sachen nicht zu stimmen.

»Und hat dir jemand nach dem Anklopfen vielleicht gesagt, dass du reinkommen darfst?«, fragte ich sauer.

»Nein, du warst ja gar nicht da.« Jaro schob friedlich meinen Stuhl an das Quadrum heran und kletterte drauf.

»Was tust du hier überhaupt?«

»Gucken«, sagte der Knirps, die Augen aufs Quadrum geheftet.

»Du hast doch ein eigenes zum Gucken!«

»Ja, das gucke ich mir auch ständig an. Aber deins ist ein bisschen anders.«

»Meins ist größer.«

»Ja, aber das ist egal. Darum geht's gar nicht«, sagte Jaro und ich fragte mich irritiert, was er jetzt bitte schön meinte. Manchmal sagte er merkwürdige Sachen. Auf seinem Quadrum war auch ein Holzhaus, es war weiß und kleiner und schiefer als das auf meinem Quadrum, es standen gleich zwei Näpfe mit Wasser auf den Treppenstufen, die Bäume drum herum waren als Birken zu erkennen, außerdem lag auf der Veranda eine Babyrassel.

»Was ist denn nicht egal?«, fragte ich. »Dein Haus steht vielleicht an einem anderen Ort als meins?«

»Ort?« Jaro überlegte. »Nee, der Ort ist auch egal. Es ist eine andere Zeit. Mein Haus ist älter als deins.«

»Nicht umgekehrt?«, fragte ich.

»Nein.« Jaro schüttelte den Kopf und seine Locken flogen herum.

»Und hast du eine Idee, wer in dem Haus wohnt?«, fragte ich mit kindgerechter Stimme, weil ich Jaro trotz allem eine gute, fürsorgliche Schwester sein wollte, die sich gern mit ihm über seine Fantasien unterhielt. Jetzt erst recht, wo unsere Mutter nicht da war und ich versuchen musste, sie meinen Geschwistern wenigstens ein bisschen zu ersetzen.

»In dem Haus?« Jaro zögerte keine Sekunde. »Mama natürlich.«

Ich konnte gar nicht sagen, was ich so unheimlich fand an diesen Worten, die Jaro so beiläufig und felsenfest überzeugt sagte. Ich konnte plötzlich nachvollziehen, warum unsere Großmutter manchmal Angst vor Jaro und seinen Worten hatte. Ich verstand ihn nicht. Wollte ihn eigentlich auch gar nicht verstehen – hatte schließlich schon genug eigene Sorgen.

»Wie meinst du das?«, fragte ich trotzdem, aber er zuckte nur mit den Achseln.

»Und wohnt sie allein da?«, fragte ich.

»Da«, Jaro zeigte auf mein Haus, »nicht alleine. Und bei mir zuerst schon, aber jetzt nicht mehr.«

»Warum?« Ich war plötzlich eifersüchtig.

»Weil meins doch älter ist«, sagte Jaro geduldig.

»Und ist sie immer da?«, fragte ich. »Immer und überall gleichzeitig?«

»Wie ginge denn so was?«, fragte Jaro und sah mich skeptisch an und dann rief unsere Großmutter von unten, dass die Zwillinge sich auf den Weg zur Schule machen müssten, und Jaroslav habe immer noch nicht gefrühstückt und auch die Zähne nicht geputzt, und ich schüttete meine Frühstücksflocken in Jaros aufgesperrtes Mäulchen, damit der Kleine nicht hungrig aus dem Haus gehen musste.

Ich hatte sowieso keinen Appetit.

Im Bus war ein Platz neben Appolonia frei. Appolonia gehörte zu der Gruppe Mädchen, mit der ich zusammen zu Mittag gegessen hatte – bevor Ksü aufgetaucht war und alle verschreckt hatte. Einmal hatte mir Appolonia eines ihrer vielen Haargummis ausgeliehen, als mir meins im Sport von den Haaren gerutscht war und ich es nicht mehr finden konnte. Am nächsten Tag hatte ich ihr das Haargummi gewaschen zurückgegeben, aber sie hatte es trotzdem weggeschmissen, als sie glaubte, dass ich nicht hinsah.

»Guten Morgen.« Ich ließ mich auf den Sitz neben ihr fallen.

Appolonia nickte und rückte die Tasche auf ihrem Schoß zurecht.

»Geht's dir gut?«, fragte ich finster. Obwohl ich immer noch keinen Appetit hatte, meldete sich mein leerer Magen mit einem Grummeln. Wahrscheinlich konnte es jeder hören, aber es war mir seltsamerweise nicht peinlich.

»Sehr gut, danke.« Appolonia hatte hervorstehende Zähne und es wäre vielleicht etwas weniger auffällig gewesen, wenn nicht auf einem von ihnen ein Kunstdiamant geblinkt hätte. Die einzige Art Schmuck, die man ohne ärztliche Hilfe nicht abnehmen konnte und die deswegen auf dem Lyzeum nicht verboten war.

»Hör mal, Polly«, sagte ich. »Ich glaube, ich hab die ganze Zeit was verpasst. Kannst du mir sagen, was so schlimm an Pheen ist?«

Appolonia drehte sich zu mir, der Diamant zwinkerte mir zu.

»Pfui«, sagte sie.

»Was?«

»Wie kannst du solche Wörter in den Mund nehmen?«

»Wie meinst du das? Ist das schon schlimm, Dinge einfach so auszusprechen?«

»Das kommt drauf an, welche.«

»Hör mal, ich will doch nur verstehen. Was ist so schlimm an Pheen? Haben sie was Böses getan? Dir persönlich zum Beispiel?«

Appolonia rückte von mir weg.

»Die haben uns allen was getan.«

»Und was sollte das bitte sehr sein?«

»Hat dir deine Mutter nicht beigebracht, dass man über so was nicht spricht?«, fragte sie, ohne mich anzusehen.

»Nein!«, sagte ich und nun stieg auf einmal Wut in mir auf, weil mir meine Mutter tatsächlich nicht beigebracht hatte, wie ich in so einer Situation reagieren sollte. Sie hatte mir überhaupt ziemlich wenig beigebracht, wie ich gerade brutal vorgeführt bekam. Ich kam mir vor wie jemand, der jahrelang auf einer Insel gelebt hatte und nun in eine Welt gestoßen wurde, in der jedes Kleinkind besser Bescheid wusste als man selbst. Wenn es Pheen nun wirklich gab, wenn meine Mutter eine von ihnen war, was bedeutete das für mich? Warum hatte sie nie mit mir darüber gesprochen? Plötzlich kam ich mir nicht nur verloren vor, sondern verraten.

»Vielleicht sollte deine Mutter in die Erziehungsberatung«, schlug Appolonia kühl vor. »Für dich ist es schon ein bisschen spät, du bist praktisch fertig sozialisiert, aber du hast ja kleine Geschwister, wenn ich mich recht erinnere. Die hätten dann vielleicht noch eine Chance.«

»Vielleicht sollte *deine* Mutter dahin.« Ich hatte das Gefühl, ich hatte nicht mehr viel zu verlieren. Aber ich musste mich trotzdem zusammenreißen. Wenn ich jetzt alle verprellte, würde mir erst recht niemand sagen, was hier eigentlich vor sich ging.

»Bitte, Polly.« Ich streckte hilflos meine Hand aus und sie zuckte zurück. Ich verschränkte die Finger auf dem Schoß. »Was ist so schlimm an Pheen? Was haben sie getan? Ich habe es wirklich nicht mitgekriegt. Muss all die Jahre irgendwie geschlafen haben.« Ich lächelte beschämt.

Appolonia bedeckte ihr Gesicht mit den Händen und rief

mit schriller Stimme: »Fass mich nicht an! Sag dieses Wort nicht!«

Erstaunt sah ich, dass sie nicht nur so tat – sie war wirklich kurz davor, in Tränen auszubrechen.

Mister Cortex

Von da an war ich allein auf dem Lyzeum. Ich weiß nicht, wie es passieren konnte, dass plötzlich alle im Bilde über mich waren. Vielleicht hatte Polly eine Nachricht ins interne Netzwerk gestellt, dass ich mich nach Pheen erkundigt hatte. »An alle außer Juli Rettemi, die sich für obszöne Inhalte interessiert«. Jedenfalls saß ich plötzlich ganz allein da.

Bis jetzt hatte ich nicht eine einzige Antwort auf meine Fragen bekommen. Und ich wusste auch nicht, wo ich sie finden konnte. In der Schule durfte ich das Wort Phee nicht in die Suchmaske eingeben. Antworten wollte mir niemand – das hatte ich nun ausreichend oft ausprobiert.

Bei uns zu Hause konnte ich nicht ins richtige Netz. Der Zugang wurde streng nach Status freigeschaltet. Mein Vater hatte in seinem Büro einen ziemlich hohen – jedenfalls vermutete ich das. Ich kam an Computerspiele, die unterschiedliche Bereiche des Gehirns trainieren sollten, Infoseiten für Teenager, meine eigenen elektronischen Fotoalben und das Nachrichtennetz des Lyzeums heran. Jaro und Kassie konnten Kindernachrichten empfangen, ausgewählte Zeichentrickfilme und eine Quizsendung mit einem Moderator, der eine rote Clownsnase hatte.

Aber das Netz oder Spiele wie SYSTEM langweilten mich ohnehin.

Das Einzige, was mich nicht langweilte, waren meine Bücher.

Dort verhielten sich Fünfzehnjährige wie volljährig. Sie hatten Aufgaben zu bewältigen, an denen Erwachsene gescheitert waren. Das faszinierte mich, auch wenn es für mich insgeheim sehr beruhigend war, dass es nicht meiner Realität entsprach. Aber jetzt konnten mir auch die Bücher nicht weiterhelfen. Alles, was drin gestanden hatte, war gelogen. Nicht, dass es mir neu gewesen wäre, aber zum ersten Mal in meinem Leben frustrierte es mich.

Der Schultag verlief noch zäher als sonst.

Selbst die Lehrer schienen mir gegenüber reserviert zu sein, aber vielleicht war das auch nur so ein Gefühl. Mir war, als würde ich die ganze Zeit schlafen und schlecht träumen. Ab und zu zwickte ich mich mitten in der Lerneinheit, kniff die Augen zusammen und öffnete sie wieder, in der Hoffnung, aufzuwachen und alles wäre wieder beim Alten.

In der ersten Pause hatte ich auch nichts Besseres zu tun, als fleißig die Augen zu öffnen und wieder zu schließen. Als ich sie das siebte Mal aufmachte, saß vor mir die grinsende Ksü und die Schlange auf ihrem Schädel blickte mir mit dem kleinen schwarzen Auge direkt ins Gesicht.

»Hallo!« Ksü knuffte mich, dass ich fast vom Stuhl fiel. »Du guckst, als hättest du mich schon komplett verdrängt!«

Genauso war es auch. Ich hatte gerade so viele Probleme, über die ich ständig nachdachte, dass Ksü komplett aus meiner Erinnerung gerutscht war.

»Geht's dir so schlecht, wie du aussiehst?«

Ich guckte sie nur an. Sie war wirklich ein Frischling. So etwas fragte man nicht auf dem Lyzeum, selbst wenn ich mit meinem abgerissenen Kopf unterm Arm aufgetaucht wäre.

»Geht so«, sagte ich abweisend.

»Wenn ich irgendwie helfen kann, sagst du Bescheid, ja?«

Jetzt wäre ich beinahe vom Stuhl gefallen. So etwas hatte ich überhaupt noch nie gehört.

»Warum sagst du das?«

»Warum nicht?« Ksü zuckte mit den Achseln. »Du hilfst mir doch auch.«

Aber nicht freiwillig, dachte ich. Wenn man mich dazu nicht gezwungen hätte, hätte ich dich liebend gern im Stich gelassen.

Ich spürte, wie meine Wangen heiß wurden, wahrscheinlich wurde ich gerade rot wie eine Tomate.

Denn ich war neidisch auf Ksü.

Ich hätte das nicht gekonnt – einfach mitten im Jahr auf das Lyzeum zu kommen. Ich selber war damals zu Beginn des sechsten Schuljahres eingestiegen, das war schon schlimm genug gewesen. Und alles, was Ksü tat, wäre für mich damals wie heute tabu gewesen: eine Uniform tragen, die so aussah, als hätte sie die Nacht zusammengeknüllt unterm Bett verbracht. Hosen anstatt eines Rocks anzuziehen – fast alle anderen Mädchen trugen Röcke, deswegen hielten viele Ksü für einen Jungen. So fröhlich und unbeschwert zu sein, obwohl kein einziger Schüler mit ihr redete und alle wegrückten, sobald sie auftauchte. Außer mir, aber ich war dazu verpflichtet, ihr zu helfen. Zum Nettsein konnte mich keiner verpflichten, also war ich auch nicht nett.

Ich sagte gar nichts mehr, sondern vertiefte mich in die Zahlenkunde. Ksü ließ mich in Ruhe. Erst schrieb sie ebenfalls etwas in ihr Heft, dann schlug sie es zu und beschäftigte sich mit ihrem Notebook. Ich wollte mich nicht drum kümmern, aber dann wurde ich neugierig.

»Warum arbeitest du nicht weiter?«

»Ich bin fertig«, flüsterte Ksü zurück. »Deswegen spiele ich.«

Ich schielte auf ihren Bildschirm in der Vermutung, dass sie SYSTEM spielte, aber statt das Staatenlabyrinth mit seinen verschlüsselten Fragen und Fallsituationen zu bearbeiten, jagte sie mit Karacho Kugeln über ein Feld, die zurückgeschossen kamen und abgewehrt werden mussten. Viel konnte man bei dem Spiel nicht gerade lernen, dachte ich schadenfroh. So etwas lag ganz klar unter dem Niveau einer Lyzeistin.

Ich guckte eine Weile zu, dann kam mir irgendetwas merkwürdig vor.

»Spielst du gegen den Computer?«

»Nein, gegen meinen Bruder. Dem ist auch langweilig.«

»Aber . . . Ist der etwa auch hier auf dem Lyzeum?«

»Nein, der ist schon an der Uni«, sagte Ksü mit einem Hauch von Stolz in der Stimme. »Gerade in einer Vorlesung, aber er meint, er kann sich besser konzentrieren, wenn er beim Zuhören mit mir spielt.«

Ich brauchte einen Atemzug, um zu verstehen, was das bedeutete.

»Aber das heißt doch . . . Du hast einen Zugang nach draußen!«

»Natürlich«, sagte Ksü und feuerte eine silberne Kugel gegen eine rote. Beide gingen in Flammen auf. »Sonst könnte ich ja wohl nicht mit ihm spielen.«

»Aber . . . Das ist doch ein Schulcomputer! Unsere Zugänge werden kontrolliert. Wir können nicht einfach so ins Netz, das entspricht nicht unserem Status. Wir dürfen nur Lernprogramme benutzen und die Suchmaschine.« Ich dachte voller Bitterkeit daran, wie der Computer auf meine Anfrage reagiert hatte.

»Na ja«, sagte Ksü verlegen, »ich hab ein bisschen was dran verstellt.«

»Am Schulcomputer? Bist du wahnsinnig?«

»Ich wusste nicht, dass es verboten ist.« Ksü machte die Augen rund und das Gesicht dumm, was bei ihr wahnsinnig komisch aussah. »Das hat mir keiner gesagt. Nicht mal du.«

Obwohl es für mich im ersten Moment so klang, als wolle sie die Verantwortung auf mich abschieben, musste ich lachen.

»Vielleicht hast du es mir doch gesagt und ich habe es überhört«, fügte Ksü schnell hinzu, wahrscheinlich war ihr gerade der gleiche Gedanke gekommen wie mir. Schon ein paarmal hatte sie sich so verhalten, als hätte sie genau gewusst, was mir durch den Kopf ging. Es war sehr ungewohnt. Andererseits durchaus ein wenig praktisch, nicht immer alles erklären zu müssen. Und trotzdem störte mich daran, dass es bedeuten könnte, dass wir uns ähnlicher waren als zuerst vermutet.

»Aber . . . Fällt das denn gar nicht auf?«, fragte ich.

»Kümmert keinen. Siehst du doch.«

»Sag mal, Ksü . . .« Ich blickte mich verstohlen um und spürte, wie mein Herz schneller klopfte. Noch nie hatte ich etwas Illegales getan. »Dürfte ich vielleicht kurz deinen Computer benutzen?«

»Na klar.« Sie schob mir das Notebook bereitwillig rüber, nachdem sie etwas in eine Ecke des Touchpads geschrieben hatte und das Kugelspiel sofort verschwand.

»Ich muss aber einen Suchbegriff eingeben«, sagte ich vorsichtig.

»Ja, mach doch.«

»Es ist etwas . . . na ja, das Wort ist böse . . . Denke ich jedenfalls.«

»Wow!«, sagte Ksü unbekümmert. »Ein böses Wort!«

»Ich meine nur . . . Falls mich jemand erwischt, ich will ja nicht, dass du Ärger bekommst.« Der letzte Satz war eine glatte Lüge – um Ksü sorgte ich mich erheblich weniger als um mich selber.

»Kontrolliert schon keiner. Mach doch einfach, bevor jemand kommt.« Sie sah zur Tür, doch noch waren wir allein im Raum.

Ich griff mir ihr Gerät. Meine Finger zitterten, als ich das Browserfenster öffnete.

»Hey!« Ich hatte zwar keine Zeit zu verlieren, war jedoch zu verblüfft. Ich konnte meinen Augen nicht trauen, aber es sah genauso aus, wie es immer beschrieben wurde. Ein schlichter silberfarbener Rahmen, keine Schnörkel oder Comicfiguren oder Werbung mit blinkenden Logos. »Das ist ja Mister Cortex!«

»Na klar, denkst du, ich such mit Babyfind oder was?

Ich schüttelte sprachlos den Kopf.

Mister Cortex war eine Suchmaschine, von der ich bis jetzt nur gehört hatte. Von der hatten alle schon mal gehört. Sie war nicht einfach nur für Erwachsene freigeschaltet. Sie war für extrem wenige Erwachsene freigeschaltet, weil sie Informationen entdeckte, auf die man ein besonderes Recht nachweisen musste. Hochrangige Beamte oder Wissenschaftler in Staatskonzernen erhielten den Cortex-Status. Es war die einzige Maschine, die ganz ohne Filter arbeitete. Alle anderen waren zugeschnitten auf die Status-Gruppe, die jeweils darauf Zugriff hatte. Kulinarischfind, Wellnessfind, Grammatikfind. Sie fanden auch nur das, worauf sie spezialisiert waren.

»Aber man braucht doch eine Berechtigung, um Mister Cortex zu nutzen! Das ist sonst strafbar. Selbst mein Vater hat nicht den Status und der arbeitet bei HYDRAGON.«

»Willst du diskutieren oder willst du suchen?« Ksü gähnte.

Und ich hielt den Mund und tippte schnell das Wort ein – Phee.

Keine Ahnung, was ich jetzt erwartet hatte. Dass der Computer plötzlich explodierte, dass eine Sirene losging, dass der Boden unter unseren Füßen durchbrach – irgend so was. Mein Herz klopfte bis zum Hals, die Hände wurden feucht. Mister Cortex schluckte mein Wort, wartete kurz und gab die Suchergebnisse heraus. So viele Treffer, so viele Seiten.

Meine Kehle wurde trocken.

Ich weiß nicht, warum ich nicht den ersten, nicht den zweiten, sondern den dritten Treffer anklickte. Es öffnete sich eine neue Seite und ich las:

Wenn Pheen Kinder haben wollen, dann bleibt ihnen nichts anderes übrig, als sich mit einem Mann (Normalen) zusammenzutun. Meistens erklären sich dazu Männer bereit, die die Dienste einer Phee existenziell benötigen. Es entsteht ein Abhängigkeitsverhältnis, das viele Pheen nicht überleben. Die Töchter der Pheen werden mit fünfzigprozentiger Wahrscheinlichkeit auch Pheen. Die Söhne der Pheen werden keine Pheen (Pheen sind ausschließlich weiblichen Geschlechts), sondern mit hundertprozentiger Wahrscheinlichkeit sehr besondere . . .

Ksü klappte ihr Notebook vor meiner Nase zu und schnappte es sich.

»Was ist . . .«, begann ich, sah es dann aber selbst.

»Vielen Dank, dass du mir mit dem Rechenprogramm geholfen hast, Juli!«, ratterte Ksü los.

Der Tutor stand an unserem Tisch und ich hatte ihn noch nicht einmal bemerkt! Mir wurde heiß und kalt. Das Lyzeum war streng – schon kleinste Vergehen wurden mit Abmahnungen geahndet, die ab einer bestimmten Kategorie teuer für die Eltern wurden und eine verpflichtende Verhaltensberatung nach sich zogen. Aber das, was ich getan hatte, lag jenseits von Abmahnungen. Ich konnte mir nicht im Geringsten vorstellen, was mit mir geschehen könnte, wenn ich erwischt worden wäre. Vielleicht war es so schlimm, dass darauf die größte Strafe stand, die über eine Minderjährige verhängt werden konnte. Ein Gericht konnte das Armband mit der Nummer einziehen. Dann war es nicht nur mit dem Schulbesuch vorbei. Man war nicht mehr normal, man war eine Unperson, konnte gleich in ein Freakviertel ziehen und sich dort lebendig begraben.

Während ich mich Horrorszenarien hingab, redete Ksü weiter auf den Tutor ein.

»Wenn man so neu ist, hat man wirklich keine Ahnung von nichts«, berichtete sie heiter. »Man muss vielleicht dringend mal, macht eine Tür nach der anderen auf, hinter der einen ist das Lehrerzimmer, hinter der anderen das Krankenzimmer und man macht sich inzwischen fast in die Hose . . .«

Die Augen des Tutors wurden merkwürdig glasig.

»Und ich weiß gar nicht, ob ich hier richtig gerechnet habe, aber Juli kann wirklich nicht immer alles für mich machen.« Ksü machte eine Handbewegung und das Blatt mit ihren Lösungen kroch aus dem Klassendrucker. »Deswegen bin ich so froh, dass Sie gekommen sind, um sich persönlich um mich zu kümmern.«

Der Tutor blinzelte, nahm ihr Blatt, drehte sich um und ging damit zu seinem Pult.

»Puh.« Ich atmete aus. »Das war vielleicht knapp. Du musst mit solchen Sachen besser aufpassen.« Ich stockte. »Ich meine, *ich* muss aufpassen. Ich hab die Suchanfrage ja gerade selber gestartet und gelesen, da konntest du nichts dafür . . .« Ich schwieg verwirrt.

»Mach dir keine Sorgen«, murmelte Ksü. »Ich find's echt süß, dass bei euch alles von Lehrern persönlich kontrolliert wird und nicht die Programme die Noten vergeben. Das ist irgendwie nostalgisch, wie diese Papierbücher und die Hefte. Wahrscheinlich schleimt sich die Schulleitung damit bei den Konservativen ein, die ihre Kinder ans Lyzeum schicken, weil sie Wert auf eine Erziehung ohne Technik legen. Dabei sind ihre Häuser genauso mit Elektronikschrott vollgestopft wie die aller anderen Normalen auch.«

»Häh?«, fragte ich, in Gedanken bei den Zeilen, die ich gerade auf ihrem Computer gelesen hatte. »Wovon redest du?«

»Nicht so wichtig«, sagte Ksü.

Der Tutor kam zu uns zurück und warf Ksüs Lösungsblatt auf den Tisch. Bevor sie es mit einer Hand in ihre Tasche fegte, konnte ich gerade noch sehen, dass sie alle Aufgaben richtig gelöst hatte.

In der Kantine saßen wir wieder zu zweit am Tisch. Wir schwiegen. Das, was ich auf Ksüs Computer gelesen hatte, schwirrte mir im Kopf herum und ließ sich nicht vertreiben. *Dienste einer Phee . . . existenziell benötigen . . . Abhängigkeitsverhältnis, das viele Pheen nicht überleben . . . Die Töchter der Pheen . . . fünfzigprozentige Wahrscheinlichkeit . . .*

Entweder es war ein Auszug aus einem ziemlich merkwürdigen Märchen. Oder es entsprach der Wahrheit. Dann bedeutete es, dass ich mich genauso gut vor den nächsten Schulbus werfen könnte, denn so richtig viel hatte ich von meinem Leben nicht mehr zu erwarten.

Ich sah Ksü an. Wenn schon alles zusammenbrach, würde mir auch kein Zacken aus der Krone fallen, etwas nachzuholen.

»Ksü«, sagte ich. »Danke schön.«

»Wofür?« Sie schaufelte schon wieder Essen in sich hinein, als hätte sie seit mehreren Wochen gehungert.
»Für die Suchmaschine«, sagte ich. »Für Mister Cortex.«
»Aber du hast doch gar keine Zeit gehabt, was zu lesen.«
»Neun Zeilen«, sagte ich. »Die habe ich lesen können.«
»Na ja«, sagte Ksü. »Manchmal sind neun Zeilen wichtiger als hundert Bücher.«
Sie fragte mich nicht, was in den neun Zeilen gestanden hatte, und ich sagte es ihr auch nicht. Ich hatte das Gefühl, die Zeilen waren nur für mich bestimmt gewesen. Auf einmal wusste ich, was mein Vater gemeint hatte: Mund halten. Dann geht die Gefahr vielleicht vorüber.
Ich hatte bloß das Gefühl, das würde sie nicht tun.
Ksü blickte mich schräg von der Seite an. »Du siehst so aus, als würdest du unbedingt weiterlesen wollen. Und hier ist das vielleicht wirklich nicht die beste Idee. Wir sind beide so tollpatschig und dann fliegen wir noch vorzeitig von der Schule.«
»Was heißt vorzeitig? Ich will gar nicht fliegen, ich will meinen Abschluss. Ich will später einen guten Job«, sagte ich matt, als würde ich immer noch von dem ausgehen, was noch vor ein paar Tagen eine Selbstverständlichkeit gewesen war.
»Braves Mädchen«, sagte Ksü augenzwinkernd.
»Wenn ich trotzdem weitersuchen dürfte . . .«, sagte ich.
»Dann könntest du dir so ziemlich alles von mir wünschen, was dir so einfällt.«
»Ooh, das ist ein Angebot.« Ksü schob ihren leeren Teller weg und nahm sich den nächsten vom Buffet. Es gab Pasta mit Meeresfrüchten. Sie krauste die Stirn, was ihre Tätowierung merkwürdig lebendig erscheinen ließ. »Was könnte ich denn von dir haben?«
Ich überlegte. »Gute Frage.«

»Willst du mit zu mir nach Hause kommen und in Ruhe weiterlesen?« Ksü betrachtete die Miesmuschel auf dem Zacken ihrer Gabel.

»Mmmh.« Ich sah in meinen Teller. Ich hatte kein Gefühl für die Situation. Ich hatte noch nie eine Mitschülerin einfach so zu Hause besucht. Das war nicht üblich. Es reichte normalerweise, dass wir uns hier im Lyzeum sahen. Außerdem gab es in allen normalen Vierteln genug Cafés und Jugendzentren. Ab zwölf galt es als angesagt, sich dort mit Gleichaltrigen zu treffen. Nur an Geburtstagen war ich schon einmal bei Mitschülern zu Hause gewesen, aber auch das war eher die Ausnahme, denn die meisten Eltern richteten die Feste lieber auswärts aus.

»Ist es deinen Eltern recht?«, fragte ich.

»Ach«, sagte Ksü. »Ich bin schon ein ziemlich großes Mädchen. Muss nicht mehr bei jedem Pups um Erlaubnis bitten.«

Ich beschloss, das nicht persönlich zu nehmen. »Willst du aber vielleicht trotzdem zuerst fragen? Fremde Leute im Haus, das mag nicht jeder.« Genauer gesagt, mochte das niemand.

»Mach dir da mal keine Sorgen. Kannst heute nach der Schule gleich zu mir kommen. Wenn du willst.«

»Wirklich?«

»Mein Gott, ich biete dir doch kein Attentat auf den Schulleiter an. Komm oder komm nicht, aber mach nicht so viel Aufhebens drum«, sagte Ksü ungeduldig.

»Na gut«, sagte ich. »Es ist nur . . .«

Ich wollte »nicht sehr üblich« sagen, aber dann dachte ich, dass es Ksü vielleicht verletzen könnte, weil sie so offensichtlich anders sozialisiert war, und entschied mich stattdessen für »sehr nett von dir«.

Ich komme auf einer Lichtung an. Sehe ein Haus, alt, weiß und schief. Auf der Veranda liegt eine Babyrassel. Die Tür ist angelehnt. Drinnen herrscht Stille, die plötzlich von einem leisen Wimmern unterbrochen wird. Obwohl etwas in mir flüstert, dass ich nicht reingehen soll, ist der Drang stärker. Ich mache die Tür auf.

Das blaue Moped

Ich hatte beschlossen, nach der Schule nicht mehr heimzugehen, sondern mich eine Stunde in der Schule rumzudrücken, bevor ich dann zu Ksü fuhr. Ich wusste nur nicht, wie ich hinkommen sollte. Ksü hatte gesagt, dass sie in der Nähe von Zett wohnte, einem Viertel, das ich nur vom Namen her kannte. Auf der Stadtkarte lagen zwischen ihm und unserem Zuhause mindestens zwei normale Viertel und eine schwarze Zone, die so viel wie »unbetretbar« bedeutete.

Den Schulbus konnte ich nicht nehmen, die Fahrer achteten auf die Registrierung und ließen uns nur dort raus, wo wir auch zu Hause waren. Auf das Lyzeum gingen einige Kinder aus sehr wohlhabenden Familien und die Angst vor Entführungen war groß.

Ksü sagte ungeduldig, ich solle mir keine Umstände machen und einfach direkt mit ihr fahren. Es sei sowieso ziemlich weit und die Straße schwer zu finden.

Ich hatte immer noch das Gefühl, dass ich gegen alle Regeln verstieß. Aber es kümmerte mich jetzt weniger. Die Worte aus dem Eintrag der Suchmaschine hatten sich in meinen Gedanken festgesetzt und ließen mir keine Ruhe mehr. Wenn irgendwas daran wahr war und ich mich von meinem früheren Leben verabschieden musste, wurde es Zeit, dass ich nicht mehr nach den alten Regeln mitspielte, sondern langsam meine eigenen aufstellte.

Trotzdem wollte ich nicht darauf verzichten, zu Hause Bescheid zu sagen. So weit ging mein neuer Mut auch wieder nicht. Meine Knie zitterten schon die ganze Zeit. Ich brannte darauf, mehr über Pheen zu lesen – und hatte gleichzeitig große Angst davor.

Ich reihte mich in die übliche Schlange schwarz gekleideter Jungs und Mädchen vor dem Schultelefon ein. Ich hatte mich oft gefragt, mit wem sie alle telefonierten.

Es dauerte nicht lange, denn jeder, der dran war, sagte schnell ein paar Sätze in den Hörer und legte wieder auf. Auf der Zelle stand: »Halte deine Mitschüler nicht auf und fass dich kurz!«

»Ist das nicht ein komischer Satz?« Ksü zeigte auf das Schild und prustete los. Die anderen wendeten uns ihre Köpfe zu und ich duckte mich automatisch. Warum musste Ksü sich immer so auffällig verhalten! Schlimm genug, dass sie aussah, wie sie aussah. Vielleicht war es ihr egal, dass sie jeder für einen Freak hielt, aber mich störten die Blicke. Jetzt mehr denn je. Ich wollte am liebsten unsichtbar werden, bevor mir jeder noch die Pheentochter ansah.

Gleich darauf schämte ich mich wieder. Meine Mutter fand es daneben, jemanden nach dem Äußeren zu beurteilen. Aber wo war sie jetzt, mit ihren seltsamen Vorstellungen und dem gruseligen Pheenstatus? Warum ließ sie mich allein, nachdem sie mich so lange dumm und ahnungslos gehalten hatte?

Aber Ksü war an meiner Seite. Sie hatte mich vorhin durch ihre schnelle Reaktion vor höllischem Ärger gerettet. Und sie wollte mir weiterhelfen. Ich musste mich nur bemühen, ihre Schlange zu ignorieren. Ich wurde das Gefühl nicht los, dass die mich aufmerksam anglotzte.

Nach fünf Minuten war ich an der Reihe. Ich betrat die Telefonzelle. Ksü blieb draußen.

Ich hielt mein Armband mit der Nummer vor den Scanner, der am Apparat angebracht war, und wählte die Telefonnummer von zu Hause.

Meine Großmutter ging sofort dran. Als ich ihr sagte, dass ich heute nicht gleich nach Hause kommen würde, weil ich vorher noch eine Mitschülerin besuchen wollte, schnappte sie erst mal nach Luft. Sie wollte wissen, wer das Mädchen war, wo sie wohnte, wer ihre Eltern waren und vor allem wie ich auf so eine abwegige Idee gekommen war.

»Ich bin ihre Patin und ich muss ihr helfen. Es kommt ins Zeugnis, dass ich mich fürs Lyzeum engagiere«, sagte ich möglichst sachlich, als wäre nichts dabei.

»Und du willst gleich nach der Schule zu ihr fahren?« Ingrid konnte es nicht fassen.

»Alles andere wäre ein Riesenumweg.«

Meine Großmutter holte tief Luft. Ich konnte sie fast vor mir sehen, ihre makellose Stirn faltenlos, der Mund verkniffen. »Ich kann das nicht entscheiden«, sagte sie. »Am besten rufe ich schnell deinen Vater an«, und ich brüllte in den Hörer: »Wenn du das tust . . . Wenn du das tust . . .« Ich wusste nicht, was *ich* dann tun würde, und während ich mir krampfhaft eine möglichst wirksame Drohung überlegte, knackte es im Telefon und eine strenge Frauenstimme sagte: »Du sollst deine Mitschüler nicht aufhalten, Juliane Rettemi! Fass dich kurz – und sprich leise.«

»Hast du das gehört?«, fragte ich Ingrid. »Ich muss auflegen, bis heute Abend.«

Und knallte den Hörer auf die Gabel.

Durch das Glas der Telefonzelle sah ich Ksü mit unseren beiden Taschen warten. Sonst war niemand da. Ich war die Letzte in der Schlange gewesen. Ich hielt niemanden auf.

Ich nahm den Hörer wieder ab und drückte ihn ans Ohr.

Keine Ahnung, was mich trieb. Ich gab eine sehr vertraute Zahlenreihe ein, aber es war keine Telefonnummer. Es war der Geburtstag meiner Mutter. Meine Finger schienen ein Eigenleben zu führen, es war das Blödsinnigste, was man tun konnte. Entweder es gab die Nummer irgendwo und ich hatte jetzt einen Fremden in der Leitung. Oder es gab die Nummer nicht und ich wurde, was am wahrscheinlichsten war, gerade zur Auskunft weitergeleitet. Da wollte ich eigentlich nicht hin. Aber es schien schon so weit zu sein: Es tutete in einem anderen Rhythmus, etwas knackte im Hörer und dann hörte ich eine zarte Frauenstimme:

»Wer ist dran? Ein Kind oder ein Erwachsener?«

Ich hatte es nicht mehr so gern, wenn man mich als Kind bezeichnete, aber dieser Stimme gegenüber wollte ich gern ein Kind sein. Außerdem war ich überrascht.

»Kind«, sagte ich, während mir Tränen in die Augen schossen.

»Möchtest du deine Mutter sprechen?«

Ich spielte mit. »Oh ja, bitte!«

»Das ist dein absolutes Recht.« Die Stimme war voller Mitgefühl. »Warte einen kleinen Moment.«

Und dann rauschte es im Hörer, als würde Wind an einer Baumkrone rütteln, und plötzlich sagte jemand: »Juli! Mein Liebling!«

Es war meine Mutter.

Ich wollte erst nicht glauben, dass sie es war. Ich dachte, es handele sich um ein besonders gutes Sprachprogramm. Ich hielt es für einen erneuten Reinfall. Ich schwieg. Ich wollte mich nicht noch lächerlicher machen.

»Juli, warum sagst du nichts? Bist du in Ordnung? Lassen sie dich in Ruhe?«

»Bist du das, Mama?«, krächzte ich. »Wann kommst du nach Hause?«

»Kann noch nicht.« Die Stimme meiner Mutter klang sehr weit entfernt.

»Du musst sofort zurückkommen!«, schrie ich.

»Juliane Rettemi, fass dich kurz und sprich leise!«, mischte sich wieder die automatische Stimme ein.

»Verpiss dich«, rief ich, denn mir fiel nichts Besseres ein als dieser altmodische Ausdruck, den ich vermutlich aus einem uralten 2D-Film hatte. Ich hatte Angst, dass die automatische Stimme meine Mutter aus dem Hörer verdrängt hatte. Aber sie war noch da. Ich spürte ihren Atem.

»Wie kann ich zu dir, Mama?«

»Willst du das?«

»Natürlich will ich das!«

»Du weißt nicht, wie das ist.«

»Natürlich nicht!« Jetzt brüllte ich wieder. »Woher soll ich das auch wissen? Du hast mir nie etwas erzählt! Ich bin die Letzte, die Dinge erfährt, die mich betreffen! Deine ganze verdammte Erziehung hat nur darauf abgezielt, mich vor der Welt zu verstecken . . . Oder umgekehrt, die Welt vor mir . . .« Tränen der Wut schossen mir in die Augen. Jetzt hatte ich meine Mutter bestimmt aus dem Hörer weggebrüllt, herzlichen Glückwunsch auch.

Aber sie war noch da. »Ja, du hast recht, genau so ist es«, sagte sie, während ich mir hektisch die Augen rieb. Fehlte nur noch, dass ich hier ganz verheult rauskam. Meine Mutter redete jetzt schneller, was gut war, denn bald würde der Apparat unser Gespräch unterbrechen, es war eigentlich längst überfällig. »Ich wollte euch beschützen, habe es aber nur schlimmer gemacht.«

»Und jetzt? Was soll ich jetzt tun? Sag mir schnell, was ich machen muss!«, rief ich verzweifelt.

In dem Moment knackte es und die Leitung war leer.

Ich drückte mein Armband auf den Scanner, wählte erneut Mamas Geburtsdatum, das mir dieses kurze überraschende Glück beschert hatte, hämmerte mit der Faust auf dem Apparat herum, schüttelte den Hörer. Aber nichts passierte. In der Leitung war Grabesstille. Das Telefon war tot.

Ich verließ die Zelle und ging zur Ecke, wo Ksü wartete. In mir tobte ein Wirbelsturm, aber ich versuchte, mich zusammenzureißen.

»Ich glaube, ich habe das Telefon kaputt gemacht«, sagte ich betont zerknirscht, obwohl alles, woran ich denken konnte, die Stimme meiner Mutter war. Plötzlich war ich mir schon nicht mehr sicher, ob es wirklich passiert war oder ob ich es vielleicht doch nur geträumt hatte.

»Wow!«, sagte Ksü anerkennend. »Was du alles kannst.«

Ich versuchte ein Grinsen. Ich hatte es mal wieder total vermasselt. Auf eine seltsame Weise hatte ich es geschafft, mit meiner verschollenen Mutter zu telefonieren. Und anstatt sie zu fragen, wo sie steckte und wie es ihr ging, hatte ich sie nur angeschrien und ihr Vorwürfe an den Kopf geknallt. Ich hätte glücklich und dankbar sein sollen, dass sie lebte.

»Alles klar?« Ksü blickte in mein Gesicht. »Alles gut zu Hause?«

»Was?« Ich schaute sie an. Aber sie schien ganz arglos. »Ja, klar. Alles wunderbar, kein Problem.«

Wir gingen hinter das Schulgebäude, wo einige Senioren ihre Motorräder parkten. Ksü steuerte selbstsicher auf den Parkplatz zu und blieb an einem Gefährt stehen, das nicht nur wegen seiner himmelblauen Farbe seltsam aussah.

Ich tauchte aus meinen Gedanken auf. »Hast du etwa ein Moped? Ein eigenes Moped?« Ich war unangenehm überrascht und in mir regte sich so etwas wie Neid. Wenn andere Mitschüler Ksü mit dem Teil gesehen hätten, würde ich um meine Rolle als ihre Patin vielleicht sogar beneidet werden, dachte ich plötzlich bitter.

»Klar.« Ksü löste das Schloss, nahm einen runden roten Helm vom Lenker und warf ihn mir zu. »Setz ihn mal auf.«

»Und du?«

»Mir kann nicht mehr viel passieren.« Ksü klopfte mit der Faust auf ihre Schlange und ich zuckte unwillkürlich zurück, denn ich bildete mir gerade ein, die Schlange züngeln gesehen zu haben.

»Aber ist das nicht verboten? Ohne Helm zu fahren?«

»Total verboten.« Sie nahm den roten Helm aus meinen Händen und stülpte ihn mir kurzerhand über. Alles wurde sofort leise und sogar langsam. Ich fühlte mich wie ein Fisch im Aquarium. Das tat gut, ich hätte meinen Kopf längst in ein Wasserglas stecken und ungestört meinen Gedanken an die Stimme meiner Mutter nachhängen sollen.

Es passte zu Ksü, dass ihr Moped in der Reihe der glänzenden

Gefährte auffiel. Es sah nicht cool, sondern leicht wahnsinnig aus: Die Lenkergriffe waren spiralartig gewunden wie die Hörner des Widders, den ich mal als Kind im Zoo gesehen hatte. Die Scheinwerfer leuchteten auf, als hätte das Gefährt uns zugeblinzelt. Ksü packte das Teil an den Hörnern und führte es heraus. Ich hatte das Gefühl, es sperrte sich ein bisschen, als wäre es wirklich lebendig. Ksü klopfte aufmunternd auf den Sattel und sprang auf.

»Setz dich!«

»Wohin?«

»Wohin wohl? Hinter mich. Und gut festhalten!«

Ich kletterte vorsichtig auf den Sitz. Jetzt wurde mir klar, warum Ksü immer Hosen trug. Ich musste meinen Rock mühsam um meinen Hintern drapieren. Das Moped brummte ungeduldig und zitterte leise. Er vibrierte unter mir und ich fragte: »Aber eine Art Führerschein hast du schon, oder?«

Ksüs Lachen ging im Dröhnen des Motors unter.

Ich war noch nie auf einem Moped gefahren. Ich quietschte wie Jaro und Kassie als Babys auf dem Kinderkarussell. Ich spürte eine kopflose, heitere Angst. Der Wind pustete die dumpfen, sorgenvollen Gedanken an meine Mutter aus dem Kopf und kitzelte mir den Hals. Ich hielt mich mit beiden Armen an Ksü fest und war froh, dass sie keine Haare hatte, sonst hätte ich sie vor mein Visier geweht bekommen.

Wir rasten durch die Stadt. Ab und zu hielt Ksü an einer roten Ampel, und da sie immer erst im letzten Moment abbremste, fiel ich beinah runter. Ich klammerte mich fester an Ksü. Sie wechselte fröhlich zwischen den vier Spuren der Transferstraßen und Autos hupten ihr hinterher. Schon bald wusste ich nicht mehr, wo wir waren.

Das Zentrum mit dem Regierungssitz und den verspiegelten

Wolkenkratzern verließ Ksü viel schneller, als es der Schulbus normalerweise tat. Bald bog sie in ein Wohngebiet ein und ich zerfloss sofort vor Dankbarkeit, in unserem Viertel zu leben und nirgendwo sonst.

Die Wohnhäuser in unserem Viertel waren weiß, die öffentlichen Gebäude mintgrün. Alles sah frisch und sauber aus und die Straßen waren schnurgerade, wie mit dem Lineal nachgezogen. Ein Bonbonpapier auf dem Asphalt wäre ein Skandal gewesen und bei uns trugen alle dazu bei, Skandale zu vermeiden.

In dem Viertel, durch das wir gerade rasten, waren die Häuser alt, schmal und schief. Sie erinnerten mich an faule Zähne in einem viel zu kleinen Kiefer. Die Straßen waren krumm, die Bäume ungeschnitten, auf den Balkonen hingen Wäscheleinen, um die sich Kletterpflanzen rankten. Vor den Häusern lagen leere Dosen und zerrissene Plastiktüten. Kleine Kinder spielten barfuß im Dreck, obwohl es dafür ziemlich kalt war.

Natürlich wusste ich, dass nicht alle Menschen so normal und glücklich lebten wie meine Familie. Dass es auf der Welt auch Kinder gab, die nicht genug zu essen hatten und keine richtigen Kleider. Im Fernsehen gab es hin und wieder Werbespots, in denen wohltätige Einrichtungen für Junkies oder für kranke Waisenkinder um Spenden warben. Ingrid schüttelte in solchen Momenten immer den Kopf und mein Vater hob mahnend den Zeigefinger. Natürlich waren alle Junkies Freaks – man sah es an den Irokesenschnitten und den zerrissenen Klamotten – und auch die armen Waisenkinder waren nicht normal und offenbar schon von Geburt an tätowiert.

Aber es war dann doch ein ziemlicher Unterschied, ob die flehenden, traurigen Augen einen vom Bildschirm anschauten oder direkt und unverblümt aus der unmittelbaren Nachbarschaft. Ich war schockiert. Am meisten davon, dass diese im Dreck und in der Kälte spielenden Kinder fast normal aussahen. Hätte man sie gewaschen und gut angezogen, hätten sie genauso gut im Juniorland bei uns im Viertel toben können. Und kläglich schauten sie eigentlich gar nicht drein. Sie waren fröhlich. Wie konnten sie so zufrieden sein?

Ich rüttelte an Ksüs Schulter.

»Wer sind diese Kinder? Freaks?«

»Was?«, brüllte sie zurück.

»Ich frage mich, wer diese Kinder sind?«

»Was spielt das für eine Rolle?«

»Aber sie müssen doch irgendwas sein, wenn sie hier unter solchen Umständen leben!«

Ksü drehte den Kopf und überfuhr beinah einen riesigen zotteligen Hund, der mitten auf der Straße lag und sich vom Lärm des Mopeds nicht aufschrecken ließ. Sie warf mir einen seltsamen Blick zu.

»Das sind Menschen, Juli. *Menschen.*« Und schaute zu meiner großen Erleichterung wieder nach vorn.

Ich schloss für einen Moment die Augen. Ich schäumte nur so vor hilfloser Wut. Meine Eltern hatten Glück, dass sie gerade nicht hier waren. Sie beide hatten mich die ganze Zeit angelogen. Meine Mutter hatte mir die wichtigste Wahrheit über sich – und mich – verschwiegen. Mein Vater hatte mich in eine Luftblase gesteckt und den Rest der Welt vor mir versteckt gehalten und merkte nicht, dass mir längst der Sauerstoff ausgegangen war.

Mein altes Ich, immer freundlich und höflich, wurde mir zu klein, es barst an den Nähten und es brach etwas durch, das auch ich war – und das mir selber wohl am meisten Angst machte.

»Wo sind wir hier?«, brüllte ich Ksü ins Ohr, und als sie »Pheendorf« antwortete, war ich komischerweise diesmal nicht mal mehr erstaunt.

»Aber sie wohnen nicht wirklich hier?«, brüllte ich zurück. Keine Ahnung, woher ich dieses plötzliche Wissen nahm.

»Ich glaube nicht!« Ksü schüttelte den Kopf. »Aber genau weiß ich es nicht. Der Name ist historisch und trotzdem findest du das Viertel auf keinem Stadtplan. Anständige Leute meiden es bis heute!« Jetzt übertönte ihr Lachen den Motor des blauen Mopeds, das über die Straßen raste, abrupt abbog, Kindern und alten Frauen auswich, die, ohne zu schauen, die Fahrbahn überquerten.

»Aber du wohnst nicht hier?«

»Nein, nein«, beruhigte mich Ksü. »Ist nur eine Abkürzung.«

Wir schossen aus diesem verwinkelten schmutzigen Nest genauso rasch, wie wir reingerast waren.

Ksüs Haus stand in einer Siedlung, wie ich sie ebenfalls noch nie gesehen hatte. Es war viel sauberer als im Pheendorf, aber dennoch wilder als bei uns. Die Wegweiser zu den Gemeinschaftsgebäuden, die bei uns allgegenwärtig waren, fehlten hier völlig. Ich sah weder ein Juniorland noch ein Schwimmcenter noch irgendwelche Markthallen. Kein Mintgrün, nirgends.

Stattdessen schmiegten sich große, alte Häuser aus Holz festlich und stolz an den Hang. Den Eindruck verdarben Ansammlungen diverser Mülltonnen, die einfach so herumstanden und offenbar lange nicht mehr gewaschen wurden. Aber immerhin trennten die Anwohner hier, den Farben der Tonnen nach zu urteilen, ihren Müll.

So alte Häuser zu sehen, war ungewöhnlich.

Sicher kannte ich historische Gebäude, alte Kirchen, die Senatsgebäude im Zentrum mit ihren hohen Säulen und riesigen Hallen, die wir im Staatskunde-Unterricht mit der Lerngruppe besichtigt hatten. Aber Wohnhäuser hatten für mich gerade Linien, waren aus Beton und hatten riesige bodentiefe Fenster, die viel Licht hineinließen.

Während ich überlegte, ob ich die Straße trotzdem mochte, huschte etwas zwischen zwei Mülltonnen hervor. Es war fast so groß wie ein Kaninchen, hatte aber einen langen nackten Schwanz. Ich brüllte, Ksü bremste. Wir waren da.

Ksü parkte ihr Moped vor dem letzten Haus in der Straße und sprang herunter. Bevor sie mir die Hand geben konnte, war ich schon mit dem Gefährt zusammen umgefallen. Im Liegen sah ich das Haus an, das mich überragte, und es kam mir besonders seltsam vor. Dann begriff ich, woran es lag. Es stand nur noch eine Hälfte des Hauses. Der hintere Teil fehlte. Die unheimlichen Brandspuren und abgerissen wirkenden Kanten verrieten, dass dieses Haus etwas Schlimmes hinter sich hatte.

»Wehgetan?«, fragte Ksü besorgt und half mir auf. Ich schüttelte den Kopf. Der Helm hatte den Sturz abgefangen, jetzt befreite ich mich davon und strich mir die Haare glatt.

»Uff«, sagte ich und sah mich um. »Was ist denn hier passiert?«

»Jetzt komm endlich«, sagte Ksü.

Sie ging voran. Ich folgte ihr über die Holzstufen ins Haus. Sie knarzten unter meinen Füßen. Ein Haus, das Geräusche machte, als wäre es wirklich lebendig. Jedenfalls der Teil davon, der noch stand.

Ich hatte erwartet, dass Ksüs Mutter uns empfangen würde. Aber drinnen war es stockdunkel. Ich vermisste unsere hellen, lichtdurchfluteten Räume, die ein Gefühl der Weite vermittelten. Offenbar war niemand zu Hause, was mir seltsam vorkam. Ich wusste, dass früher viele Frauen arbeiten gegangen waren, aber heutzutage war das glücklicherweise nicht mehr nötig, gerade in einer Familie, die es sich leisten konnte, sein Kind aufs Lyzeum zu schicken.

Vielleicht war Ksüs Mutter ja einkaufen oder beim Sport oder traf sich mit ihren Nachbarinnen im Café, dachte ich.

Irgendwo weiter hinten schaltete Ksü gerade Licht an und riss Fensterläden auf. Ich hatte Fensterläden bis jetzt nur in sehr, sehr alten Kinderbüchern gesehen.

Ich stand mit Ksü in der Küche. Und diese Küche war riesig. Holzschränke bis zur hohen Decke, in fröhlichem Gelb angemalte Wände, ein riesiger Tisch, auf dem noch das schmutzige Frühstücksgeschirr stand, und ein Duft, der mir den Mund wässrig machte.

»Was riecht hier so lecker?«

»Ach ja!« Ksü klatschte sich auf die Stirn und öffnete den Backofen. »Das hab ich ganz vergessen. Hab noch heute früh vor der Schule einen Kuchen zusammengemixt und in den Ofen getan, damit er fertig ist, wenn wir kommen.«

»Du kannst backen?«, fragte ich unangenehm überrascht. Ich selber konnte bei uns zu Hause höchstens den Toaster bedienen und auch da verbrannte jeder zweite Toast. Ingrid deutete manchmal an, ich hätte die beiden linken Hände meiner Mutter geerbt. Dabei konnte Mama gut kochen.

»Ich bin die beste Kuchenbäckerin meiner Familie.« Ksü lachte laut. »Allerdings auch die einzige.«

»Da wusstest du doch noch gar nicht, dass ich dich besuche«, murmelte ich, war aber wieder abgelenkt, denn gerade hatte ich mich umgedreht und sah auf die Wand der Küche, die frei von Küchenschränken war. Leer, bis auf ein Quadrum. Es zeigte ein lebensgroßes Mädchen am Fenster. Man konnte ihr Gesicht nicht sehen. Das Mädchen kniete mit dem Rücken zum Betrachter auf der Fensterbank und drückte offenbar gerade die Nase an der Scheibe platt. Es war etwa so alt wie Kassie und hatte auch blonde Locken.

Es war ein Quadrum, das meine Mutter gemalt hatte.

»Woher habt ihr das?« Ich deutete auf das Quadrum, ließ mir die aufsteigende Unruhe nicht anmerken.

»Das? Hängt schon lange hier. Ich weiß es nicht mehr so genau. Bestimmt haben es meine Eltern gekauft.«

»Dieses Quadrum kann man nicht kaufen. Die Malerin hat keine Lizenz.«

»Keine was?«

»Hast du noch nie davon gehört? Man muss als Künstler eine Erlaubnis haben, Kunst anzufertigen. Sonst darf man seine Quadren niemandem zeigen, das steht unter Strafe. Also auch nicht verkaufen, nicht einmal verschenken. Schon der Besitz ist strafbar«, erklärte ich. Ich konnte nicht fassen, dass Ksü das nicht wusste. »Du musst es abhängen und verstecken.«

»Bin schon dabei, na klar, ab damit auf den Dachboden.« Ksü lachte schallend und tätschelte den Rahmen liebevoll. »Nee ehrlich, die Kleine bleibt hier in der Küche, und basta. Als ich noch drei oder vier war, hab ich mich immer mit ihr unterhalten.«

»Das kannst du nicht. Sie ist gemalt.«

»Wenn du meinst.« Ksü zuckte mit den Schultern.

»Ich frage mich, wie ihr Gesicht aussieht«, flüsterte ich.

»Hübsch sieht es aus. Sommersprossen, eine Narbe auf der Stirn.«

Kassie hatte Sommersprossen und eine Narbe auf der Stirn.

Als sie zwei war, war sie gestürzt und mit dem Kopf an einer Schrankecke angestoßen und hatte aus der Platzwunde geblutet wie ein Schwein. Mein Vater hatte geschrien, das müsse genäht werden, aber meine Mutter hatte die Blutung selber gestoppt. Kassie war nicht einmal im Krankenhaus gewesen.

»Woher weißt du das? Was sie für ein Gesicht hat?«

»Na, sie dreht sich manchmal um. Wenn sie will. Ist schon eine Type.«

»Das kann sie nicht«, sagte ich mit Papas Stimme, als würde auf meinem eigenen Quadrum nicht auch manchmal der Wald rauschen und jemand flüstern. Ich war sicher, dass solche Dinge sich nur bei mir zu Hause abspielten. Mittlerweile war ich allerdings auch sicher, dass sie alle irgendetwas mit meiner Mutter zu tun hatten. »Sie ist gemalt!«

»Oh, tatsächlich?« Ksü grinste. »Das ist eben Pheenkunst. Okay, wenn du eine solche Expertin bist, gebe ich zu: Es ist illegale Ware. Wir werden doch keinen Schund in unsere Küche hängen. Pheen sind die Einzigen, die richtige Kunst hinkriegen.«

»Pheenkunst . . .« Ich setzte mich auf den Boden, einfach so, auf die warmen Dielen.

»Wir haben auch Stühle«, sagte Ksü hilfsbereit.

»Ksü, ich muss dir was erzählen.« Ich kaute auf meiner Unterlippe herum. Aber im Grunde genommen gab es nichts zu überlegen. Ich würde Ksü hier und jetzt einweihen. Die Notwendigkeit, über die Ereignisse der letzten Zeit schweigen zu müssen, hatte mich schon beinah explodieren lassen. Jetzt konnte ich nicht mehr. Ich musste einfach mit jemanden darüber sprechen. »Das Quadrum da ist von meiner Mutter.«

»Ach nee?« Ksü sah auf mich, nicht erstaunt, eher so, als hätte sie es schon vorher gewusst. Dann schaute sie wieder auf das Quadrum, als wollte sie eine Ähnlichkeit zwischen mir und ihm feststellen. »Also, das wäre schon ein bisschen verrückt«, sagte sie dann doch.

»Ich kenne die Quadren meiner Mutter. Na ja, nicht alle, aber ich weiß, wie sie malt. Ich irre mich ganz bestimmt nicht. Das hier ist von ihr.«

»Wow!«, sagte Ksü. »Dann bist du Tochter einer berühmten Malerin. Was für Freunde ich habe.« Und sie klopfte sich mit der linken Hand auf die rechte Schulter, was ziemlich komisch aussah.

Ich stutzte, erstens weil sie mich als Freundin bezeichnet hatte, zweitens wegen dem, was sie gerade über Mama gesagt hatte.

»Ksü, meine Mutter ist keine berühmte Malerin.« Ich seufzte. »Sie hat keine Lizenz. Sie malt viel, aber alles ist auf dem Dachboden. Wir haben Quadren in unseren Zimmern, für den Privatgebrauch ist das ja nicht strafbar. Angehörigen ersten Grades darf man die Quadren zeigen und schenken. Aber sonst hat niemand die Quadren gesehen. Das wäre ja auch gar nicht gegangen, sonst hätte meine Mutter enorme Probleme gekriegt.«

Ich hatte einen Kloß im Hals.

»Sie *hat* Probleme gekriegt.«

Die Normalen und die Freaks

Und dann setzte ich mich an den großen schweren Holztisch, auf den Ksü ein Blech mit Blaubeerkuchen gestellt hatte, stützte meine Stirn auf die Hände und erzählte Ksü alles. Alles, was ich wusste. Vom Verschwinden meiner Mutter. Davon, dass die Polizei sie nicht suchen wollte, obwohl ich ahnte, dass etwas Schlimmes passiert sein musste. Wie mein Vater reagiert hatte. Wie ich das erste Mal bewusst das Wort Phee im Zusammenhang mit ihr gehört hatte. Und im Zusammenhang mit mir. Wie ich feststellen musste, dass jeder es als Schimpfwort benutzte außer ...

»Außer dir«, sagte ich. »Du bist die Einzige, die darüber spricht, als wäre nichts dabei. Pheendorf, Pheenkunst. Als wäre es völlig normal.«

Ksü hörte mir schweigend zu.

»Ich bin also Tochter einer Phee«, fuhr ich fort. »Und keiner sagt mir, was mit meiner Mutter passiert ist. Ich habe noch nie im Leben solche Angst gehabt, Ksü. Und irgendwie bin ich auch total wütend auf sie, weil sie mir nie gesagt hat, wer sie wirklich ist und was es für uns alle bedeutet.«

»Iss ein Stück Kuchen«, sagte Ksü, schnitt ein riesiges Rechteck heraus und stellte einen geblümten Teller vor mich. »Ist gut für die Nerven.«

Ich biss ab und verschluckte mich sofort.

»Da!« Ich hustete, schüttelte den Kopf und deutete mit der Kuchengabel in die Ecke.

Dort saß eine fette Ratte, die, so oft ich auch blinzelte, einfach nicht verschwinden wollte. Sie war braun, die schwarzen Knopfaugen waren auf mich gerichtet. Ksü achtete nicht auf sie, sondern klopfte mir auf den Rücken. Ich hörte sofort auf zu husten. Ich hasste es, wenn jemand meinen Rücken berührte.

»Sieh doch mal! Eine Ratte!«, stöhnte ich.

Sie schaute hin. »Da bist du ja!«, sagte sie erfreut, hörte endlich auf, auf die empfindliche Stelle zwischen meinen Schulterblättern einzuhämmern, griff einen angetrockneten Käsewürfel von einem Holzbrett neben der Spüle und hielt ihn der Ratte hin. Die Ratte hörte auf, mich anzuglotzen, und lief auf Ksüs ausgestreckten Arm zu. Sie nahm den Käsewürfel aus Ksüs Fingern, kletterte flink ihren Ärmel hoch und machte es sich auf Ksüs Schulter bequem. Dort begann sie, den Käse zu knabbern, den sie mit den zierlichen Vorderpfoten festhielt.

»Würg«, sagte ich. Ich schaffte es gerade noch, den Kuchen nicht zurück auf den Teller zu spucken. »Ist das eine echte Ratte?«

»Was sonst?« Ksü streichelte das Vieh zärtlich mit dem Zeigefinger. »Das ist Karamell.«

»Ist das etwa ihr Name?«

»Ja, sicher. Sie haben alle Namen.«

»Alle? Sind noch mehr da? Und laufen rum?«

»So etwa zehn. Sie schlafen im Käfig, wenn sie wollen. Sonst laufen sie frei herum.«

Mir wurde schlecht. Ich hatte schreckliche Angst vor Ungeziefer jeder Art. Ratten standen für Dreck und Krankheiten. Sie waren ein Wappentier der Freaks. Ich erinnerte mich an eine Geschichte, die Ingrid mir erzählt hatte, als ich noch klein war – wie eine Ratte ein Baby in der Wiege angegriffen hatte.

Die Vorbehalte, die ich am Anfang gegen Ksü gespürt hatte und von denen ich mich eigentlich gerade verabschieden wollte, schienen doch nicht ganz aus der Luft gegriffen.
»Aber die übertragen doch Krankheiten!«
»Die hier doch nicht.« Ksü verdrehte die Augen, um die Ratte auf ihrer Schulter anzuschauen. »Das sind Hausratten. Sie sind sauber.«
»Ich glaub, ich hab draußen eine gesehen, die war noch riesiger... War das auch eine von dir? Halten hier noch mehr Leute Ratten als Kuscheltiere?«
»Ist das so ungewöhnlich?« Ksü schaute besorgt. »Ich weiß nicht, wen du draußen gesehen hast, ich kenne natürlich nicht alle Ratten persönlich. Es gibt auch genug wilde. Aber auch sie sind in der Regel nicht aggressiv.«
»In der Regel nicht aggressiv?«, wiederholte ich schwach. »Aber gehen die nicht an euer Essen?«
»Meistens nicht«, sagte Ksü. »Sie finden auch draußen genug Futter... In den Mülltonnen... Die Wilden, meine ich. Einige Nachbarn stellen ihnen auch Futter hin. War eigentlich nie ein Problem. Obwohl, einmal hat mir jemand genau eine halbe Tafel Schokolade aus meiner Schublade weggefressen. Aber vielleicht warst es auch du, obwohl du genug Futter kriegst.« Sie drohte Karamell mit dem Zeigefinger.

Ich zerkrümelte meinen Kuchen auf dem Teller, damit es nicht so auffiel, dass ich keinen Bissen mehr essen konnte. Ksü schien es nicht zu bemerken. Sie verschwand im Flur und kam wenig später mit einem Notebook zurück. Mein Vater hatte genau so eins, aber er nahm es immer zur Arbeit mit. Es war ein echter, bestimmt ziemlich teurer Computer. Die Schulgeräte sahen im Vergleich dazu klobig und kindisch aus.

Die Ratte saß nicht mehr auf Ksüs Schulter. Ich war froh

drum und gab mir Mühe, nicht allzu aufmerksam nach links und rechts zu schauen.

Mich wunderte es nicht mehr, dass Ksü sich routiniert ins Netz klickte und Mister Cortex aufrief. Wenn sie es schon auf einem Schulgerät geschafft hatte, war es bei ihr zu Hause wahrscheinlich erst recht kein Problem.

»Ich weiß nicht so schrecklich viel über das, was dich interessiert«, sagte sie bedauernd. »Hab natürlich schon hier und da einiges aufgeschnappt. Aber was wir jetzt brauchen, sind knallharte Fakten. Fragen wir mal Mister Cortex.«

Wir fragten.

Nach zwei Minuten wünschte ich, wir hätten es nie getan.

Ich versuchte, die Seite wiederzufinden, auf der ich gelesen hatte, dass Pheen, die Kinder haben wollten, sich in große Gefahr begaben. Aber die Seite war verschwunden.

Ksü hatte eine Erklärung dafür. Sie sagte, dass Mister Cortex die Suche ständig erneuere. Andere Dinge hätten diesen Treffer verdrängt, vielleicht war der Link auch komplett entfernt worden. Stattdessen stießen wir auf Hunderte von Treffern, die mit dem Wort GEFAHR begannen.

GEFAHR: Pheen sind nicht sozialisierbare Individuen, die durch ihre Eigenarten die öffentliche Ordnung stören.

GEFAHR: Der Kontakt zu einer Phee kann schlimme Folgen haben.

GEFAHR: Es wird davor gewarnt, mit einer Phee eine Familie zu gründen. Die Folgen für die aus dieser Verbindung entstandenen Kinder können verheerend sein. Im Falle einer Trennung hat die Phee keinerlei Sorgerecht und dem Vater ist bei der Verarbeitung der Situation und der Erziehung der Kinder Unterstützung in jeder Form zu leisten.

GEFAHR: Die aus solchen Verbindungen entstandenen Kin-

der gelten in Abwesenheit der Mutter bis auf Weiteres als normale Kinder, sind aber strenger Beobachtung zu unterziehen. Bei jeder Auffälligkeit müssen Maßnahmen ergriffen und ihr Status überprüft werden.

Ich hielt mir vor Entsetzen den Mund zu. Ksü schob mich mit dem Ellbogen beiseite.

»Glaub doch nicht jeden Schund«, sagte sie. »Das sind Seiten des Ministeriums für Gefahrenabwehr. Was sollen sie auch sonst schreiben? Sie fürchten die Pheen wie der Teufel das Weihwasser.«

»Weil Pheen allgemeingefährlich sind«, flüsterte ich.

»Natürlich. So wie ein gutes Buch gefährlich ist für die öffentliche Dummheit. Mein Bruder sagt . . .«

Plötzlich hielt Ksü mitten im Satz inne.

»Was?«, fragte ich misstrauisch. »Was sagt dein Bruder?«

»Nichts«, sagte Ksü. »Also, eigentlich sagt er immer sehr viel, aber das tut nichts zur Sache.«

Es war das erste Mal, dass ich das Gefühl hatte, von ihr angelogen zu werden. Offensichtlich wusste sie mehr, als sie vorgab. Warum sonst blieb sie die ganze Zeit so bemerkenswert ruhig? Hätte sie nicht wenigstens ein bisschen überrascht sein müssen über das, was mir passiert war? Da stimmte irgendwas nicht.

»Bitte glaub nicht alles, was du liest oder hörst«, sagte Ksü. »Die Normalen haben Angst vor Pheen. Deswegen verbreiten sie solche Lügen. Aber es gibt noch mehr Ansichten auf der Welt. Freaks zum Beispiel beten Pheen geradezu an. Sie sagen, Pheen sind die Einzigen, die alles hier am Leben halten.«

»*Wer* sagt das?« Ich rümpfte die Nase.

»Freaks«, wiederholte Ksü etwas lauter.

»Das tröstet mich ungemein«, sagte ich. »Endlich mal eine richtig verlässliche Quelle.«

Freaks! Freaks mit ihren bunten, lächerlichen Frisuren. Die grundsätzlich zugedröhnte, aus einer gefährlichen Sekte hervorgegangene Schande unserer Gesellschaft. Sie arbeiteten nicht, kriegten zu viele Kinder und setzten sie aus. Es kostete die Normalität unglaublich viele Expertenarbeitsstunden, die zerstörerische Wirkung der Freaks in Schach zu halten.

Ich wusste ein bisschen mehr darüber, weil ich in Normkunde ein Referat darüber gehalten hatte, am Fallbeispiel eines Freaks, dem es gelungen war, auszusteigen und sich wieder anzupassen – ein langsamer, schmerzhafter, medikamentös begleiteter Prozess, der davon gekrönt wurde, dass der Exfreak feierlich ein ID-Armband überreicht bekam und ein normales Mitglied der Gesellschaft wurde.

Nach dem Referat hatten wir damals in unserer Lerngruppe über das Thema diskutiert. Einige Lyzeisten warfen die Frage auf, ob unser Staat nicht zu großzügig sei, jedem Individuum eine Existenzberichtigung auszustellen. Ich verteidigte das: Auch wenn es viel kostete, die Freaks zu überwachen, konnte man nicht alle sofort abschreiben. Diese liberale Einstellung war allerdings vor allem der Tatsache zu verdanken, dass der Typ aus meinem Fallbeispiel gar nicht so schlecht aussah – für einen Freak jedenfalls.

Aber von Ksüs Argumentation war ich jetzt etwas enttäuscht.

»Was spielt es für eine Rolle, wen diese gefräßige Sekte anbetet? Sie würden es ja mit jedem Außerirdischen tun.«

»Freaks sind nicht mehr eine Sekte, als die Normalen es auch sind«, sagte Ksü ruhig.

»Aber wir alle sind normal!« Wäre ich gerade nicht selber so fertig, hätte ich sicher schärfer reagiert als bloß mit einem Kopfschütteln. »Seit die Normalen die absolute Mehrheit haben, ist endlich Sicherheit und Ordnung in unser Leben gekommen. Der Staat basiert auf dem Prinzip der Normalität. Er ist *von Normalen für Normale* gemacht. Mein Vater ist normal. Alle Schüler und alle Lehrer auf dem Lyzeum sind normal. Ich bin normal. Du bist normal!«

»Also bei mir wäre ich an deiner Stelle nicht so sicher.« Ksü kicherte. »Aber wieso reden wir überhaupt von mir – guck dich doch an, Pheentochter!«

Ich fuhr von meinem Stuhl hoch. Das Wort war wie ein Peitschenhieb. Ksü war eben nicht gerade zimperlich – das hatte ich schon mehrmals feststellen dürfen. Aber jetzt ging sie zu weit. Es war falsch, mich ihr anvertraut zu haben.

»Ich gehe«, knurrte ich. »Mir reicht's!«

»Aber warum denn plötzlich?« Ksü sah mich ehrlich verblüfft an.

»Ich lass mich nicht einfach so von dir beschimpfen.«

»Beschimpfen?« Ksü schaute mich weiter ratlos an. »Das würde ich nie tun. Außer vielleicht zum Spaß.«

»Pheentochter. Du hast Pheentochter gesagt.« Ich ballte meine Hände zu Fäusten.

»Oh, hast du das so verstanden?« Ksü schaute unglücklich drein. »Aber was ist so schlimm daran? Ich wäre stolz, eine zu sein.«

»So siehst du auch aus.«

»Ehrlich?« Sie war überhaupt nicht beleidigt. Das nahm mir den Wind aus den Segeln. Ich setzte mich wieder hin. »Keine Ahnung. Ich weiß schließlich nicht, wie Pheentöchter aussehen. Hab noch nie eine gesehen.«

»Außer im Spiegel.« Ksü kicherte wieder.

»Jetzt hör endlich auf, mir das unter die Nase zu reiben! Ich bin vielleicht Pheentochter, aber ich bin auch normal. Ich habe eine Nummer. Haben Pheen Nummern?«

»Das glaube ich kaum«, sagte Ksü. Sie rieb sich nachdenklich die Nase. »Dein Vater muss ziemlich einflussreich sein, wenn er es geschafft hat, dir eine Nummer zu verschaffen. Nach allem, was du erzählst, steht in deiner Akte wahrscheinlich nicht mal dabei, dass man besonders auf dich achten soll. Aber hat sich deine Mutter wegen der Kinder eigentlich auch als Normale ausgegeben? So etwas kostet ein Schweinegeld.«

»Keine Ahnung«, sagte ich ratlos. Immer, wenn ich überzeugt davon war, einigermaßen im Bilde zu sein, kamen neue Aspekte ins Spiel, auf die ich nicht vorbereitet war. Ich dachte an meine Mutter. »Sie war einfach sie selbst. Ich habe mir nie Gedanken darüber gemacht. Sie hat ihre Quadren gemalt und sich um uns gekümmert. Sie ging auch selten aus, außer zum Einkaufen.«

»Und wie hat sie bezahlt? Mit ihrem Armband?« Ksü sah mich gespannt an.

Ich schüttelte den Kopf. »Nein, mit Karte.«

»Siehst du!«

Warum war mir das nie aufgefallen? Meine Großmutter, mein Vater, ich selbst – wir alle bezahlten, indem unsere Nummer gescannt wurde. Das Geld wurde direkt von unserem Familienkonto abgebucht. Dass meine Mutter eine altertümliche Karte gehabt hatte, war merkwürdig gewesen, aber auch selbstverständlich. Ich hatte immer gedacht, es gehöre eben zu ihrem extravaganten Wesen, dass sie ihr Armband nicht tragen wollte.

In Wirklichkeit hatte sie einfach keins.

»Wie war denn eigentlich ihre Ehe so?«, fragte Ksü plötzlich.

Ich wunderte mich kurz über diese indiskrete Frage, runzelte dann nachdenklich die Stirn. »Ich glaube, sie war mit meinem Vater schon ziemlich lange unglücklich. Sie haben sich ständig gestritten. Meine Mutter kann ziemlich wütend werden, musst du wissen.« Ich wollte allerdings nicht erzählen, dass sie manchmal so wütend werden konnte, dass sogar ich Angst bekam. Schreie, zerbrochenes Geschirr, wildes Schimpfen – ich wollte meine Mutter nicht vor Ksü bloßstellen, es war schon schlimm genug, dass die Nachbarn es mitbekommen hatten.

»Ich glaube, irgendwann hielt meine Mutter es nicht mehr aus«, sagte ich. »Sie wollte nicht mehr mit meinem Vater zusammenleben. Mein Vater war total gegen die Scheidung, obwohl es auch für ihn die Hölle war, weil sie so unterschiedlich waren. Aber irgendwann haben sie sich endlich getrennt und sich darauf geeinigt, uns abwechselnd zu betreuen.«

»Aha!«, sagte Ksü, als wäre jetzt alles absolut klar. »Und das läuft bestimmt noch nicht lange so?«

»Zweieinhalb Monate«, sagte ich. Ich war selber erstaunt über die Kürze der Zeitspanne. Es fühlte sich an wie zweieinhalb Jahre, mindestens.

»Aha!«, sagte Ksü wieder. »Und dann ist sie verschwunden und die Polizei tut nichts und du hast das Gefühl, deinem Vater ist es mehr als recht, weil er euch jetzt für sich allein hat?«

»Genau.« Ich fand es grauenhaft, dass sie es so knallhart formulierte und ich ihr auch noch zustimmen musste. »Und es ist unglaublich, dass seine Familie sich so darüber freut. Sie sagen es natürlich nicht direkt, aber die Mutter meines Vaters ist einfach bei uns eingezogen und hat endlich mal richtig aufgeräumt und tut so, als wäre Mama nie da gewesen.«

Die Mutter meines Vaters, so hatte ich Ingrid noch nie genannt.

»Das wundert mich gar nicht«, sagte Ksü. »Ist doch klar, dass er froh ist über ihr Verschwinden und deine Großmutter auch.

Die Normalen hassen die Pheen, das war noch nie anders. Nichts ist so mächtig wie alte Vorurteile.«

»Aber das kann nicht sein«, sagte ich. »Mein Vater muss meine Mutter einmal geliebt haben. Sonst hätte er sie nicht geheiratet, oder?«

»Oder«, sagte Ksü. »Die Frage ist doch eher, wieso haben deine Eltern überhaupt so lange zusammengelebt und wie ist es deiner Mutter gelungen, das Sorgerecht für euch zu teilen? Normalerweise kann eine Phee so etwas vergessen.«

»Ja, das haben wir ja gerade gelesen.« Ich erinnerte mich an die Warnungen aus dem Netz, die mit dem Wort GEFAHR begannen.

»Eine Phee hat die Wahl: entweder an der Seite des Normalen zu verkümmern oder ganz auf ihre Kinder zu verzichten. Viele Pheen bringen sich angeblich aus Verzweiflung um«, sagte Ksü.

So ähnlich hatte ich es in dem allerersten Eintrag gelesen. Offenbar wusste Ksü wirklich viel mehr, als sie am Anfang zugegeben hatte. Ihr letzter Satz hallte in meinem Kopf nach.

»Was meinst du damit, sie bringen sich um? Glaubst du, das ist mit meiner Mutter geschehen?« Aber ich hatte sie doch vorher noch am Telefon gehört, dachte ich, sprach es aber nicht aus. Mamas Stimme im Hörer sollte mein Geheimnis bleiben.

»Nein, natürlich nicht. Sie können es vielleicht versuchen. Aber Pheen sind bekanntlich unsterblich. Sie gehen einfach in einen anderen Zustand über.«

Ich wandte mich ab, schaute das Quadrum an der Wand an. Das Mädchen auf der Fensterbank bewegte sich nicht, meine Sorgen und Fragen kümmerten sie gar nicht.

Mir war alles zu viel. Ich sah meine Mutter vor mir, groß und schlank, irgendwie zart und kraftvoll zugleich. Dabei ging sie, anders als alle Frauen bei uns in der Straße, nie zum Sport. Sie unterschied sich schon ziemlich von ihnen und ich hatte sie immer sehr hübsch gefunden, obwohl mir immer klar gewesen war, dass nichts an ihr dem gängigen Schönheitsideal entsprach – weder ihre Figur noch ihre Frisur, von den Kleidern gar nicht zu reden. Ihre Röcke waren aus einem Stoff, der in keiner Boutique unseres Viertels zu finden war, ihre Haare waren lang und schimmerten rötlich und sie hasste Schmuck aller Art, was meinen Vater in den ersten Jahren ihrer Ehe nicht daran gehindert hatte, ihr Goldketten mit großen Anhängern und Ohrringe zu schenken, die alle später in Kassies Spielzeugkiste verschwanden.

Ich hätte es viel eher merken sollen. Nichts an meiner Mutter war normal. Dafür sollte sie jetzt unsterblich sein. Ich dachte an die Worte aus dem ersten Eintrag, dem ich plötzlich dringend glauben wollte: dass eine Pheentochter mit fünfzigprozentiger Wahrscheinlichkeit eine Phee war.

»Bin ich dann auch unsterblich?«, fragte ich.

Ich schaute Ksü an, ihr breites Gesicht mit den funkelnden Augen, der gefährlich aussehenden Schlange auf dem Kopf, und sprang vor Schreck hoch, als eine fremde, tiefe Stimme von der Seite sagte:

»Wenn du normal bist, dann eher nicht.«

»Oh mein Gott.« Mein Herz raste vor Schreck. »Ksü, ich dachte gerade, deine Schlange hätte mit mir gesprochen!«

Er lachte, dieser junge Mann mit den grünen Augen und mondblonden Haaren, und löste sich vom Türpfosten, gegen den gelehnt er unsere Unterhaltung verfolgt hatte.

»Uiii«, kreischte Ksü, hüpfte vom Stuhl und fiel ihm um den Hals, wofür sie hochspringen und er sich trotzdem noch etwas bücken musste. »Ich hab gar nicht mitgekriegt, dass du gekommen bist. Warum hast du nichts gesagt? Warum hast du gelauscht?«

»Na, wenn ich euch vorgewarnt hätte, hätte ich wohl kaum lauschen können.« Er küsste Ksü auf beide Wangen, sah mich über ihre Schulter an und lächelte. Ich lächelte nicht zurück.

»Jetzt könnt ihr euch endlich kennenlernen!« Ksü schob den jungen Mann in meine Richtung. »Das ist meine neue Freundin. Ihre Mutter ist eine Phee.«

Ich stand langsam auf. Ja, daran musste ich mich jetzt gewöhnen. Ksüs Freundin. Tochter einer Phee.

Der Junge schaute mich aufmerksam an. Fast zu aufmerksam. Ich zwang mich, nicht wegzusehen. Stand auf und streckte ihm die Hand entgegen.

»Ich bin Juli.«

»Dachte ich mir schon. Ivan.«

Der Raum, den ich auf zitternden Beinen betrete, ist klein und stickig warm. Ein Kochtopf brodelt auf einem uralten Herd. Flammen leuchten durch die Ritze im Ofentürchen. Ich muss ruhig sein. Ich darf das kleine Kind nicht erschrecken, das auf einer Bank sitzt und sich die Augen reibt.

Großer Bruder

Ksüs Bruder Ivan war Student und ich schätzte ihn auf Anfang bis Mitte zwanzig, vielleicht auch jünger. Das konnte man wegen der mondblonden Haare, die fast grau wirkten, schlecht sagen. Er sah Ksü kein bisschen ähnlich. Er war schön.

Ich wurde verlegen, als er sich zu uns an den Tisch setzte. Ich hatte mich noch nie mit einem Mann in seinem Alter unterhalten und hatte nun das Gefühl, meine Zunge klebe schwerfällig am Gaumen. Es war, als würden uns nicht nur ein paar Jahre trennen, sondern eine ganze Generation. Fast hätte ich ihn automatisch gesiezt – aber irgendwas sagte mir, dass die beiden es ziemlich albern gefunden hätten.

»Ich habe euch unterbrochen«, sagte Ivan. Ich war ihm dankbar dafür, dass er mich nur ab und zu mit seinen lachenden Augen ansah und sich sonst mit seiner Schwester beschäftigte, die um ihn herumtanzte, als wäre er gerade von einer Weltreise zurückgekehrt.

»Willst du was von meinem wunderbaren frischen einmalig leckeren Blaubeerkuchen?«

Ivan wollte. Ich zwang mich wegzusehen. Fehlte nur noch, dass ich ihn beim Essen anstarrte.

Ksü nahm sich auch ein Stück. »Ich frag mich schon die ganze Zeit, warum Normale einen solchen Hass auf Pheen haben«, sagte sie mit vollem Mund zu ihrem Bruder. »Selbst Juli hier sitzt da und weiß nicht, was sie denken soll. Habe schon lange nicht mehr jemanden getroffen, der so einen Nebel im Kopf hat. Ist praktisch selber eine Phee, zweifelt aber erst mal an den Pheen als solchen und damit an der eigenen Existenz.«

»Red keinen Scheiß!«, unterbrach ich sie wütend. »Ich bin normal. Und das ist auch gut so.«

Ivan lächelte. »Warum hast du solche Angst davor, dass du eine Phee sein könntest?«, fragte er.

»Weil . . . weil . . .« Wo sollte ich anfangen?

»Vielleicht, weil die Pheen im Augenblick ein kleines Imageproblem haben«, half mir Ksü. »Oder, etwas genauer formuliert, ein riesengroßes.«

»Nicht witzig«, unterbrach ich sie.

»Es ist ihre Unsterblichkeit«, sagte Ivan ruhig, an mich gewandt.

»Was?«

»Die Pheen werden für ihre Unsterblichkeit gehasst. Das ganze Leben der Normalen dreht sich um ihre Angst vorm Tod. Deswegen muss alles genau geregelt sein. Sie ergreifen tausend Maßnahmen, aber das alles hat nur ein Ziel.«

»Etwas später zu sterben?«

»Nein.« Ivan pickte mit dem Zeigefinger einen Krümel von der Tischdecke auf und beförderte ihn in den Mund. »Die Angst vor dem Tod für einen Moment zu vergessen.«

Ich hatte eine Gänsehaut. Ich dachte zum ersten Mal in diesen Tagen nicht über meine Mutter, sondern über meinen Vater nach. Papa war schon immer stolz drauf gewesen, normal zu sein, und hatte uns Kinder wieder und wieder drauf hingewiesen, was man normalerweise zu tun oder zu lassen hatte. Ich hatte gedacht, dass es eigentlich keine Alternative gab – man war entweder normal oder ganz verloren. Ich kannte niemanden persönlich, der nicht normal wäre. Solche Existenzen befanden sich außerhalb meiner Welt, die ich bis jetzt für sehr gemütlich gehalten hatte.

Und es gefiel mir gar nicht, aber ich musste zugeben, dass an Ivans Worten etwas Wahres dran war.

»Ach ja, damit du nichts Falsches denkst.« Ivan zögerte, während ich ihn erwartungsvoll ansah. »Die Geschichte von den Normalen und den Pheen hat auch ziemlich dunkle Kapitel. Beide Seiten haben sich . . . hm . . . vermutlich einiges vorzuwerfen. Das belastet ihr Verhältnis bis heute, zudem die Ereignisse von damals inzwischen zu Legenden geworden sind, die nicht mehr viel mit der historischen Wahrheit zu tun haben.«

»Ähh . . . Was meinst du damit bitte genau?«, begann ich, aber Ksü schubste mich mit dem Ellbogen an und fragte ihren Bruder scheinheilig:

»Sag mal, weißt du noch, wie die Malerin heißt, die dieses Mädchen da auf der Fensterbank gemalt hat?«

Ivan schaute Ksü an. So ein Gesicht hatte ich noch nie gesehen – es war nur auf den ersten Blick ruhig, aber ich hatte das Gefühl, dass sich dahinter etwas verbarg, was abgrundtief traurig und zugleich ziemlich feierlich war. Und ein ganz klein wenig vorwurfsvoll, als wäre Ksüs Frage sehr, sehr dumm gewesen.

»An deiner Stelle würde ich mir diesen Namen langsam merken, Ksü. Sie heißt Laura. Und sie ist vermutlich die größte Malerin unserer Zeit.« Ivan machte eine Pause. »Und in deinem Leben, Ksü, hat sie eine sehr tragende Rolle gespielt. Ich weiß, dass du dich daran nicht erinnern kannst. Aber ich habe es dir schon ein paarmal erzählt. Wenn dein Gedächtnis immer noch nicht so gut funktioniert, werde ich reklamieren.«

Der letzte Satz war vermutlich ein Scherz, aber offenbar kein gelungener: Ksü reagierte gar nicht drauf. Sie sah mich nur fragend an und ich nickte: Ja, meine Mutter heißt Laura. Laura Rettemi – sie hatte bei der Hochzeit den Nachnamen meines Vaters angenommen. Ihren Mädchennamen habe ich nie gewusst.

»Ich weiß nicht, wer von uns schlechter informiert ist, Ivan.« Ksü lächelte zuckersüß. Ivan blickte sie verständnislos an, aber Ksü zögerte, sah auf mich, bis ich endlich kapierte: Sie überließ es mir, es ihm zu sagen.

Ich bemühte mich, meiner Stimme einen beiläufigen Klang zu geben, während ich in Ivans Augen sah, die sich bei meinen Worten vor Erstaunen weiteten:

»Diese Malerin, von der du da gerade redest, ist zufällig meine Mutter.«

Ich wünschte mir sofort, ich hätte den Mund gehalten. Eben noch war ich für Ivan die neue Freundin seiner kleinen Schwester gewesen. Das war eine unkomplizierte Sache gewesen, im Vergleich zu jetzt. Er versuchte zwar, mich weiter so zu behandeln wie bisher. Aber es fiel ihm sichtlich schwer. Er sah mich viel öfter an. Er schüttelte mehrmals den Kopf, als könnte er es nicht glauben. Er murmelte irgendwas.

»Entschuldige«, sagte er dreimal. »Ich bin einfach ziemlich

überrascht. Laura ist . . . etwas sehr Besonderes. Allgemein für die ganze Welt und für Ksü und mich noch mal extra wichtig.«

Ich schwieg. Ich war auch öfters ziemlich überrascht gewesen in diesen Tagen.

»Siehst du«, sagte Ksü triumphierend zu mir. »Ich habe dir doch gesagt, wir hängen uns nicht einfach irgendeinen Schund in die Küche.«

»Ich mag diese Norm-Sprüche nicht«, wies Ivan sie zurecht.

»Meine Mutter hat keine Lizenz«, sagte ich. »Sie ist eine verbotene Malerin.«

»Natürlich ist sie verboten.« Ivans Lachen klang traurig. »Wäre seltsam, wenn nicht. Wenn ich die größte Malerin dieser Zeit sage, dann meine ich es auch so. Ist dir schon mal aufgefallen, dass jeder auf dem Quadrum etwas anderes sieht?«

»Nein«, sagte ich. Ich hatte mich noch nie mit jemandem über die Quadren unterhalten. Ich dachte an die üblichen Reaktionen, die sie bei dem Rest meiner Familie auslösten.

»Weißt du, warum viele den Anblick nicht ertragen können?« fragte Ivan. »Die Quadren sind keine Bilder. Sie sind Spiegel.«

Ich runzelte die Stirn. »Dann müsste man ja sich selber drauf sehen.«

»Tust du das denn nicht?«

Ich schaute das Mädchen auf der Fensterbank an. »Also, eins weiß ich ganz genau: Das bin ich nicht.«

»Entweder du bist zu nah dran oder du musst noch ein bisschen wachsen«, sagte Ivan. Ich sah enttäuscht weg. Solche Sprüche sollte er lieber meinem Vater überlassen. Rein von der Länge her hatte ich außerdem wirklich nicht vor, noch weiter zu wachsen.

»Aber wie kommt ihr überhaupt dazu? Meine Mutter hat ihre Quadren nie verkauft. Sie müssen alle auf unserem Dachboden lagern.«

Ivan zuckte mit den Achseln. »Es gibt viele Wege.«

»Zum Beispiel?« Ich starrte ihn an.

»Ich will dich auf keinen Fall kränken, aber weißt du das wirklich nicht?«

Ich schüttelte stumm den Kopf.

Ivan fuhr sich durch das mondhelle Haar. »Es gibt so etwas wie einen Schwarzmarkt. Es gibt Menschen, die sich der Pheenkunst verschrieben haben. Einige riskieren sogar ihr Leben, um die Quadren vor der Zerstörung zu retten. Es gibt Freunde, denen die Malerin Quadren geschenkt hat. Und es gibt Einbrüche in Ateliers.«

»Stimmt.« Ich achtete vor allem auf den letzten Satz. Bei uns war tatsächlich auch früher schon einmal eingebrochen worden – nach einem Urlaub, den wir wie immer in unserem Haus in einem Feriendorf verbracht hatten. Meine Eltern hatten damals kein großes Thema daraus gemacht, obwohl alles durchwühlt gewesen war, auch das Atelier meiner Mutter. Mein Vater hatte ein wenig über das Chaos und die Unverschämtheit geschimpft und jemanden von der Versicherung kommen lassen. Um die Quadren meiner Mutter ging es damals gar nicht. Niemals hätte ich gedacht, dass sie wichtig sein könnten.

»Jedes Quadrum kostet ein Vermögen«, sagte Ivan. »Es sind ziemlich wenige im Umlauf. Die Geschichte von Lauras Quadren ist . . . ziemlich blutig.«

»Ich hab doch selber eins in meinem Zimmer hängen«, sagte ich. »Meine Geschwister auch. Die Quadren sind für uns im Moment die einzige Erinnerung an . . .« Ich sprach es lieber nicht aus, bevor ich noch vor Ivan in Tränen ausbrach.

»Ihre Mutter ist verschwunden. Spurlos«, erklärte Ksü, weil Ivan ratlos dreinblickte. »Ihre Eltern sind geschieden, aber ihre Mutter hat über zwei Monate das geteilte Sorgerecht gehabt. Vor ein paar Tagen ist sie einfach verschwunden.«

Ivans Gesicht erstarrte für einen Augenblick, dann entspannte er sich wieder und pfiff anerkennend durch die Zähne. »Wirklich?«, fragte er. »Ich hätte es nie für möglich gehalten, dass eine Phee das Sorgerecht für ihre Kinder bekommt.«

»Das hatte ich schon gehört«, sagte ich bitter.

»Aber bei Laura . . . Vermutlich liegt die Sache da anders.«

»Warum?« Ich starrte ihn an. Was wusste Ivan über meine Mutter?

»Du hast keine Ahnung, was ihre Quadren wert sind, oder? Was da für ein Geld im Spiel ist?«

»Ihr müsst ganz schön Kohle haben«, fasste Ksü es weniger diplomatisch zusammen.

Ich nickte automatisch. Ja, wir waren wohl reich, sogar nach den Maßstäben unseres Viertels. Bei uns hieß es immer, dass die Familie meines Vaters sehr wohlhabend war und dass seine harte Arbeit in der Geschäftsführung extrem gut bezahlt wurde. Meine Mutter hatte bei der Heirat nichts besessen. Das änderte sich auch später nicht, denn bald nach der Hochzeit kümmerte sie sich ja um mich und später um meine Geschwister. Malen war ein Hobby, und das verursachte nur Kosten: die Heizung im Atelier, die Farben, die Leinwände. Mein Vater hatte es meiner Mutter manchmal vorgerechnet.

»Ob Papa eine Ahnung davon hat, wie wertvoll die Quadren auf unserem Dachboden sind?«, überlegte ich laut.

Ivan zuckte mit den Schultern. »Das wäre eine Erklärung, warum er das Sorgerecht geteilt hat. Gier ist das Einzige, was manchmal noch stärker ist als die Angst vorm Tod.«

»Was kümmern mich das ganze Geld und diese Quadren, wenn meine Mutter verschwunden ist? Verstehst du? Sie ist verschwunden!«

»Ich habe alles verstanden«, sagte Ivan.

»Und wenn du alles darüber so genau weißt, hast du vielleicht eine Idee, was mit ihr passiert sein könnte?«

Ich starrte ihm in die Augen, wohl wissend, dass es unhöflich war, geradezu eine Provokation oder etwas noch Schlimmeres, eine unverschämte Aufforderung, aber es war mir egal.

Ivan sah als Erster weg.

»Ich wünschte, ich könnte dir irgendwie helfen«, sagte er. »Aber ich habe leider nicht die geringste Ahnung, wie.«

Wir unterhielten uns so lange, dass wir die Zeit vergaßen. Ich zuckte nicht mehr zusammen, wenn Ksü Kuchenkrümel unter den Tisch reichte. Ich sah auch nicht nach, wem sie da unten zufielen, zog nur meine Füße auf den Sitz. Ich gab mir Mühe, mir den Ekel nicht ansehen zu lassen, ich wollte nicht, dass Ivan mich wegen der Abneigung gegen seine Haustiere noch unhöflicher fand als wahrscheinlich jetzt schon.

Ich fühlte mich müde und leer, aber zugleich auch aufgekratzt. Mir schwirrte der Kopf und ich war froh, dass wir nicht länger über meine Mutter sprachen. Stattdessen redeten wir über ganz andere Dinge: Wie Ksü sich auf dem Lyzeum fühlte, wie froh sie war, mich kennengelernt zu haben. Ich hätte zu gern gewusst, auf welche Schule sie vorher gegangen war. Ksü sagte nur, sie sei lange Zeit krank gewesen. Und dass sie noch nicht wusste, ob sie wirklich auf dem Lyzeum bleiben wollte. Ich erzählte, dass auch mir die Eingewöhnung damals ziemlich schwergefallen war. Allerdings hatte sich mir nie die Frage gestellt, das Lyzeum zu verlassen – es war eben die beste Schule, mein Vater zahlte dafür, und Schluss.

Dann fielen mir plötzlich zwei Sachen auf. Erstens, dass die Eltern der Geschwister immer noch nicht nach Hause gekommen waren. Und zweitens, dass es draußen schon dunkel war. Ksü hatte die rote Kuppellampe über dem Küchentisch angeknipst. Wir saßen im warmen Lichtkegel, rötliche Schatten fielen auf unsere Gesichter. Wir alle drei schreckten auf einmal hoch und schauten gleichzeitig auf die Uhr an der Wand.

»Oh nein!«, rief Ksü. Ich stellte mir sofort vor, wie meine Großmutter mich gerade bei der Polizei als vermisst meldete, weil sie weder den Namen noch die Adresse noch eine Telefonnummer von Ksü hatte. Ich war um diese Zeit sonst immer zu Hause.

»Ich fahr dich«, sagte Ivan, »mein Rad ist schneller als Ksüs.«

»Ich fahr hinterher!«, rief Ksü, aber Ivan schüttelte den Kopf.

»Du kannst mir nichts verbieten«, sagte Ksü.

»Kann ich sehr wohl.« Ivan grinste. »Und das hab ich schriftlich.«

»Und wennschon. Komme trotzdem mit.«

»Okay, dann bitte ich dich einfach in aller Freundlichkeit, hierzubleiben und auf unser Haus aufzupassen, bevor ihm auch die zweite Hälfte wegfliegt und wir zelten müssen«, sagte Ivan.

Ich hatte damit gerechnet, dass Ksü nun weiterprotestieren würde, aber sie entgegnete nur deprimiert, dass sie noch nie einen blöderen großen Bruder gesehen hatte.

Ich folgte Ivan nach draußen. Er hatte ein Motorrad, nach dem sich jeder Senior die Finger geleckt hätte. Es war schwarz, nur an den Seiten war etwas Rotes aufgemalt, das wie Flügel aussah. Ich hatte keine Zeit, mir die Zeichnung genauer zu betrachten. Ivan hatte sich in den Sattel geschwungen. Ich kletterte, mit Ksüs rotem Helm angetan, hinterher. Mein Herz klopfte und ich fand mich unglaublich tollpatschig.

»Pass auf dich auf, bis morgen!« Ksü rannte die Treppenstufen runter, kam beim Motorrad an, hüpfte plötzlich hoch und schaffte es, mich im Sprung auf die Wange zu küssen.

Ich war so verwirrt, dass ich nicht einmal Tschüss sagte.

»Du musst dich an mir festhalten«, sagte Ivan leise, aber ihn hätte ich auch durch den Lärm von tausend Motoren gehört und verstanden. Und dann setzte sich das Gefährt in Bewegung und ich hatte Mühe zu atmen und hätte auch niemals sagen können, ob Ivan den gleichen Weg zurück in die Stadt genommen hatte oder vielleicht einen ganz anderen. Bäume und Häuser rasten an mir vorbei, verschmolzen zu einem einzigen schmutzig bunten Band. Immer wieder hatte ich das Gefühl, dass das Motorrad ein bisschen über der Straße abhob, aber das musste eine Sinnestäuschung gewesen sein. Sprechen war unmöglich, worüber ich eigentlich ganz froh war.

Es dauerte höchstens eine Viertelstunde, bis Ivan das Motorrad leise und sanft vor unserem Haus abbremste. Ich kletterte aus dem Sattel. Meine Beine fühlten sich ganz steif an.

»Danke, dass du mich nach Hause gebracht hast.«

Ich konnte Ivans Gesicht hinter seinem Visier nicht sehen. Er streckte den Arm aus und berührte kurz meine Schulter und schon war er weg und ich konnte nicht einmal hinterherschauen, denn binnen Sekunden war er nicht mehr zu sehen und noch einen Augenblick später nicht mehr zu hören.

Wie in Trance ging ich ins Haus. Ich hatte ganz vergessen zu fragen, was jetzt eigentlich mit Ksüs und Ivans Eltern war.

Verbotene Kunst

Sie aßen gerade zu Abend: mein Vater, Kassie, Jaro, Ingrid und Großvater Reto. Reto war offenbar heute Nachmittag gekommen, als ich bei Ksü gewesen war. Sie saßen um den ordentlich gedeckten Tisch und aßen schweigend – jedenfalls, bis ich auftauchte.

Erst ging ich in unser kleines Gästebad – komisch, dass es noch immer so hieß. Mein Vater hatte mir mal erklärt, dass der Begriff noch aus Zeiten stammte, als man Gäste zu Hause empfing und sie sogar übernachtet hatten.

Ich wusch mir gründlich die Hände und ging dann ins Esszimmer.

Bei meinem Anblick juchzte Jaro begeistert: »Wo hast du das her? Darf ich das haben?«

Kassie sprang auf, rannte auf mich zu und begann, um mich herum im Kreis zu hüpfen, die Hand nach meinem Kopf ausgestreckt.

»Kassandra, setz dich sofort auf deinen Platz, sonst nehme ich dir deinen Teller weg«, meldete sich Ingrid zu Wort.

Mein Vater sah mich an und seine Augenbrauen rückten dichter zusammen.

»Was soll das, Juliane?«

Erst jetzt kapierte ich, dass ich immer noch Ksüs Helm trug. Irgendwie hatte ich mich zu sehr an das Aquariumgefühl um meinen Kopf gewöhnt und nicht dran gedacht, ihn Ivan zurückzugeben.

»Hab ich vergessen«, murmelte ich und nahm den Helm ab.

Kassie schenkte den Drohungen unserer Großmutter keinerlei Aufmerksamkeit, steckte ihren Kopf in den Helm und schrie begeistert: »Ich bin eine Blase! Ich bin eine rote, dicke Blase!«

»Kassandra!« Reto versuchte, sie an der Hand zu packen, aber sie entwich ihm. »Hast du nicht gehört, was man dir gesagt hat?«

Jaro war die ganze Zeit sitzen geblieben. Aber nun sah er, dass Kassie nicht vorhatte, an den Tisch zurückzukehren, und stand ebenfalls zaghaft auf.

»Darf ich ihn auch ausprobieren?«

»Na klar«, sagte ich. Ich hatte meinen Bruder ein bisschen lieber als meine Schwester, vielleicht weil ich bei ihm öfter das Gefühl hatte, ihn in Schutz nehmen zu müssen. »Du darfst damit heute spielen, aber morgen muss ich ihn wieder in die Schule mitnehmen. Er gehört einer Freundin von mir. Sie kommt immer mit dem Moped zur Schule.«

Mein Vater hatte uns die ganze Zeit wortlos zugehört. Jetzt stand er auf und nahm mich an der Schulter. »Du möchtest nicht etwa sagen, dass du Moped gefahren bist?«

»Was sonst?« Ich wackelte mit der Schulter, um sie aus seinem Griff zu befreien.

»Es ist Kindern unter sechzehn normalerweise verboten, Moped zu fahren.«

»Meiner Freundin ist es nicht verboten.« Ich schüttelte die Hand ab. »Vielleicht ist sie schon sechzehn.«

»Was sind ihre Eltern von Beruf?« Mein Vater wollte sich offenbar vor dem großen Donnerwetter noch mal absichern.

Jetzt wusste ich nicht, was ich sagen sollte. Deswegen probierte ich es mit »Sie ist neu am Lyzeum«. Ich war hin und her gerissen. Einerseits reagierte mein Vater genauso, wie ich es von ihm erwartet hatte. Aber ich konnte mich nicht mehr so verhalten, wie er es von mir erwartete. Wer war er nach all diesen Lügen, um mir zu sagen, was ich tun oder lassen sollte?

In diesem Moment versuchte Ingrid, an der Erziehungsfront durchzugreifen. Sie nahm Jaros Teller und stellte ihn weg, obwohl er noch ziemlich voll war – sie hatten gerade erst angefangen zu essen.

»Ich hab noch Hunger!«, rief Jaro besorgt. Den Helm hatte er immer noch nicht anfassen können, weil Kassie damit herumhüpfte.

»Wer aufsteht, darf nichts mehr essen.« Obwohl das Gesicht meiner Großmutter glatter denn je war, hatte ich das Gefühl, sie war über diesen Nachmittag schon wieder kräftig gealtert.

»Aber Kassie ist doch aufgestanden.« Jaro heulte fast.

Kassie lachte hinter dem Visier. Ingrid sah sie an und . . . sagte nichts. Kassies Teller stand immer noch auf dem Tisch.

»Ich hatte dich gewarnt«, sagte Ingrid zu Jaro. »Du musst eben hören, was man dir sagt.«

Ich sah, wie verzweifelt der kleine Kerl erst die grinsende Kassie anschaute und dann unsere Großmutter und dann mich. Er wollte nicht petzen, aber er begriff die Welt nicht mehr – warum er für etwas bestraft wurde, was Kassie viel früher angefangen hatte und womit sie ungeschoren davongekommen war. Das waren Momente, in denen sich unsere Mutter früher immer mit unserem Vater in die Haare kriegte – wann immer sie das Gefühl hatte, dass einem ihrer Kinder eine Ungerechtigkeit geschah.

Ich nahm Jaros Teller und stellte ihn zurück auf den Tisch. »Iss in Ruhe auf, Kleiner.«

Er schaute mich an. Er traute sich nicht, sich hinzusetzen und weiterzuessen. Mir fiel wieder auf, wie ähnlich er unserer

Mutter sah. Jaro war ganz anders als Kassie. Kassie war sieben Minuten älter als er und niemandem aus der Familie ähnlich.

Und ich, ich sah wohl genauso aus wie unser Vater. Ich fragte mich, ob ich auch diesen Gesichtsausdruck hatte wie er. Immer auf der Lauer, besorgt, so gut wie nie entspannt oder fröhlich. Seine Augen bewegten sich flink, einem Blickkontakt wich er meist aus, als sei er ständig unsicher, obwohl er das vielleicht auch nur vortäuschte. Wer wusste das schon?

Jaro hatte sich inzwischen hingesetzt und löffelte seine Nudelsuppe. Ich war überzeugt, dass sich mein Vater und meine Großeltern jetzt unglaublich aufregen würden, und zwar über mich, meine Einmischung und mein langes Wegbleiben. Aber ich wartete vergeblich darauf. Ingrid kaute nur auf ihrer Unterlippe herum. Reto, bis jetzt bewegungslos wie ein Stein, putzte sich mit einer Serviette die Suppe vom Schnurrbart, räusperte sich und sagte zu Jaro: »Ellbogen vom Tisch.«

Jaro nahm die Ellbogen schnell runter. Reto wandte sich Kassie zu, die sich mit ausgebreiteten Armen in der Küche drehte, als wäre sie auf der Bühne. Ich hätte mich das alles in ihrem Alter niemals getraut. Traute mich im Grunde auch jetzt noch viel weniger als sie.

»Und du, junges Fräulein . . .«

Kassie hielt an, strich sich kokett eine Strähne aus dem Gesicht und schien gespannt darauf zu warten, was Reto zu sagen hatte.

»Und du, junges Fräulein . . .«

Sie kicherte und setzte sich weiter in Bewegung, als ginge sie jetzt davon aus, dass aus seinem Mund nichts Hörenswertes mehr kommen würde.

Reto sah sich noch mal um. Jaros rechter Ellbogen berührte schon wieder die Tischplatte.

»Ellbogen vom Tisch, sagte ich!«, brüllte Reto und Kassie lachte.

Jaro sah ihn an, dann die wie ein Kreisel durch die Küche rotierende Kassie, dann mich und dann legte er auch den linken Ellbogen auf den Tisch.

Reto kaute an den Wörtern, aber sie kamen ihm nicht über die Lippen, als wäre sein Mund von Kassies Glöckchenlachen versiegelt worden.

Mein Vater, der in den vergangenen Minuten abwesend vor sich hin gestarrt hatte, griff mit zwei Fingern nach meiner Schulter.

»Ich muss mit dir sprechen, Juliane.«

»Dann tue es endlich«, schleuderte ich ihm entgegen.

Papas spitze Finger bohrten sich in meine Knochen, am liebsten hätte ich sie abgeschüttelt. Wir gingen ins Wohnzimmer und mein Vater schloss die Tür.

»Was ist das für eine Freundin, die du heute besucht hast?«

»Sie heißt Ksü«, sagte ich. »Sie ist neu am Lyzeum und ich bin ihre Patin.«

Mein Vater kniff die Augen zusammen. Ich kannte diesen leicht angewiderten Gesichtsausdruck. »Wo wohnt sie?«

»Irgendwo bei Zett«, sagte ich. »Ziemlich weit außerhalb, glaube ich. Ich kenne mich in unserer Stadt nicht aus – bin ja immer nur in unserem Viertel und auf dem Lyzeum.«

»Das ist auch völlig ausreichend«, sagte Papa barsch.

Ich saß auf der Sofakante und mein Vater schritt auf seinen langen Beinen durch das Zimmer. Ich sah mich um. Irgendwas hatte sich im Wohnzimmer so verändert, dass ich es kaum wiedererkannte. Aber was?

»Ist deine neue Freundin mit dem seltsamen Namen ein normales Mädchen?«, fragte mein Vater und hörte für einen Moment auf hin und her zu laufen.

Ich achtete nicht auf ihn. Ich konnte nicht sagen, was in dem Zimmer hinzugekommen oder verschwunden war. Die Lampe, die Sessel, die Couch, der Tisch, alles stand an seinem Platz. Aber das Zimmer war trotzdem ganz anders geworden.

»Keine Ahnung«, antwortete ich mit einiger Verspätung. »Sie trägt halt Hosen und darf schon Moped fahren. Und frag mich nicht schon wieder nach ihren Eltern, ich habe sie nicht gesehen. Ich hab ja auch nicht die Eltern besucht.«

»Sie waren gar nicht da? Vernachlässigen sie etwa ihre Aufsichtspflicht?«

Ich ignorierte seine Frage.

»Sag mal«, sagte ich stattdessen, »wo ist eigentlich das Quadrum?«

»Welches Quadrum?« Die Augen meines Vaters begannen plötzlich zu schielen, sie wechselten rasend schnell die Blickrichtung, wichen meinen aus.

»Mamas«, sagte ich und stand auf. »Ich frage mich schon die ganze Zeit, warum ich unser Wohnzimmer nicht wiedererkenne. Ihr habt das Quadrum weggetan!«

»Welches Quadrum?«

»Jetzt tu doch nicht so!«

Ich sprang auf und rannte zum elektrischen Kamin. Hier auf dem Sims hatte es gestanden. Es war ziemlich klein, vielleicht handflächengroß – und es zeigte einen Pfad, der in einen Wald hineinführte.

Es war kaum zu glauben, dass dieses Zimmer jetzt komplett verwandelt war, nur weil ein winziges Quadrum fehlte.

Jetzt stand ein anderer Rahmen da. Es war kein Quadrum. Es

war eine auf Papier gedruckte Eule, sie sah nicht echt aus, aber auch nicht tot. Vielleicht irgendwas dazwischen. Auf dem Metallrahmen stand: *Staatlich zugelassenes Kunstwerk Nummer 2565177.*

Ich nahm den Rahmen und warf ihn auf den Boden.

»Juliane!« Mein Vater schnaufte. »Was erlaubst du dir!«

»Wo ist Mamas Quadrum? Was habt ihr damit gemacht? Ihr habt kein Recht, es wegzutun!«

»Wenn die illegale Künstlerin ihre Werke nicht an sich nimmt, hat jeder Normale das Recht und die Pflicht, sie zu vernichten!«

»Sie ist keine illegale Künstlerin, sondern meine Mutter!«, schrie ich. »Du hast kein Recht . . .« Und dann hielt ich inne, weil mir klar wurde: Mein Vater hatte sehr wohl ein Recht darauf. Meine Mutter *war* illegale Künstlerin. Wenn die Polizei sich schon weigerte, meine Mutter zu suchen – da würde sich erst recht niemand dafür einsetzen, ihre Quadren zu schützen. Ihre verbotenen Quadren, die laut Ivan einen dazu brachten, schreiend wegzulaufen, weil sie etwas zeigten, wovor sich viele fürchteten.

Obwohl doch immer nur der Wald zu sehen war.

Ich rannte an meinen Vater vorbei, aus dem Wohnzimmer, die Treppe hoch, die nächste Treppe hoch, unterm Dach war Mamas Atelier. Abgeschlossen. Ich rüttelte an der Tür, warf mich mehrmals dagegen. Dann rannte ich wieder hinunter.

»Gebt mir sofort den Schlüssel!«

Ingrid hatte die Eule, die ich auf den Boden geworfen hatte, wieder aufgehoben und wischte gerade das durchsichtige Plastik der Vorderseite ab. Reto versuchte, mich am Oberarm festzuhalten: »Nicht so stürmisch, mein Fräulein.«

»Rückt sofort den Schlüssel raus!«, brüllte ich. »Es sind Mamas Quadren im Atelier. Wenn sie nicht da ist, gehören sie mir. Ich werde dafür sorgen, dass ihr sie nicht anrührt. Wenn doch, dann ist das Diebstahl! Ich weiß inzwischen, wie viel sie wert sind.«

Sie starrten mich an, mein Vater, Ingrid und Reto.

Papa lächelte mit einem Mundwinkel.

»Du brauchst absolut nicht so zu toben, Juliane«, sagte er ruhig. »Kein Minderjähriger kann ein Recht auf verbotene Kunst einklagen. Im Gegenteil, es ist die Pflicht eines jeden Normalen, Kinder davor zu schützen. Die Wirkung kann nämlich verheerend sein.«

Und ich dachte sofort an die Quadren, die meine Geschwister und ich in unseren Zimmern hängen hatten.

An den Augenbewegungen meines Vaters, daran, wie sie sich sofort zur Decke richteten, merkte ich, dass er genau das Gleiche dachte.

»Eigentlich«, sagte er und lächelte überheblich, »bin ich verpflichtet, auch eure Quadren sofort einzuziehen.«

Ich sah ihn an und plötzlich wurde mir klar, dass er in diesem Moment vergessen hatte, dass ich eigentlich seine Tochter war. Er suchte nach einem Mittel, um mir möglichst wirksam wehzutun. Er hatte eins gefunden.

»Wenn du unsere Quadren anfasst«, flüsterte ich heiser, »dann sollen dir auf der Stelle die Finger abfallen.«

Ich wusste selber nicht, warum ich das gesagt hatte. Mir hätte ja wohl kaum etwas Blöderes einfallen können. Deswegen war ich erstaunt über die nackte, blinde Angst, die das Gesicht meines Vaters in Beschlag nahm. Es war ihm immer noch nicht wieder eingefallen, dass ich seine Tochter war, dass ich ihn liebte, dass mir gerade irgendein Blödsinn rausgerutscht war, den kein normaler Mensch hätte ernst nehmen können.

Mein Vater und meine Großeltern nahmen das ernst. Das sah ich an der Panik in ihren Augen.

»Ich will den Schlüssel haben«, sagte ich leise. Ich fühlte mich ganz matt. »Den Schlüssel zu Mamas Atelier. Sofort.«

Und mein Vater antwortete ähnlich erschöpft: »Den kannst du nicht haben. Die Polizei hat das Schlafzimmer und das Atelier abgesperrt und den Schlüssel wieder mitgenommen.«

Ohne meine Familie noch einmal anzusehen, setzte ich mich in Bewegung und ging in mein Zimmer hinauf. Schloss die Tür hinter mir ab und ging hinüber zu meinem Quadrum.

Es war noch da. Ich streichelte seinen schlichten Holzrahmen, der merkwürdig warm war. Ich war sehr glücklich, dass es noch an seinem Platz hing. Ohne mich auszuziehen oder ans Zähneputzen zu denken, legte ich mich aufs Bett. Von hier aus konnte ich das Quadrum gut sehen. Es war alles ruhig darauf, ich konnte nichts hören. Bloß das karierte Küchentuch über dem Geländer war gegen ein anderes, geblümtes, ausgetauscht worden.

Während ich darüber nachdachte, schlief ich mit einem Gefühl von Glück und Geborgenheit ein. Es war vollkommen unklar, woher es in dieser katastrophalen Zeit kommen konnte. Ich nahm es einfach dankbar an.

Der Gebührenkatalog für kleine Gefälligkeiten

Am Morgen gab es einige Sitzplätze im Schulbus, aber ich blieb stehen. Die Gesichter meiner Mitschüler kamen mir mit einem Mal unsympathisch vor, ihre Manieren aufgeblasen. Dabei hatte ich sie vor dem Verschwinden meiner Mutter noch völlig in Ordnung gefunden. Ich war auch so gewesen.

Aber inzwischen hatte sich alles geändert. Ich wusste, dass ich anders war. Und dass die meisten meiner Mitschüler mir mit Abscheu begegnen würden, wenn sie die Wahrheit über mich wüssten.

Ich freute mich auf Ksü, auf ihre fröhliche Art, sich danebenzubenehmen, ihren völligen Verzicht auf Schein und Getue. Ich hatte ihr einiges zu erzählen und noch viel mehr Fragen. Eigentlich kamen stündlich neue hinzu und der Berg des Unerklärlichen wuchs in den Himmel.

In der ersten Lerneinheit wartete ich vergeblich auf Ksü. Sie kam nicht. Entweder sie hatte verschlafen oder sie war krank. Oder . . . vielleicht kam sie gar nicht mehr?

Ich fühlte, wie sich eine neue Sorge über mir zusammenschlug: Dass Ksü vielleicht aus meinem Leben so abrupt verschwinden könnte, wie sie gekommen war. Ich erinnerte mich daran, wie sehr ich mich am Anfang über sie geärgert hatte. Das war gerade mal drei Tage her.

Ksü konnte während des Unterrichts mit ihrem Bruder kommunizieren. Wenn ich bloß einen Zugang nach draußen gehabt hätte! Aber mir fehlte nicht nur der, ich hatte nicht einmal Ksüs Adresse, nicht die ihres Messengers, keine Telefonnummer. Ich hatte gar nichts. Und den Lernbegleiter zu fragen, wo sie abgeblieben war, das konnte ich gleich vergessen. Am Lyzeum fragte man nicht nach abwesenden Mitschülern. Wenn Ksü von heute an nicht mehr kommen würde, hätte ich keine Chance, sie wiederzufinden.

Vielleicht war es genau das, was mein Vater immer gemeint hatte. Was zeichnete einen Normalen aus? Seine Verlässlichkeit. War Ksü normal? Blöde Frage, so wie sie aussah, konnte sie auf keinen Fall normal sein, auch wenn ich mir am Anfang das Gegenteil eingeredet hatte. Anderseits hätte sie sonst kaum auf das Lyzeum gehen können. Ich hätte darauf achten sollen, ob sie ein Armband trug. Ich hätte sie direkt danach fragen müssen, aber ich hatte immer nur von mir geredet.

Es war ein trüber, dumpfer Tag ohne besondere Vorkommnisse, ungefähr bis zum Mittagessen. Ich schlurfte in die Kantine. Mir war es egal, ob ich heute, wenn Ksü nicht da war, ganz allein essen musste oder ob jemand sich vielleicht zu mir setzen oder mich an seinen Tisch winken würde.

So bewegte ich mich zwischen den Plastiktischen zur Essensausgabe, den Kopf gesenkt. Ich badete in Selbstmitleid, als mir jemand heftig auf die Schulter schlug und mich damit fast aus dem Gleichgewicht brachte.

Ich drehte mich langsam um. In dieser kurzen Zeit kämpfte in mir der Ärger über die Unverschämtheit (Schulregel Nummer einundzwanzig: *»Wir fassen unsere Mitschüler ohne Not niemals an«*) mit dem Gefühl von jäher Hoffnung. Ich konnte mir nur eine vorstellen, die mich so fröhlich anrempeln würde.

Dann stand ich mit dem Gesicht zu ihr. Es war wirklich Ksü, mit ihrem breiten Grinsen, den Segelohren, der Schlange auf dem Schädel.

Ich fiel ihr um den Hals.

Ksü stutzte kurz, dann erwiderte sie meine Umarmung. Es dauerte nur einen Augenblick, bis mir die Stille in der Kantine bewusst wurde, selbst das Besteck hatte aufgehört zu klappern, kein Wort war zu hören, das Gemurmel über den Tischen war verstummt.

Ich löste mich von Ksü.

Über hundert Augenpaare starrten uns an. Die Hände mit den Löffeln und Gabeln hingen wie festgefroren in der Luft.

Ich lief rot an. Es war, als wären mir plötzlich alle Klamotten vom Leib gefallen und alle Mitschüler hätten ihre Kameras rausgeholt.

Ksü schnappte mich an den Fingern und zog mich an einen freien Tisch. Ihre Hand war heiß und rau. Mir war es jetzt unangenehm, dass sie mich berührte. Aber ich war froh, nicht mehr in der Mitte des Speisesaals zu stehen.

Ich ließ mich auf den Stuhl fallen. Meine Wangen prickelten immer noch und auch die Ohren fühlten sich komisch an. Ich betastete sie, sie waren ganz heiß und irgendwie größer als sonst.

»Mach das nie wieder«, sagte ich.

»Was?« Ksü brauchte eine Weile, um zu kapieren, was ich ihr genau vorwarf. »Oh. Sorry. Daran habe ich nicht gedacht.« Sie machte ein unglückliches Gesicht. »Ich bin irgendwie ganz schön schlecht erzogen, nicht wahr?«

»Ja«, sagte ich. »Ich aber auch.«

Und dann prusteten wir beide los. Ich lachte laut und schallend und konnte auch dann nicht mehr aufhören, als Ksü längst ausgelacht hatte. Dabei war mir eigentlich gar nicht zum Lachen zumute. Aber ich lachte weiter und hielt mich am Tisch fest und dachte, wann werde ich bloß endlich ruhig. Irgendwann versiegte das Lachen, weil ich zu erschöpft war. Ich faltete meine Arme und ließ den Kopf darauf sinken. Ksü streckte die Hand aus, als wollte sie mir über den Oberarm fahren, zog sie aber schnell wieder zurück.

»Wo hast du gesteckt?«, fragte ich. »Ich habe die ganze Zeit auf dich gewartet.«

»Ich bin in eine andere Lerngruppe gekommen«, sagte Ksü. »Sie haben mich heute früh abgefangen und benachrichtigt.«

»Wieso das denn?«

»Keine Ahnung.« Sie stürzte sich wieder auf ihr Essen.

»Aber ich bin doch deine Patin. Sie können dich nicht woandershin stecken.«

»Ich glaube, genau darum geht es. Du bist nicht mehr meine Patin. Ich dachte, das wüsstest du.«

»Nein.« Ich warf meinen Löffel empört auf den Tisch. Er rutschte über die Platte und blieb knapp vor der Kante liegen. »Ich dachte, du wärest heute krank oder hättest dich verspätet.«

»Nein, ich bin nur in einer anderen Lerngruppe.«

»Und ich bin nicht mehr deine Patin.«

»Genau.«

»Was ist passiert? Sie haben mich doch dazu verpflichtet.« Ich spürte einen kleinen Stich Eifersucht. »Hast du schon einen neuen Paten? Hast du dir jemand anderen ausgesucht?«

»Nicht, dass ich wüsste«, sagte Ksü. »Ich glaube eher, man kann als Pate von der Patenschaft befreit werden, wenn man sich begründet beschwert.«

»Ich habe mich nicht beschwert!« Mir blieb die Luft weg. »Ich schwöre es! Ich war vielleicht am Anfang nicht gerade begeistert, wer ist das schon, aber jetzt ist es ganz anderes. Ich habe nichts gegen dich gesagt. Ich wollte gern weiter deine Patin bleiben.«

»Reg dich nicht so auf, ich glaub's dir doch«, sagte Ksü.

Ich sah sie an. Sie aß weiter, schaute hin und wieder zu mir auf, lächelte mit vollem Mund. Sie wollte mich aufmuntern. Sie war offenbar wirklich nicht davon ausgegangen, dass ich sie nicht mehr haben wollte. Sie glaubte mir. Sie war so anders als ich. Ich hätte an ihrer Stelle sofort gedacht, dass meine Patin mich im Schulsekretariat angeschwärzt hatte, um mich loszuwerden. Ich hätte viele Beweise gebraucht, um mich vom Gegenteil zu überzeugen.

Ksü dagegen vertraute mir einfach so.

»Aber ganz zufällig ist es nicht«, sagte sie und mir wurde klar, dass ich mich zu früh gefreut hatte. »Heute Morgen wurde ich an der Schule kontrolliert. Ob ich einen Führerschein für das Moped habe. Zum Glück hatte ich zufällig alles dabei.«

Sie bewegte ihren Arm. Der Ärmel gab ihr Handgelenk und das glänzende Metall des Armbands frei. »Das Teil vergesse ich immer wieder«, sagte sie.

»Und ist dir noch was passiert?«, fragte ich. Irgendwas war hier faul.

»Ich muss gestehen, ich hatte mir ein bisschen Sorgen gemacht, dass sie auf die Idee kommen würden, meine Geräte zu überprüfen. Aber das taten sie nicht. Ist ja auch klar, sie haben eigentlich keinen Grund zu denken, ich hätte irgendwas geknackt. Von meinem Zugang nach außen weiß ja keiner außer dir. Ich habe mir deswegen auch keine zu große Mühe gemacht, ihn zu verbergen.«

Ich sah sie an. War das ihre Art, »Ich vertraue dir« zu sagen?

»Das ist das Schöne an den Normalen«, sagte Ksü. »Sie tun so, als würden sie alles beherrschen wollen mit tausend Vorschriften. In Wirklichkeit wissen sie, dass andere Normale sowieso keine Regel freiwillig brechen würden. Deswegen kontrollieren sie untereinander nie etwas. Das nutzt unsereins natürlich gerne mal aus.«

Ich musste sie fragen. Jetzt.

»Was meinst du mit unsereins? Bist du nicht normal?«

»Hör mal, gibt es keine anderen Wörter in deinem Wortschatz?« Ihre Stimme klang nicht gerade so, als wolle sie noch weiter über das Thema sprechen. Und ich war auch nicht so sicher, ob ich ihre Antwort hören wollte. Ob sie mir gefallen würde.

Ksü drehte nachdenklich die Gabel in den Fingern. »Sicher ist nur, ich bin irgendwie aufgefallen. Ich hab keine Ahnung, wieso, bin ja noch nicht so lange da. Habe ich schon irgendwas ausgefressen und es nicht gemerkt?«

»Abgesehen vom Hacken ins Netz? Ich glaube nicht.« Jetzt musste ich grinsen. »Ich bin dir in den letzten Tagen nicht von der Seite gewichen, du warst anständig und brav. Eine aufrechte Normale.«

Ksü lachte schallend. »Du musst nicht gleich ausfallend werden.«

»Weißt du, was«, sagte ich, »ich werde einfach im Sekretariat nachfragen.«

»Was genau?« Wenn Ksü so kaute, hatte sie etwas von einem Kälbchen aus einem Zeichentrickfilm. Ihre Augen waren groß und dunkel und die Wimpern bogen sich nach außen.

»Ich werde nachfragen, warum sie uns getrennt haben. Ich werde mich beschweren.«

»Oh«, sagte Ksü. »Ja, in der Tat, warum nicht.«

Ich wartete ungeduldig, bis sie den Hauptgang, Ente à l'orange, und die Panna cotta mit Erdbeersauce als Nachspeise verschlungen hatte. Dann stand ich auf. »Kommst du mit?«

Ksü schnappte ihren schwarzen Rucksack und folgte mir.

Das Sekretariat war im Nebengebäude, im zweiten Stock. Es war nicht ausgeschildert, aber ich wusste, wo es lag. Dabei war es fast drei Jahre her, dass ich es verzweifelt gesucht hatte. Damals war ich in meine Lerngruppe gekommen und hatte den Raum leer vorgefunden. Ich hatte überhaupt nicht gewusst, was ich tun sollte. Ich war rausgegangen und hatte erst mal zehn Minuten an der Wand im Flur gestanden, während fremde Lyzeisten und Lernbegleiter an mir vorbeirasten. Mir rollten die Tränen über die Wangen, aber keiner achtete auf mich. Schließlich war ich die Treppe runtergegangen, hatte die Telefonzelle gefunden, mich in die Schlange eingereiht und meine Mutter angerufen. Mama war empört gewesen, als sie mich heulen hörte, sie schimpfte auf die Schule und tröstete mich. Sie sagte, ich soll den erstbesten Lernbegleiter oder eine Pausenaufsicht am Ärmel packen und androhen, dass meine Eltern für jede meiner Tränen das Schulgeld kürzen würden. Im Nebensatz sagte meine Mutter: »Ich wusste doch, dass es eine bescheuerte Schule ist mit ihren billigen Tricks, die aus Kindern psychische Wracks machen will!«

Meine Mutter hatte sich mit meinem Vater schon immer über Schulen gestritten. Sie hatte mich aus dem Betreuungscenter im Juniorland genommen und die Zwillinge erst gar nicht hingeschickt. Als ich in die Grundschule kam, drückte sie sich so oft um die Schulpflicht, wie es nur ging. Obwohl ich gesund gewesen war, ließ sie mich bei jedem Kratzer zu Hause, wie die Zwillinge später auch. Es waren schöne Tage mit ihr daheim, aber mein Vater machte mir bald ein schlechtes Gewissen, dass meine Ausbildung darunter leiden würde. In der fünften Klasse hatte mich meine Mutter zu Hause unterrichtet, angeblich weil meine Narben an den Schulterblättern zu sehr juckten und keine Uniform vertrugen. In der sechsten setzte sich dann mein Vater durch – ich kam auf das Lyzeum und auch die Zwillinge besuchten nun regelmäßig die Schule.

Nachdem ich mit ihr an jenem blöden Tag vor drei Jahren telefoniert hatte, hatte ich mich plötzlich nicht mehr so unglücklich und verängstigt gefühlt. Ermutigt war ich zur Pausenaufsicht gegangen und hatte dort mein Problem – leerer Lernraum – geschildert. Und obwohl ich den Satz mit dem gekürzten Schulgeld dann doch nicht gesagt hatte, konnte die Pausenaufsicht dieses Argument wahrscheinlich in meinen Augen flimmern sehen, jedenfalls brachte sie mich schnell ins Sekretariat. Dort hatte ich erfahren, dass der Lehrplan und die Raumbelegung sich geändert hatten, und einen neuen Plan bekommen.

Ich hatte mich keine Sekunde lang gefragt, warum man mir das nicht einfach rechtzeitig gesagt hatte. Ich war davon ausgegangen, dass es so sein musste und nicht anders. Ich war klein und unwichtig und immer selber schuld, wenn ich irgendwas verpasst hatte. Wenn ich eine Regel gebrochen hatte, von der ich nicht einmal gewusst hatte, dass sie existierte, dann hatte ich trotzdem versagt.

Den ganzen Weg zum Sekretariat hatte ich damals auf die Wände geschaut, die waren zwar alle gleich, aber hier und da ragte ein etwas dunklerer Ziegelstein hervor. Die dunklen Steine fügten sich zu genau dem Wegweiser, den ich mir damals gemerkt hatte.

»Also wirklich«, schnaufte Ksü hinter mir. »Ich weiß nicht, ob ich lange genug an dieser Schule bleiben werde, um mir wenigstens den Weg zum Mädchenklo einzuprägen. Von anderen Sachen rede ich ja gar nicht mehr.«

Ich fand es merkwürdig, dass sie so über unsere Eliteschule redete, mit den langen Wartelisten und dem hohen Schulgeld.

Kurz vorm Ziel musste ich nun doch eine Weile überlegen, welche von den vier absolut gleichen Türen die richtige war. Und vielleicht hätte ich mich erst mal geirrt, wäre nicht eine von ihnen aufgegangen, um einen bleichen Seniorschüler durchzulassen, der uns fast aus dem Weg gefegt hätte. Mir reichte die Zeit, um durch den Türspalt das schwarze Pult der Sekretärin zu erspähen, und ich trat mit Ksü im Schlepptau hinein.

Ich wusste nicht mehr, ob ich damals vor drei Jahren dieselbe Sekretärin vor mir gehabt hatte wie jetzt. Ich ging jedenfalls davon aus, dass es eine Frau war, ganz sicher war ich mir nicht. Sie trug einen schwarzen Hosenanzug und ihre Haare waren so kurz und glatt, als wäre sie eine Puppe. Die Brille hatte ein feines Drahtgestell und die Brillengläser waren merkwürdig milchig. Ihre Augen waren nicht zu sehen.

»Ja?« Sie stand gerade am Kopierer, der eine Seite nach der anderen in ihre Hände spuckte.

Ich zögerte einen Moment, aber dann fiel mir wieder ein, dass ich nicht mehr die kleine schüchterne Juli von vor drei Jahren war. Ich war nicht einmal mehr die kleine, schüchterne Juli von vor drei Tagen. Ich war eine Pheentochter, also fast ein Monster. Sollten doch die anderen Angst haben.

»Ich möchte mich beschweren!«

Die linke Augenbraue der Sekretärin kroch in die Höhe. »Beschweren?«

»Ja.« Nun war ich mir meines Vorhabens plötzlich nicht mehr sicher und Ksü, die sich hinter meinem Rücken versteckte und anscheinend den Atem anhielt, war auch keine große Hilfe.

»Der Beschwerdekasten ist draußen, die Beschwerden sind schriftlich auf einem normierten Blatt Papier einzureichen«, sagte die Sekretärin monoton. »Bei Minderjährigen ist die Beschwerde ohne Unterschrift des Erziehungsberechtigten ungültig.«

»Wir haben draußen keinen Beschwerdekasten gesehen«, piepste Ksü von hinten.

»Ich will mich nicht schriftlich beschweren«, unterbrach ich sie. »Sondern direkt. Keine große Sache. Wahrscheinlich ein Missverständnis.«

Ich war auf Abfuhren aller Art vorbereitet, aber nun hatte die Sekretärin offenbar beschlossen, dass sie am ehesten Zeit sparte, wenn sie mir kurz zuhörte.

»Was ist denn schon wieder?«, fragte sie mit müder, fast schon menschlicher Stimme.

»Ksü«, ich deutete mit dem Daumen hinter meinen Rücken, »ist erst seit ein paar Tagen am Lyzeum. Ich wurde ihr also als Patin zugeordnet.« Ich redete möglichst schnell, bevor die Sekretärin die Geduld verlor und uns wieder rauswarf. »Und jetzt haben wir erfahren, dass ich nicht mehr ihre Patin bin und Ksü ist seltsamerweise in eine andere Gruppe gekommen. Das kann nur ein administrativer Fehler sein, auf den ich Sie hiermit aufmerksam machen möchte.«

Ich klappte den Mund zu und wartete auf eine Reaktion, aber vergeblich.

Die Sekretärin sortierte ihre Blätter, ohne mich anzusehen.

»Ich gehe davon aus, dass es hiermit erledigt ist?« Ich klang schon fast wie Kassie, bereit dazu, jeden verzögerten Widerspruch für eine Zusage zu halten.

»Nummer?«, fragte die Sekretärin tonlos.

Ich schob meinen Ärmel hoch und hielt der Sekretärin mein Armband hin. Sie ließ ihren Handscanner kurz aufzwitschern. Dann las sie die Information auf ihrem Display durch.

Dabei bewegten sich ihre Lippen. Ich konnte nicht sehen, ob sie mich anschaute, weil ihre Brillengläser so undurchsichtig waren.

»Es ist alles korrekt, Juliane Rettemi, du bist nicht mehr die Patin von Ksenia Okasaki.«

»Das kann nicht sein.«

»Es geht an unserer Schule nicht darum, was wir wollen, Juliane Rettemi. Wir haben die Information bekommen, dass du der Aufgabe der Patenschaft nicht gewachsen bist und dass sie keinen guten Einfluss auf dich hat.«

»Von wem kommt dieser Unsinn?«

»Wortwahl, Juliane Rettemi. Und zu deiner Frage: Das ist vertraulich.«

Ich starrte in ihre Brillengläser, immer noch in der verzweifelten Hoffnung, dahinter ein Augenpaar zu erspähen.

»Es gibt sicher eine Möglichkeit, diese Patenschaft wiederherzustellen?«

»Es bleibt, wie es ist.«

»Nein«, sagte ich. Ich rührte mich nicht von der Stelle, obwohl ich genau wusste, dass nichts so sinnlos war, wie mit der Schulsekretärin zu diskutieren.

Und dann sagte die Sekretärin, bevor sie mir endgültig ihren knochigen Rücken zuwandte: »Diese Information kommt aus deinem privaten Umfeld, Juliane Rettemi.«

Ksü traute sich gar nicht, mich anzugucken, vermutlich weil ich so schrecklich aussah. Wir setzten uns auf eine Bank im Freien und ich kickte wütend ein paar Steine weg und schaute in den Himmel, um mich zu beruhigen.

»Das wird mein Vater gewesen sein«, sagte ich, als ich nicht mehr schweigen konnte. »Aber ich verstehe nicht, wieso.«

»Na ja«, sagte Ksü. »Mir würden da schon ein paar Gründe einfallen.«

Sie hatte natürlich recht. Nach allem, was mein Vater über Ksü gehört hatte, so wie er mich in der jüngsten Zeit erlebt hatte, nach allem, was ich über seine Reaktionen auf bestimmte Dinge wusste, war klar, dass er jetzt Maßnahmen ergreifen musste. Und zwar genau solche. Ich konnte fünf Jahre alt sein oder fünfzehn – wenn ihm jemand nicht gefiel, durfte ich mit ihm nichts zu tun haben.

»Ich frage mich, wie er das geschafft hat«, sagte ich. »Wenn ich zu einer Patenschaft verdonnert werde – Verzeihung, Ksü, aber so habe ich es damals empfunden –, wie kann es sein, dass mein Vater sie einfach wieder aufheben kann? Ist das nicht Sache des Lyzeums?«

»Überprüf euer Konto«, grinste Ksü. »Du ahnst gar nicht, wie einfach die Dinge dann werden.«

»Wie?« Ich blinzelte. »Meinst du, mein Vater hat die Schulleitung bestochen?«

»Bestochen? Pfui, was für Ausdrücke. Weißt du nicht, dass es einen Gebührenkatalog für so was gibt?«

»Was für einen Katalog?«

»Na, für kleine Gefälligkeiten, für Noten, Versetzung, Nichtversetzung, Strafe, Aufheben von Strafe, so was halt.«

»Nie gehört«, sagte ich ratlos.

»Tja«, sagte Ksü. »Ich bin fasziniert, wie wenig neugierig manche Menschen sind. Schüler wissen natürlich meist nichts von dem Katalog, weil ihre Eltern schlau genug sind, ihnen manches zu verheimlichen. Stell dir vor, jeder Schüler wüsste, dass man sich bestimmte Dinge, inklusive Noten, einfach kaufen kann.«

»Aber woher weißt du das?«

»Hab die Info im Netz gefunden.« Ksü zuckte mit den Achseln.

»Mit Mister Cortex?«

»Mit wem sonst.«

Ich glaubte Ksü sofort. Vielleicht, weil ich das Gefühl hatte, dass nach dem Verschwinden meiner Mutter alle logen, denen ich bis jetzt geglaubt hatte. Menschen, denen ich mal vertraut habe, verhielten sich wie bösartige Clowns. Nur Ksü mit ihrer Schlange auf dem kahlen Schädel, mit ihren zerknautschten Klamotten und dem schnellen blauen Moped war echt. Und ihre Nähe hielt mich aufrecht.

»Ksü«, sagte ich. »Auch wenn ich nicht mehr deine Patin bin – meinst du, ich könnte noch mal an dein Notebook?«

Sie drehte sich mit dem ganzen Körper zu mir. Überrascht sah ich, wie ein Lächeln Grübchen auf ihre Wangen zauberte. Ich konnte nicht mehr verstehen, warum andere sie für eine Vogelscheuche hielten und ich da auch noch zugestimmt hatte. Schon seit gestern fand ich Ksü cool, jetzt ertappte ich mich bei dem Gedanken, dass sie hübsch war, fast so hübsch wie ihr Bruder.

»Du kannst jederzeit zu mir kommen!«, sagte Ksü strahlend.

Ich dachte an meine Großmutter, an meinen Vater und an den Gebührenkatalog für kleine Gefälligkeiten. Sie würden mir wohl kaum noch mal erlauben, Ksü zu besuchen. Andererseits hatte ich nicht das leiseste Bedürfnis, sie überhaupt noch um Erlaubnis zu fragen. Und dann hatte ich eine noch bessere Idee.

»Weißt du, was«, sagte ich, »am besten kommst du mit zu mir.«

Unter Normalen

Ich warnte Ingrid nicht vor. Ein bisschen Aufregung könnte ihr sowieso nicht schaden, fand ich. Ich hatte sie nicht darum gebeten, in unserem Haus zu bleiben. Schließlich war es immer noch Mamas Woche – und in der hatte sie mir gar nichts zu sagen.

Wir fuhren mit Ksüs Moped los und es war ganz anders als gestern. Bald waren wir in meinem Viertel, ich kannte jeden Papierkorb hier. Schnell hatten wir den Schulbus überholt und Ksü machte sich einen Spaß und fuhr eine Zeit lang neben ihm her. In den Fenstern sah ich versteinerte Gesichter unserer Mitschüler.

»Nicht zu fassen«, schimpfte Ksü. »Ist der Bus immer so lahm? Wenn ich in dem Tempo fahren würde, würde ich für meinen Schulweg drei Tage brauchen.«

»Wäre doch auch nicht so schlecht.«

Ksü lachte.

»Was für ein herrlich normales Viertel!«, brüllte sie, als wir von der Hauptstraße abbogen.

Mir war nicht klar, ob das Begeisterung oder vielleicht doch Häme war. Ja, es war ein normales Viertel und ich lebte gern hier. Alles passte, nichts störte. Weiße Häuser, asphaltierte Einfahrten, flache Dächer mit Fernsehantennen, Dahlien in den Vorgärten und kunstvoll geschnittene Buchsbaumhecken. Ich versuchte, das alles mit Ksüs Augen zu sehen. Und dann fiel mir auf, dass die riesigen Bäume fehlten, die die kurvigen Straßen in Ksüs Gegend beschatteten. Die letzte hohe Tanne in unserer Straße hatte der Nachbar ein paar Häuser weiter gefällt, noch bevor die allgemeine Verordnung erlassen wurde, die alle Bäume über anderthalb Meter aus Sicherheitsgründen verbot. Dafür hatten wir rosenumrankte Pergolas vor Garageneinfahrten und diverse Hochstämmchen: Stachelbeeren, Johannisbeeren, Birnen und Äpfel, die aussahen wie schlafende Flamingos – unten ein dünner Stamm, oben die runde Krone mit den Früchten.

»Das ist aber sauber hier«, sagte Ksü.

»Ist das schlimm?«

»Wer sorgt denn alles dafür?«

Ich dachte nach. »Wir alle«, sagte ich schließlich. »Jeder fegt vor seiner Haustür und die Straßen übernimmt die städtische Reinigung. Aber die müsste doch auch bei euch vorbeikommen.«

»Fegst du selber auch?«

»Ich? Nein.« Ich hatte schon meinen Vater, unseren Gärtner, meine Großmutter und sogar einmal meine nicht gerade putzwütige Mutter die Garageneinfahrt fegen sehen, war aber noch nie auf die Idee gekommen, dass dieser Vorgang etwas mit mir zu tun haben könnte.

»Hier schneidet man aber gern an Pflanzen rum«, bemerkte Ksü. Allmählich begann es, mich zu nerven. Ich hatte hier fünfzehn Jahre lang glücklich gelebt und keinen Schaden erlitten. Und ich war nach dem Besuch bei Ksü ganz schön froh, dass bei uns wenigstens keine Ratten aus den Mülltonnen sprangen. Das Wappentier unseres Viertels war der Mops, gelegentlich vertreten von kaffeefarbenen französischen Bulldoggen. Als ich klein war, hatte ich mir inbrünstig einen Mops gewünscht, aber keinen bekommen, weil meine Mutter keine Hunde mochte. Ich hatte nach jedem Geburtstag geweint, weil ich immer noch keinen Mops hatte. Ein Mops hatte ein freundlich-rührendes Gesicht, seidiges Fell und roch nach Shampoo. Man konnte ihn mit ins Bett nehmen, weil er so sauber war. Irgendwann wurde ich älter und der Herzenswunsch verblasste.

Es war gut und schlecht gleichzeitig, dass gerade niemand in unserer Sichtweite einen Mops oder eine Bulldogge Gassi führte. Gut, weil niemand Ksü anglotzen konnte. Schlecht, weil ich ihr gern gezeigt hätte, dass wir den Ratten etwas viel Charmanteres entgegenzusetzen hatten.

»Und stehen am Wochenende immer Leute mit großen Scheren im Garten und schnippeln an ihren Pflanzen herum?«

»Woher weißt du das?« Wie Ksü die Dinge formulierte, nervte mich zunehmend. Ich sah überhaupt nichts Falsches darin, für ein bisschen Ordnung im Garten zu sorgen. Mir wäre auch lieber gewesen, meine Mutter hätte sich etwas mehr drum gekümmert. Mein Vater hatte drunter gelitten, dass wir trotz seiner Stellung und des gelegentlichen Einsatzes seiner Mutter und eines Gärtners das freakigste Grundstück der Straße hatten.

»Ist das ein Troll zum Schutz vor bösen Geistern?« Ksü deutete über den Zaun.

Ich sah sie an, aber sie schien nicht zu scherzen.

»Es. Ist. Nur. Ein. Gartenzwerg.« Jetzt wurde ich sauer.

»Und Unkraut, wo ist euer Unkraut?« Ksü gab keine Ruhe und ich wünschte, sie würde schneller fahren, damit wir endlich ankamen.

»Was ist Unkraut?«, fragte ich zurück.

»Löwenzahn zum Beispiel.«

»Der wächst hier nicht«, sagte ich.

Das Moped knatterte über den Asphalt, als wir in unsere Straße einbogen. Ich schaute auf die Uhr. Von dreizehn bis fünfzehn Uhr durfte man bei uns keinen Lärm machen, weil man sonst sofort verklagt wurde. Jetzt hatten wir 14:43. Ksü hatte offenbar noch nie etwas davon gehört und ich wollte sie nicht bitten, ein bisschen Rücksicht zu nehmen.

Ich war schweißgebadet, als wir endlich ankamen. Ich öffnete das Tor, damit Ksü ihr Moped in die Auffahrt schieben konnte.

»Ist denn jemand da?«, fragte Ksü.

»Meine Großeltern«, sagte ich mit einem Seufzer.

»Stimmt ja.« Sie schaute mich voller Mitgefühl an. »Mach dir keine Sorgen, deine Mutter kommt bald zurück!«

Ich zuckte mit den Schultern, drückte auf die Klingel und strich mit feuchten Händen meine vom Wind zerzausten Haare glatt. Meine Großmutter öffnete die Tür, guckte raus, das Gesicht skeptisch.

»Da bist du endlich«, sagte sie. Die Tür war gerade mal einen Spalt weit geöffnet.

»Wir haben Besuch«, sagte ich laut. »Meine Freundin Ksenia.«

Ksü drängte sich hinter mich in den Flur und grinste ihr breitestes Grinsen. »Hallo, freut mich sehr«, sagte sie. »Ich bin vielleicht blöd, habe gar nichts mitgebracht. Platze hier einfach mit leeren Händen rein.«

Meiner Großmutter fiel die Kinnlade runter.

Es war überdeutlich, dass sie jemanden wie Ksü niemals vor das Tor gelassen hätte, geschweige denn ins Haus. Auf der Straße hätte sie sofort die Seite gewechselt. Ksü verkörperte alles, wovor meine Großeltern mich immer gewarnt hatten.

Ksü warf einen Blick auf die Fliesen und zog schnell ihre hohen schwarzen Lederstiefel aus.

Ingrid klappte den Mund zu, drehte sich um und ging in die Küche.

Ich sah Ksü an und formte eine stumme Entschuldigung mit den Lippen. Ksü winkte ab, als würde es ihr nichts ausmachen, aber ich hatte das Gefühl, dass es sie ziemlich getroffen hatte. Ich hatte sie Ingrid ganz bewusst vor die Nase gesetzt, um meine Großmutter zu ärgern, mir aber überhaupt keine Gedanken darüber gemacht, wie es sich für Ksü anfühlen würde.

Ich hoffte ein bisschen, dass sie es vielleicht gewohnt war, so unfreundlich behandelt zu werden, und sich deswegen längst eine dicke Haut zugelegt hatte.

Ich steckte den Kopf zur Küchentür rein, als wäre nichts gewesen. »Gibt es was zu essen, Ingrid?«

Meine Großmutter verschränkte abwehrend ihre Arme über der Brust.

»Wir haben Hunger«, sagte ich mit Kassies Stimme.

»Dein Großvater und ich haben um halb eins gegessen, wie immer«, sagte Ingrid abweisend.

»Wir ja auch, wir ja auch«, sagte ich. »Haben jetzt trotzdem Hunger.«

Ksü zog mich von hinten an der Kapuze.

»Lass es«, flüsterte sie. »Warum soll sie uns jetzt bedienen? Wir brauchen doch nichts. Oder wir machen es einfach selber.«

Wahrscheinlich hatte Ingrid das gehört. Und das wollte sie nun auf keinen Fall zulassen. Sie kaute ein bisschen an ihrer Unterlippe herum und öffnete schließlich den Kühlschrank.

Als wir endlich vor meiner Zimmertür standen, wirkte Ksü deprimiert. Sie hatte die Blicke meiner Großmutter mit unerschütterlicher Freundlichkeit überstanden. Ich vermutete, dass Ingrid jetzt enttäuscht war: Ksü hatte, bei näherer Betrachtung, keine schmutzigen Fingernägel vorzuweisen, stellte ihre Ellbogen nicht auf den Tisch, kurzum, sie benahm sich ganz anders, als Ingrid es erwartet hatte. Doch ausgerechnet das stimmte meine Großmutter nur noch feindseliger.

»Tut mir leid«, sagte ich, als wir endlich allein waren. »Sie ist eben . . . einfach schrecklich.«

»Sie kann halt nicht anders«, sagte Ksü leise.

»Sind viele doof zu dir, so wie du aussiehst?«

»Nee, wieso?«

Ich wurde rot.

»Du meinst wegen der Schlange? Klar, die meisten kriegen erst mal einen Schreck. Aber eigentlich geht es. Viele finden mich unheimlich und lassen mich deswegen in Ruhe.«

Jetzt war der Moment wieder gekommen, in dem ich es noch mal versuchen wollte.

»Sie denken eben, du bist ein Freak«, sagte ich.

Ksü warf mir einen langen Blick zu. Ihre Schlange ließ den Schwanz hängen.

»Ich weiß«, sagte sie. »Weil ich so aussehe, denkt deine Großmutter, ich fasse ihr feinstes Porzellan mit dreckigen Händen an, verführe ihren Mann und klaue ihm dann zum Dank noch die Brieftasche. Sie muss sehr enttäuscht sein, dass ich ihre Erwartungen nicht erfülle.«

Ich biss mir auf die Unterlippe, weil ich mich plötzlich schämte, und zwar für mich selbst. Ich wollte mich gerade entschuldigen, sie wider besseres Wissen hierhergebracht zu haben, aber nun ging Ksü durch die geöffnete Zimmertür. Ich schloss sie hinter ihr, drehte mit der inzwischen gewohnten Bewegung den Schlüssel herum und in diesem Moment stieß Ksü einen Schrei aus.

»Was hast du denn da hängen!«

»Äh . . . Wieso?«

Ksü machte einen vorsichtigen Schritt auf das Quadrum zu.

»Ich vergesse immer, dass du *ihre* Tochter bist«, sagte sie ehrfürchtig.

»Ich vergesse immer, dass *sie* was Besonderes ist«, sagte ich finster.

»Daran solltest du dich langsam gewöhnen.« Ksü konnte ihren Blick nicht mehr vom Quadrum lösen.

»Ich kann nicht. Ich meine, für mich ist sie natürlich was Besonderes, sie ist meine Mutter. Aber für alle anderen hier ist sie eine illegale Malerin, eine mittellose Hausfrau, die ihren Mann verlassen hat und um das Sorgerecht kämpfen musste. Sie war nie beliebt in dieser Gegend, selbst ihre Schwiegereltern haben sie schon vor der Trennung nie richtig gemocht und danach erst richtig gehasst . . .«

»Ich frag mich immer noch, wie es ihr überhaupt gelungen ist, das Sorgerecht zu teilen. Pheen gewinnen sonst wirklich nie in einem Prozess. Brauchen es gar nicht versuchen.«

»Was fragst du mich denn! Ich bin die Letzte, die eine Ahnung hat von dem, was hier abgeht.«

»Wahrscheinlich war ihr Anwalt ein ziemlich fähiger Freak«, sagte Ksü.

Ich dachte, mich verhört zu haben. Ein Freak konnte kein Jurist sein, es passte nicht zusammen. »Ein Anwalt? Ich kenne keinen Anwalt.«

»Vielleicht ist das ein Fehler. Er muss gut gewesen sein, wenn er diese Regelung für sie durchsetzen konnte. Vielleicht kann er dir helfen.«

»Ich weiß nicht mal seinen Namen.«

»Dann finde ihn doch heraus. Frag deinen Vater.«

»Ha«, sagte ich. »Er wird mich sicher auf dem schnellsten Wege zu ihm fahren.«

Ksü guckte erst mich an und dann wieder das Quadrum.

»Unglaublich«, sagte sie. »Dass du hier schlafen kannst. Ich könnte kein Auge zutun.«

»Ich schlaf hier sehr gut«, sagte ich. »Aber meine Großeltern könnten es auch nicht.«

»Hast du eigentlich eine Ahnung, was für ein Glückspilz du bist?«, sagte Ksü mit einem Seufzer.

»Ich?«, fragte ich fassungslos.

Ksü schaute immer noch auf das gemalte Haus.

Natürlich wusste ich, dass es ein schönes Quadrum war, aber wie Ksü sich jetzt verhielt, fand ich dann doch etwas übertrieben. Es war Leinwand, es waren Ölfarben, es war nicht mal ein einziger richtiger Mensch drauf. Man konnte es anfassen, es hatte einen schlichten Holzrahmen.

»Du solltest lieber die anderen nicht sehen«, sagte ich. »Sonst drehst du mir hier noch total durch.«

»Es gibt andere?«

»Natürlich«, sagte ich. »Sie hat ja immer nur gemalt. Das war außer uns ihr einziger Lebensinhalt. Sie hat auf dem Dachboden gearbeitet, dort stehen die alle noch rum.«

»Du willst nicht etwa sagen, dass ein Stockwerk über uns die ganzen Quadren sind?«

Ich zuckte mit den Achseln. »Bis vor Kurzem waren sie jedenfalls da. Jetzt ist abgeschlossen, die Polizei hat angeblich den Raum verriegelt, als meine Mutter verschwunden war. Mit so einem Generalschlüssel, der zu allen Dachböden hier in der Straße passt.«

»Die Polizei? Hat Lauras Quadren gesehen?« Ksü fegte aus dem Raum und zielsicher die Treppe hoch. Ich rannte hinterher.

»Hier?«, fragte sie, unter dem Dach angekommen, vor der einzigen Tür, die etwas niedriger war als die anderen in dem Haus.

Ich nickte.

»Würdest du nicht schrecklich gern da rein?«, fragte Ksü, bückte sich und schaute durchs Schlüsselloch.

»Ein bisschen schwierig ohne Schlüssel.«

»Pillepalle.« Ksü steckte die Hand in die ausgebeulte Tasche ihrer Hosen, klimperte herum und zauberte einen Schlüsselbund mit Hausschlüsseln in unterschiedlichen Größen, irgendwelchen Metallsteckern und Schraubenschlüsseln hervor.

Ich sah mit angehaltenem Atem zu, wie sie sich am Schlüsselloch versuchte, einen Schlüssel nach dem anderen ausprobierte, ins Schwitzen kam und sich plötzlich, wie von einem Geistesblitz getroffen, auf die Stirn schlug.

»Deine Mutter ist doch eine Phee, oder?«

»Hmm . . . wenn du es sagst.«

»Hier, mach du das.«

»Wieso?«

»Mach«, sagte Ksü ungeduldig. Ein Schlüssel steckte bereits in der Tür und sie nahm meine Hand und legte sie auf den Schlüsselkopf. »Drehen.«

»Kannst du das nicht selbst?« Aber dann drehte sich der Schlüssel, gegen den Ksü eben noch gekämpft hatte, leicht und geschmeidig in meinen Fingern und die Tür gab lautlos nach. Ich setzte meinen Fuß über die Schwelle, gefolgt von Ksü, die ihre Augen mit den Händen bedeckte, als würde sie gerade nicht das Halbdunkel eines Dachbodens mit Schrägwänden betreten, sondern direkt auf die Sonne zurennen.

Das Kind schaut mir entgegen. Es ist noch keine zwei Jahre alt, hat verwuscheltes Haar und dreckige Füße. Es trägt eine breite Latzhose, der Oberkörper ist nackt bis auf den dicken grauen Verband, der sich um seine Brust schlingt. Es kommt mir gleichzeitig sehr fremd und sehr vertraut vor.

Die Katze

Ich hatte, muss ich gestehen, etwas mehr erwartet. Nach allem, was ich inzwischen gehört hatte, ging ich davon aus, sofort von einem Zauber berührt zu werden, den ich bislang wegen akuter Blödheit nicht hatte spüren können. Aber nichts passierte. Es war immer noch das Atelier meiner Mutter, nicht mehr und nicht weniger. Ich war hier tausendmal gewesen und fand nichts daran faszinierend. Bloß mein Herz zog sich schmerzhaft zusammen, als der mir so vertraute Duft in die Nase stieg, von Farbe und Lösungsmitteln, gemischt mit einem zarten Fliederaroma und einer Note Kaffee.

»Mama«, flüsterte ich.

Ksü hatte keine Augen für mich, das war ganz gut so. Sie kniete vor einem großen Quadrum, das, soviel ich wusste, schon länger da stand. Auf dem Quadrum war ein Wald, so ähnlich wie der Wald in meinem Zimmer. Bloß das Haus fehlte. Hohe Bäume, wogendes Gras, in dem irgendwann etwas kleines Blaues blühte. An einer Stelle fiel das Gras ganz leicht auseinander, hier war jemand durchgegangen. Ich hörte ein leises Rauschen, fragte Ksü aber lieber nicht, ob sie es auch wahrnahm.

Ksü richtete sich auf und wischte sich über das Gesicht.

»Was ist?«, fragte ich.

»Nichts.« Ksü drehte mir ihren Hinterkopf zu, sodass mein neugieriger Blick am Körper der Schlange abprallte.

»Heulst du etwa?«, fragte ich.

»Nein.«

»Aber ich sehe es doch. Wieso heulst du jetzt plötzlich?«

»Ich weiß nicht.« Ksü holte eine zusammengeknüllte Papierserviette aus ihrer Tasche und putzte sich die Nase. »Es zieht irgendwie hier.« Sie legte ihre rechte Hand auf die linke Brust. »Ivan sagt, das Leben unserer Familie ist eng verknüpft mit Lauras Kunst, aber er erklärt nie, was er damit genau meint. Es ist ein Gefühl, als hätte ich etwas verloren.«

Ich schaute sie nur stumm an. Die Vorstellung, dass Ksü etwas Wichtiges verloren haben könnte, erstaunte mich. Sie wirkte immer so, als würde sie nichts umwerfen können. Alles schien an ihr abzuprallen. Bis sie das Atelier meiner Mutter betreten hatte. Jetzt stand sie da wie ein Häufchen Elend und zum ersten Mal wurde mir klar, dass ich eigentlich nichts über sie wusste.

»Tut dir irgendwas weh?«, fragte ich unbeholfen. Ich hatte keine Ahnung, wie man solche Fragen stellte, ob man sie überhaupt stellen durfte. Wenn irgendwas nicht in Ordnung war, war es höflicher wegzusehen – das war der normale Umgang. Aber jetzt sah ich direkt in Ksüs verzerrtes Gesicht.

»Kann ich irgendwas für dich tun?«

Sie schien mich nicht zu hören.

Ich streckte vorsichtig den Arm aus, legte die Hand auf Ksüs Schulter. So machte man das in alten Filmen in den etwas peinlichen Momenten, in denen ich immer verlegen weggeschaut hatte. Aber jetzt kam es mir irgendwie passend vor.

»Ksü, kannst du mich hören? Was tut dir weh? Soll ich dir ein Glas Wasser bringen?«

Sie schüttelte den Kopf. »Nein, ist wieder gut. Es zieht einfach nur.«

»Vielleicht sollten wir rausgehen.«

»Nein«, sagte Ksü. »Noch nicht.«

Ich nahm meine Hand von ihrer Schulter. Sie rieb sich die Augen und sah sich um.

Es waren nicht sehr viele Quadren hier oben, etwa sieben große, eins davon noch auf der Staffelei, und einige kleine, aufgereiht entlang der Fußleiste.

»Guck mal«, sagte ich. »Da auf der Staffelei ist ihr letztes Quadrum, ich meine« – das Wort *letztes* verursachte ein dumpfes Echo in meiner Brust, »ich meine, das bis jetzt letzte Quadrum, an dem sie gearbeitet hat, bevor sie . . .«

Ksü stand bereits davor.

»Wieder dieser Wald«, sagte ich, »ihr Lieblingsthema. Ziemlich ähnlich wie die anderen Quadren auch. Ehrlich gesagt, ist das alles nicht sehr abwechslungsreich.«

Ksü fuhr plötzlich herum. »Kannst du eigentlich malen?«

»Ich?« Ich schaute nachdenklich auf die aufgereihten Quadren. »Ich glaube, nicht. Hab es noch nie probiert. Keine Ahnung.«

»Schade.« Ksü wandte sich wieder den Quadren zu. »Ich dachte, du hättest die Gabe vielleicht geerbt.«

»Nein, sicher nicht.«

»Kannst du heilen?«
»Heilen?« Ich sah auf. »Wie meinst du das?«
»Na, Kranke gesund machen. Pheen können das.«
»Du meinst, sie sind Scharlatane?«
»Wie soll die offizielle Medizin sie auch sonst nennen?«
»Sind ja interessante Einblicke«, sagte ich. »Heilen kann ich auch nicht.«
»Kannst du sehen?«
»Sehen?«, wiederholte ich. Ksü war offensichtlich viel zu lange im Atelier gewesen. »Na klar. Ich kann zum Beispiel dich sehen.«

»Nicht so.« Ksü lächelte. »Kannst du sehen, was für andere unsichtbar ist?«

»Ich kann eher Dinge übersehen, die für alle anderen offensichtlich sind«, sagte ich frustriert. »Übrigens bin ich als Kind sogar an den Augen operiert worden, weil ich so kurzsichtig war.«

»Achte trotzdem mal darauf. Vielleicht siehst du ja was, was nur du sehen kannst. Wenn du dich dagegen sperrst, ist es schwieriger. Da können sich die Gaben nicht entfalten.«

»Du kennst dich aber plötzlich sehr gut aus«, sagte ich misstrauisch. Wieder spürte ich Wut in mir aufsteigen, noch leise und luftig, wie Schaumbläschen auf einer Welle, von der niemand sagen konnte, wie gefährlich sie werden würde.

Ksüs schuldbewusstes Gesicht machte es nur schlimmer.

»Ich tappe hier im Dunkeln, suche meine Mutter, stelle blöde Fragen – und du weißt eigentlich längst bestens Bescheid über Pheen und erzählst mir nichts davon?« Meine Stimme war so kalt, dass ich selber anfing zu frösteln.

»Juli . . .« Ksü schaute mich flehend an.

»So ist es immer!« Die Welle hatte mein Herz erreicht und

schwappte weiter in Richtung Kopf. »Wenn es drauf ankommt, ist man allein, weil alle einen anlügen. Selbst du.«

Ich drehte mich von ihr weg.

»Nein, nein«, Ksü zupfte mich am Ärmel. »Ich ... ich war die ganze Nacht im Netz mit Mister Cortex. Ich bin auf ziemlich viel gestoßen. Du weißt vielleicht noch gar nicht, dass manche Pheen als Heilerinnen oder Wahrsagerinnen praktizieren, um in der Normalität überleben zu können. Und ich habe meinen Bruder gefragt.«

»Der weiß sicher auch alles und würde es auf keinen Fall verraten«, spuckte ich aus. »Er findet es bestimmt saukomisch, wie hilflos und dumm ich mich verhalte!«

»Lass ihn aus dem Spiel«, sagte Ksü. »Ich kann nur für mich sprechen. Und ich wusste wirklich nicht, wie ich dir das alles sagen sollte. Natürlich hab ich eine Menge über Pheen gehört. Wer hat das nicht? Aber es ist so schwer, Legenden von der historischen Wahrheit und wissenschaftlichen Fakten zu trennen. Und du weißt tatsächlich«, sie räusperte sich, »du weißt tatsächlich so wenig. Hätte ich dich mit den schmutzigsten Gerüchten konfrontieren sollen, wo es dir schon so schlecht geht?«

»Warum nicht?« Ich drehte mich wieder zu ihr. Spürte, dass meine Gesichtsmuskeln verzerrt waren. »Es ist immer noch besser, als GAR NICHTS über die eigene Mutter zu wissen.«

»Das kannst du nicht von mir verlangen«, sagte Ksü ruhig. »Ich werde diesen Mist nicht weitertragen. Ich habe vielmehr die ganze Zeit nach etwas gesucht, was dir helfen kann.«

»Wie rührend von dir! Und, was gefunden?«

»Nein, Juli«, sagte Ksü und zum ersten Mal, seit ich sie kannte, klang sie wirklich wütend. »Sonst hätte ich dir davon erzählt.« Ihr scharfer Tonfall brachte mich zur Besinnung. Die Welle begann, sich zurückzuziehen.

»Dann erzähl mir etwas über die Pheen. Irgendwas! Auch wenn es schlimm ist. Bitte!«

»Okay.« Ksü seufzte. »Wo soll ich anfangen? Es gibt ein staatliches Institut zur Pheenforschung, das die Warnungen herausgibt, auf die wir gestoßen sind. Es ist total unwissenschaftlich, aber das Netz ist voll damit. Schlimmer noch, sie verbreiten es auch überall sonst. Sogar jedes dritte Kinderbuch ist eine Warnung vor den gefährlichen Pheen!«

»Wirklich? Ich habe so was noch nie gesehen.«

»Dann hat dich deine Mutter sehr gut davor beschützt«, sagte Ksü.

»Und was habe ich jetzt davon?«

»Versteh doch endlich: Sie hatte einfach keine Wahl. Dich als Kind mit der Wahrheit zu konfrontieren, hätte bedeutet, dich zu zerstören!«

»Einem die Augen zu verbinden und die Ohren zuzuhalten, ist dagegen eine richtig geniale Alterna -«

Ich brach mitten im Wort ab und lauschte.

Da war ein Geräusch. Ich war es gewöhnt, alles, was ich hörte, für mich zu behalten – für den Fall, dass es niemand außer mir hören konnte –, aber auch Ksüs Kopf zuckte zur Seite und ich hatte das Gefühl, ihre Ohren bewegten sich auf der Suche nach der Geräuschquelle.

»Was war das? Wo kam das her?«, flüsterte sie.

»Aus dem Quadrum vielleicht«, sagte ich zögernd. Offenbar hatte ich doch angefangen, Ksü zu vertrauen. Immerhin hatte ich keine Angst, sie würde mich für wahnsinnig erklären.

»Nein, nicht aus dem Quadrum.« Ksü ging in die Knie und drückte sich die Handfläche auf eine seltsame Weise vors Ohr. Ich hielt die Luft an, weil mir mein eigener Atem plötzlich sehr laut vorkam.

»Hier!«, sagte sie triumphierend, rutschte auf den Knien in die Ecke des Zimmers und nahm sehr vorsichtig einen Rahmen weg, der an die Wand gelehnt dort stand. »Wie bist *du* denn dahin gekommen, mein Süßer?«

In der Ecke saß ein kleines Kätzchen mit orangefarbenem Fell. Es hatte hilflose Knopfaugen und ein Mäulchen, das es miauend aufriss und dabei die kleine rosa Zunge rollte. Wir hatten seine Krallen auf den Fliesen scharren gehört.

Ksü versuchte, es hochzunehmen, aber es wich ihr aus und miaute herzzerreißend.

»Lass mich mal«, sagte ich, hockte mich auf den Boden und streckte dem Kätzchen meine Hand entgegen. Es sah mich an, stellte sich ungelenk auf die vier Pfoten und bewegte sich in meine Richtung, bis seine Nase sich in meine Handfläche schmiegte.

Ich gab ihm auch die zweite Hand zum Beschnüffeln, dann schob ich sie unter seinen Bauch und hob es vorsichtig hoch.

Ich wusste nicht, was ich jetzt sagen sollte, und Ksü schwieg auch.

Es war wohl überflüssig zu erwähnen, dass wir noch nie eine Katze im Haus gehabt hatten. Mein Vater hasste Katzen, wie meine Mutter Hunde hasste. Ich schaute zum kleinen Dachfenster hoch, aber auch das war abgeschlossen.

»Pheenkram«, sagte ich heiser und plötzlich fiel mir ein, wo ich das Kätzchen gesehen haben konnte. Nie so komplett, aber immer mal eine Pfote oder die Schwanzspitze. Oder die von ihm geleerten Milchnäpfe.

»Ksü«, sagte ich. »Das ist die Katze aus einem Quadrum meiner Mutter.«

Ksü kam näher und streichelte es vorsichtig. Auf meinem Arm ließ es sich das gefallen.

»Unglaublich«, sagte sie. »Das ist doch einfach ein echtes Kätzchen.«

Es *war* ein echtes Kätzchen, mit seidigem Fell und einem ganz schwachen Geruch nach saurer Milch.

»Und jetzt?«, fragte ich. »Geht es zurück ins Quadrum? Oder was soll ich damit tun?«

Das Kätzchen miaute.

»Ich darf es auf keinen Fall jemandem hier im Haus zeigen«, sagte ich. »Sie würden es sofort entsorgen lassen.«

»Entsorgen?«

»Ja.«

»Ich glaube nicht, dass es sich entsorgen lässt«, sagte Ksü nachdenklich.

»Und wenn wir es wieder hier einschließen? Geht es dann vielleicht zurück, wenn keiner zuschaut?«

»Meinst du, das funktioniert so?«

»Woher soll ich das wissen?«

Das Kätzchen hatte es sich in meiner Armbeuge bequem gemacht und die Augen geschlossen. Und während ich es so ansah, wusste ich, was ich als Nächstes tun wollte. Ich würde mich auf die Suche nach dem Anwalt meiner Mutter machen. Ich musste mich über Pheen und ihre Rechte informieren.

»Ksü«, sagte ich. »Darf ich noch mal an deinen Computer?«

»Klar, warum nicht.« Ksü starrte noch immer das Kätzchen an und verhielt sich wieder so merkwürdig wie am Anfang.

»Ich muss mehr wissen, Ksü. Über Pheen, über die Gesetze. Vielleicht kann ich so rauskriegen, wo sie jetzt ist.«

»Vielleicht.« Ksüs Augen wurden glasig.

»Kannst du mich hören?« Ich zerrte sie am Arm.

»Natürlich.« Sie schaute an mir vorbei.

Ich drückte mit der einen Hand das schlafende Kätzchen an

mich, packte Ksü mit der anderen und zog sie aus dem Zimmer.

Im Flur kam sie wieder zu sich und begann, sich zu wehren, als ich sie auf die Treppe führte.

»Du musst den Raum wieder abschließen!«

»Stimmt.« Ich kehrte zur Tür zurück. »Aber den Schlüssel hast du, oder?«

Ksü hielt mir den Schlüsselbund hin. »Das musst du selber machen. Mit eigener Hand.«

»So ein Quatsch«, sagte ich, steckte aber auf gut Glück den ersten Schlüssel ins Schlüsselloch, er drehte sich ebenso leicht wie beim Öffnen.

Ich gab den Schlüsselbund Ksü zurück. »Könnten wir irgendwie markieren, welcher Schlüssel gepasst hat?«

»Das scheint egal zu sein«, sagte Ksü mit rostig klingender Stimme. »Bei dir klappt es mit jedem Schlüssel.«

Ich achtete nicht auf ihre Worte, sie stand offenbar noch unter der Wirkung der Quadren. Leise liefen wir die Treppe hinunter. Einen Moment später hatten wir uns wieder in meinem Zimmer eingesperrt und dort kam mir endlich eine Idee, die mich voranbringen würde.

Es war leicht. So leicht, dass es mir fast verdächtig vorkam.

Von dem Fenster meines Zimmers aus beobachtete ich meine Großmutter im Garten. Sie legte gerade die Gartenschere beiseite und kniete sich vor die Blumenbeete.

Seit meine Mutter weg war, hatte sich der Garten verändert. Die Sträucher waren genauso zurechtgestutzt wie alle anderen in der Straße. Die Beete sahen aufgeräumt aus, die Stauden standen wie Soldaten. In meinen Augen war die Erde um die Blumen herum bereits komplett nackt, aber Ingrid erspähte hinter ihrer Brille winzige Unkrauttriebe und riss sie zielsicher aus.

In dem Moment hörte ich die Haustür klappen. Ingrid hob den Kopf und ich spürte förmlich, wie sie erstarrte.

»Kann ich helfen?« Ksüs muntere Stimme hörte ich bis hier oben. Sie hatte ihr Gleichgewicht wiedergefunden, ganz im Gegensatz zu meiner Großmutter, die so aussah, als ob sie vor Schreck gleich ins Blumenbeet kippen würde. Wenn der Moment nicht so wichtig gewesen wäre, hätte ich ihn saukomisch gefunden.

Aber der Plan von Ksü und mir sah vor, dass ich keine Zeit verlieren durfte.

Schnell lief ich los.

Im Arbeitszimmer meines Vaters sah es aus wie immer. Der Tisch war fast leer, es lagen nur wenige, säuberlich aufgestapelte Briefumschläge darauf. Es war kalt im Raum, mich fröstelte.

Der Metallschrank, in dem mein Vater alle Dokumente aufbewahrte, war abgeschlossen. Ich öffnete die Schreibtischschublade, in der nach Farben aufgereiht Büroklammern lagen, daneben einige Schlüssel. Der erste, den ich mir griff, passte. Der Schrank ging quietschend auf, ich riss die Türen möglichst weit auf und steckte den Kopf hinein.

Die strahlend orangefarbene Mappe fiel in der Reihe der Aktenordner sofort auf. Ich zog sie heraus. Auf der ersten Seite funkelte das Wort »Laura«. Froh darüber, nicht lange suchen zu müssen, schlug ich sie auf. Auf der ersten Seite war das Gerichtsurteil abgeheftet, drei Monate vorher datiert.

Ich hatte das Richtige gefunden.

Es waren über zehn dicht vollgeschriebene Seiten, ich überflog sie hastig. Und je mehr ich las, desto kälter wurde mir.

Das Familiengericht hielt fest, dass bei der vollzogenen Scheidung sämtlicher in der Ehe erworbener Besitz, einschließlich unseres Hauses, des Grundstücks, aller Möbel und anderen Hausrats meinem Vater zufiel, ohne Ausnahme und ohne ein Recht auf Rückforderung. Laura Rettemi erklärte ihren Verzicht darauf, ebenso auf jeglichen Unterhalt und alle späteren Ansprüche.

Mir blieb die Luft weg. Meine Mutter hatte immer nur zu Hause gearbeitet. Sie durfte ihre Quadren nicht verkaufen. Wovon sollte sie leben, wenn mein Vater ihr nichts abgab? Wovon lebte sie jetzt? War das die Art, eine Phee auszuhungern?

Ich las weiter. Auf der vorletzten Seite stieß ich auf den Satz, in dem ziemlich umständlich erklärt wurde, dass, auch wenn Laura Rettemi keinerlei gesetzlichen Anspruch auf ein Sorgerecht für ihre Kinder Juliane, Kassandra und Jaroslav habe, die Eheleute zu einer freiwilligen Vereinbarung gekommen seien, sich dieses zu teilen. Die genaue Gestaltung des Umgangs lag im Ermessen der Eheleute und war vor Gericht nicht anfechtbar. Die Teilung des Sorgerechts konnte seitens Dr. Rudolf Rettemis jederzeit rechtskräftig zurückgenommen werden.

Ich überflog das Dokument noch mal. Es gab mehrere Verweise auf die aktuelle Rechtslage und auf den »Status Laura Rettemis«. Das Wort Phee fiel nirgendwo, aber ich hatte das Gefühl, dass es trotzdem in jeder Zeile blinkte. *Diese Frau ist eine Phee, man kann alles mit ihr machen.* Wäre mein Vater einen härteren Kurs gefahren, hätte meine Mutter ihr Sorgerecht sofort verloren.

Vielleicht war ich meinem Vater gegenüber unfair gewesen – er hatte mehr für meine Mutter getan, als er hätte tun müssen.

Ich blätterte um. Auf der letzten Seite hatten meine Eltern unterschrieben. Dort fand ich endlich, wonach ich gesucht hatte.

Der Anwalt meiner Mutter hieß Justus Melchior.

Ich prägte mir den Namen schnell ein, bevor ich die Mappe zuklappte, zurück in den Schrank legte, die Tür wieder schloss und in den Garten lief, um Ksü zur beidseitigen Erleichterung aus Ingrids Gesellschaft zu befreien.

Jetzt hatte ich eine wichtige Information und es hatte mich nur eine gute Idee und keine zehn Minuten gekostet, an sie ranzukommen. Aber was sollte ich genau damit anfangen? Ich fürchtete, dass es von nun an nicht mehr so einfach sein würde.

Zero

Als mein Vater am Abend nach Hause kam, war Ksü noch da. Wir hatten uns wieder in meinem Zimmer eingeschlossen. Wir sprachen nicht viel, jede in ihre Gedanken vertieft. War meine Mutter freiwillig gegangen oder hatte jemand sie gezwungen zu verschwinden? Ich hatte auf Ksüs stumme Frage nur genickt – ja, ich hatte den Namen des Anwalts. Über das, was ich in der Mappe sonst noch gelesen hatte, wollte ich nicht reden. Noch nicht.

Ksü fragte nicht weiter. Sie lockte die kleine Katze mit Papierkügelchen und ich sah den beiden zu. Ich hatte immer noch keine Ahnung, was ich mit dem Tier anstellen sollte. Ksü sagte, sie könne das Kätzchen zu sich nach Hause mitnehmen, aber wir waren uns beide nicht sicher, ob das eine gute Idee war. Ob das Tier nicht irgendwie verbunden war mit dem Quadrum oder mindestens mit diesem Haus.

Oder mit mir.

Als ich aus meinen Gedanken auftauchte, hörte ich die Stimmen der Zwillinge in ihren Zimmern.

»Komm«, sagte ich zu Ksü. »Du musst meine kleinen Geschwister kennenlernen, damit du nicht denkst, unsere ganze Familie ist ekelhaft.«

Wahrscheinlich rechnete sie jetzt trotzdem mit dem Schlimmsten. Sie sah richtig eingeschüchtert aus, als ich sie an der Hand packte und die Tür zu Kassies Zimmer öffnete. Kassie saß auf dem Teppich, ich konnte nicht genau erkennen, was sie gerade tat. Sie machte eine ruckartige Bewegung, als würde sie etwas vor uns verstecken.

»Was machst du da?«, fragte ich.

»Gar nichts.« Kassie lachte mir ins Gesicht. Dann schaute sie auf Ksü, neugierig, aber nicht sonderlich aufgeregt. »Kenn ich dich?«

Ksü ging vor ihr in die Hocke und nannte ihren Namen.

»Komischer Name«, sagte Kassie, aber es klang nicht gemein, sondern ehrlich und nett. Kassies Arm schnellte in die Höhe, sie berührte die Schlange auf Ksüs Schädel. Ich zuckte zurück – ich hätte mich so etwas niemals getraut.

»Wo hast du das her?«

»Ist eine komplizierte Geschichte«, sagte Ksü.

»Sieht toll aus. Ist es gefährlich, das anzufassen?«

»Das hättest du zuerst fragen sollen«, mischte ich mich gereizt ein. »Es ist eine Tätowierung.«

»Was ist eine Tätowierung?« Kassie fuhr mit dem Finger die Konturen der Schlange nach, den Mund leicht geöffnet, die Stirn in Falten gelegt.

Und dann sah ich an ihrem Pullover etwas Gelbes hängen, zupfte es herunter und starrte es an. Kassie sah augenblicklich ertappt aus.

»Was ist das?«, fragte ich.

»Eine Feder«, sagte Kassie kleinlaut.

»Eine Feder?! Das sehe ich! Eine Feder an deinem Pullover, den du heute sauber angezogen hast! Das ist doch Zeros Feder. Ist Zero zurückgekommen?«

»Nein, also, ich glaube nicht.« Kassie rückte von mir weg, setzte sich mit dem Rücken zu ihrem Bett, sah zur Seite.

Aber ich war ja nicht blöd. Zumindest nicht mehr so blöd wie früher. Ich ging in die Knie und schaute unter das Bett. Ich entdeckte ihn sofort, er hockte neben der Wand, ein kleines Knäuel, ich streckte ihm die Hand entgegen und er krallte sich sofort an meinem Zeigefinger fest.

»Du hättest mir sagen sollen, dass Zero wieder da ist«, sagte ich. Nur Ksüs Anwesenheit hinderte mich daran, meine Schwester an den Schultern zu packen und durchzuschütteln. »Ich mach mir doch Sorgen um ihn!«

»Entschuldigung«, sagte Kassie leise. »Ich ... ich dachte ...«

»Ist doch gut, dass er da ist«, mischte sich Ksü ein, aber sie hatte ja auch keine Ahnung. Sie wusste nicht, wie sehr Zeros Verschwinden mit dem von meiner Mutter zusammenhing, dass ich sie beide am gleichen Morgen zum letzten Mal gesehen hatte. Was es für mich bedeutete, dass der Vogel wieder da war. Kassie hätte mir sofort Bescheid sagen müssen.

Kassie hatte Glück: Wir hörten das Auto unseres Vaters die Einfahrt hochkriechen, das Garagentor aufgehen. Ich musste die Strafe verschieben.

»Mein Vater ist da«, sagte ich zu Ksü. »Komm.«

Ich wollte Kassie, die Lügnerin, nicht länger ansehen. Dann schon lieber meinen Vater. Ich freute mich bereits auf seinen Gesichtsausdruck.

Ksü verließ das Zimmer meiner Schwester mit sichtlichem Bedauern, hier hatte sie sich offenbar sicher gefühlt. Bevor sie rausging, zwinkerte sie Kassie zu. Kassie lächelte.

Mein Vater kam ins Haus und für einen Augenblick dachte ich, er sieht eigentlich gut aus, er ist groß und hat einen gut sitzenden Anzug an, aber früher war er schöner, netter, lieber. Irgendetwas Abstoßendes hatte sich in seinen Gesichtszügen eingenistet. Und er wirkte nicht sonderlich gesund, seine Nase war spitz, die Wangen blass und eingefallen.

Er musterte Ksü mit einer Mischung aus Gier und gespielter

Überraschung. Ingrid hatte ihn sicher vorab informiert, dass ich Besuch mitgebracht hatte, und was für einen. Er musste mit ihr gerechnet haben.

Ich konnte genau sagen, was er gerade dachte. *Das ist also dieses unerzogene Mädchen, das so freakig aussieht, dass man sich in ihrer Gesellschaft auf der Straße schämen müsste. Hoffentlich haben die Nachbarn das nicht mitgekriegt.*

Auch Ksüs Gedanken konnte ich lesen. *Das ist also der Mann, der sich darüber freut, dass seine Exfrau verschwunden ist, weil sie eine Phee ist, weil sie gefürchtet und verachtet wird, weil sich hier niemand dafür interessiert, ob sie noch lebt und wie.*

Mein Vater gab Ksü nicht die Hand, obwohl sie sichtlich damit rechnete. Ich konnte sehen, wie angespannt ihr Unterarm war. Sie wartete ein paar Augenblicke und steckte ihre Rechte enttäuscht in die Hosentasche.

»Das ist Ksenia Okasaki, meine Schulfreundin«, sagte ich in das Schweigen hinein. »Das ist mein Vater, Herr Doktor Rudolf Rettemi.«

Ksü verzog das Gesicht zu einem breiten Grinsen, das etwas hilflos wirkte. Mein Vater sah sie weiter an. Wir warteten, die Stille schien zu knistern. Dann ging mein Vater an uns vorbei in die Küche, als wären wir Luft.

Ksü rührte sich nicht und auch ich war plötzlich völlig verunsichert. Ich wusste nicht mehr, wie ich mich jetzt verhalten sollte. Ich hatte so viele Fragen im Kopf, in die ich versinken wollte. Und auch wenn ich ohne Ksü verloren war, hatte ich doch das Gefühl, allein sein zu müssen. Mir schoss durch den Kopf, dass das eben der Nachteil war, wenn man sich mit jemandem bei sich zu Hause traf und nicht auf neutralem Boden: Man konnte sich nicht einfach so zurückziehen, sondern musste warten, bis der Gast wieder gegangen war.

»Ivan ist gleich da«, sagte Ksü plötzlich, nachdem wir uns wieder in mein Zimmer geflüchtet hatten. Ich schreckte aus meinen Gedanken hoch.

»Ivan? Wieso?«

»Er holt mich ab. Hatten wir ausgemacht.«

»Du wirst abgeholt?« Ich war erstaunt. Bei ihr war alles so anders als bei mir – und trotzdem konnte sie auf einmal nicht allein nach Hause finden?

»Es ist schon dunkel.« Ksü sah aus dem Fenster. »Ivan macht sich Sorgen, wenn ich nachts allein durch gefährliche Viertel fahre.«

Das klang mir zu vertraut.

»Deine Eltern arbeiten sehr viel, kann es sein?«, fragte ich.

Ksü sah mich an. Die Schlange sah mich an.

»Nein«, sagte Ksü. »Das tun sie nicht mehr.«

Ich öffnete den Mund und schloss ihn wieder. Ich wusste nicht, ob ich jetzt noch weiterfragen durfte. Was ich ihr jetzt noch sagen sollte. Ich wollte mich für diesen Nachmittag entschuldigen, doch die Worte klebten schwer an meinem Gaumen. Und ich schämte mich, wie meine Großmutter und mein Vater mit ihr umgegangen waren. Es war nicht überraschend, aber das machte die Sache nicht angenehmer. Meine Mutter wäre nett zu Ksü gewesen. Sie hatte niemanden schlecht behandelt, nur weil er seltsam aussah. Schon gar kein Mädchen meines Alters.

Ivan klingelte schon ein paar Minuten später. Ich begleitete Ksü zur Haustür. Dort stand bereits Ksüs Bruder und unterhielt sich mit meinem Vater. Wahrscheinlich hatte Ivan irgendetwas richtig gemacht, jedenfalls war mein Vater zu ihm viel freundlicher als zu Ksü. Wenigstens musste ich mich da nicht schämen. Oder doch, gerade deswegen? Mein Vater lächelte ein Lächeln, das mir etwas unterwürfig vorkam. Ivan lächelte höchst sparsam zurück.

Vielleicht mochte mein Vater den Anzug, den Ivan trug, vielleicht gefiel ihm die Tasche, die Ivan über der Schulter hängen hatte, vielleicht sprach der kleine runde Anstecker auf Ivans Revers, ein silbernes Y auf dunkelrotem Hintergrund, eine Sprache, die ich nicht kannte, die aber meinem Vater vertraut war. Jedenfalls lag es wohl kaum an Ivans Gefährt, das mit angelassenem Motor vor unserer Einfahrt stand. Aus dem Auspuff drängten rote Flammen und das ganze Ding zitterte wie ein wildes Tier, das angebunden worden und gerade dabei war, sich wieder loszureißen. Ich schätzte, dass sämtliche Nachbarn in den Fenstern hingen, um die lärmende Höllenmaschine zu bestaunen, auf welcher der Besuch der Rettemis angerast gekommen war.

Ich spürte eine leise Genugtuung darüber, dass Ivan nicht allzu freundlich zu meinem Vater war. Papa hatte es nicht besser verdient. Irgendwas an Ivans Höflichkeit kam mir hämisch vor. Erst als er uns oben auf der Treppe sah, entspannte sich sein Gesicht. Ich hoffte, dass ein kleiner Teil seines Lächelns mir galt.

»Tschüss.« Ksü knuffte mich mit sichtlicher Erleichterung in die Seite, dann drehte sie sich zu meinem Vater: »Auf Wiedersehen und vielen Dank für die Gastfreundschaft.«

»Tschüss, komm bald wieder!« Jetzt streckte mein Vater ihr die Hand entgegen. Ich schämte mich in Grund und Boden. Wäre er jetzt weiter unfreundlich, hätte es wenigstens Stil.

»Bis morgen!«, rief ich und rannte zum Fenster, um zu beobachten, wie Ksü ihr Moped aus unserer Einfahrt herausführte, wie Ivan ein Seil um dessen Hörner warf, wie die beiden innerhalb kürzester Zeit verschwanden, als wären sie nie da gewesen, nur der Nachhall ihres Geknatters löste sich langsam in der Nacht auf.

Als ich nichts mehr von ihnen sehen oder hören konnte, drehte ich mich zu meinem Vater um.

»Ich muss mit dir reden«, sagte ich.

Mein Vater nickte. »Ich mit dir auch.«

Wir gingen an Ingrids neugieriger Nase vorbei ins Wohnzimmer. Mein Vater schloss die Tür. Sie quietschte dabei leise, Papa runzelte die Stirn.

»Muss geölt werden«, murmelte er. Er setzte sich auf die Couch, ich blieb stehen, die Arme über der Brust gekreuzt.

Ich wollte ihm unbedingt sagen, wie schrecklich ich sein Gehabe fand. Ich brauchte eine Weile, um meinen Mut zusammenzunehmen. Und während ich Gedanken und Worte ordnete, kam er mir zuvor.

»Juliane, heute hast du es überzogen. Ich verstehe ja, dass du gerade jeden und alles provozieren willst, aber es hat Grenzen. Ich werde es nicht weiter dulden.«

»Bitte was?«

»Stell dich nicht so dumm. Solchen Abschaum heimzubringen, das ist schlimmer als . . .«

»Warum hast du dann ihren Bruder so angeschleimt?«

Papas Augenlid begann zu zucken. »Sei still, wenn du keine Ahnung hast!«

»Du hast doch selber keine«, sagte ich.

»Du wirst mit diesem . . . Gör keinen Kontakt mehr haben!«

Ich kniff ein Auge zusammen und versuchte selber, ein bisschen zu schielen. So konnte ich mir leichter vorstellen, dass da gerade nicht mein Vater redete, sondern ein wildfremder Mann.

»Machst du mich nach?« Er schnaufte wütend.

»Du hast die Schule bestochen, damit ich die Patenschaft wieder abgenommen bekomme, stimmt's?« Ich entspannte meine Augenmuskeln wieder.

Mein Vater stockte. Sein Augenlid zuckte weiter.

»Wer hat dir das erzählt?«, fragte er leise. Ich hatte also ins Schwarze getroffen. Ksü hatte recht gehabt. Sie wusste, wie er tickte, noch bevor sie ihn kennengelernt hatte.

Mein Vater stand wieder auf. Es behagte ihm offenbar nicht, im Sitzen zu mir aufschauen zu müssen. »Es ist nur zu deinem Besten.«

»Selbstverständlich! Als Nächstes behauptest du, dass mir nichts Besseres passieren könnte, als dass meine Mutter endlich mal verschwindet.«

Ein Krampf brachte die Gesichtszüge meines Vaters für den Bruchteil einer Sekunde durcheinander, dann glättete sich alles wieder.

»Hast du dir deine sogenannte Freundin schon mal richtig angeschaut?«, fragte mein Vater sehr, sehr leise.

»Denkst du, ich mach immer die Augen zu, sobald sie auftaucht?«, presste ich zwischen den Zähnen hervor. »Aber ich muss sie nicht heiraten und du auch nicht.«

»Juliane!« Meinem Vater riss allmählich der Geduldsfaden. »Du bist genau wie deine Mutter!«

»Das hoffe ich!«, brüllte ich zurück.

An der Tür wurde gerüttelt und dann sahen wir Kassies neugieriges Gesicht im Türspalt. »Was ist denn hier los?«, fragte sie.

»Raus!«, riefen mein Vater und ich gleichzeitig.

Von meiner kleinen Schwester abgelenkt, wussten wir beide nicht mehr genau, wo wir stehen geblieben waren. Mein Vater kam auf mich zu und packte meine Hände. Seine Finger waren kalt und ein wenig feucht, so ähnlich stellte ich mir Froschhaut vor. Ich konnte an nichts mehr denken, außer dass er mich bitte endlich loslassen sollte.

»Juliane. Hast du denn nicht sofort gesehen, dass sie ein Freak ist?«

»Sie sieht nur so aus. Wenn sie ein Freak wäre, könnte sie nicht auf das Lyzeum.«

»Aber sie ist nun mal da«, spuckte mein Vater aus. »Das ist bestimmt wieder eins von diesen wohltätigen Projekten, das sich irgendjemand im Tablettenrausch ausgedacht hat. Ich werde mich morgen beschweren.«

»Wirst du nicht«, sagte ich. »Sie ist kein Freak.«

Mein Vater raufte sich die Haare.

»Juli, wenn jemand aussieht wie ein Freak, sich bewegt wie ein Freak und redet wie ein Freak, dann muss er ein Freak sein. Du musst dich nicht gegen das Offensichtliche sperren. Sie ist nicht normal. Begreif das doch endlich.«

Ich schwieg betreten. Ich musste irgendwie widersprechen, aber mir fielen keine Argumente sein. Was, wenn mein Vater recht hatte? Bei der Vorstellung drehte sich mir der Magen um.

Mein Vater beobachtete mich aufmerksam. Der Ekel in meinem Gesicht war ihm nicht entgangen.

Doch dann dachte ich daran, was ich in den letzten Tagen erfahren hatte. Dass meine Mutter nicht normal war. Dass ich vielleicht auch nicht normal war. Was, wenn ich genauso wenig Ahnung über Freaks hatte wie über Pheen? Hatte Ksü nicht gesagt, der Anwalt meiner Mutter sei auch ein Freak?

»Ich weiß, dass auch Freaks Karriere machen können«, bluffte ich und es ging voll auf. Mein Vater schnaufte empört. »Karriere!«

Ich wartete.

»Was auch immer man Karriere nennt!« Mein Vater schüttelte den Kopf.

»Eine Karriere ist eine Karriere.« Ich bluffte gnadenlos weiter. »Viel Geld, beste Reputation.«

»Auf unsere Kosten!« Mein Vater schlug mit der Faust auf den kleinen Beistelltisch und das täuschend echt aussehende Kunstveilchen, das darauf stand, erzitterte mit all seinen Blättern. »Sie ziehen uns ständig in den Dreck, aber wenn sie zu etwas Wohlstand und Ansehen gekommen sind, schicken sie ihre Kinder an unsere Universitäten und machen uns später die Arbeitsplätze streitig!«

»Ach was?« Ich horchte auf. Das war ja ganz neu. Freaks als Konkurrenten auf dem Arbeitsmarkt – das passte nicht zu der Vorstellung, die ich bislang von ihnen gehabt hatte. Aber es passte dazu, dass der Anwalt meiner Mutter ein Freak war.

»Dann ist doch alles gut.« Ich wusste jetzt genau, mit welchen Worten ich meinen Vater zur Weißglut treiben konnte. »Freaks, die resozialisiert wurden, die wertvolle Mitglieder der Gesellschaft sind, arbeiten und Einfluss haben – das ist doch der Traum eines jeden Sozialarbeiters.«

Mein Vater stöhnte. »Das hat dir bestimmt dieses . . . Mädchen eingebläut? Glaub doch nicht so was, Juliane. Ein Freak bleibt ein Freak. Sie sind so gefährlich, weil sie eben anpassungsfähig sind. Wie Viren infizieren sie uns und zerstören die Gesellschaft von innen. Sie tun so, als könnten sie mit uns zusammenleben. Aber wo immer es geht, versuchen sie, die Normalität zu unterwandern.«

»Aber wenn sie doch Karriere machen.« Das Gespräch machte mir fast schon Spaß.

»Begreif es endlich.« Mein Vater sah mich verzweifelt an. »Freaks kann man nicht trauen. Sie sind Zeitbomben für jede

Normalität, auch dann, wenn sie zufällig einen guten Job ergattert haben.«

»Das klingt ja, als wären sie noch gefährlicher als Pheen!« Auf der Stirn meines Vaters pulsierte eine Ader.

»Es ist wie mit Pest und Cholera.« Er suchte nach Worten. »Die Pheen sind anders. Die Pheen sind . . . krank! Die Pheen sind . . . verrückt! Die Pheen können . . . schlimme Dinge tun. Aber sie sind eben so geboren.«

»Und die Freaks?«

»Die Freaks nicht.« Papa klang erschöpft. »Sie können nichts von dem, was Pheen vermögen. Freaks sitzen zwischen den Stühlen. Sie haben es zu ihrer Lebenseinstellung hochstilisiert, nicht normal zu sein. Sie leben in der normalen Gesellschaft und einige von ihnen tun so, als würden sie die Regeln akzeptieren. In Wirklichkeit machen sie es sich zur Wissenschaft, alles zu unterwandern, ohne dafür zur Verantwortung gezogen zu werden. Und sie sind alle scharf auf Pheen. Sie schielen auf die Fähigkeiten der Pheen, erklären sie zu ihren Gottheiten. Versuchen, sie zu schützen und zu päppeln und auch auszunutzen. Bloß können die Pheen keine Gesellschaft bilden, weil sie nicht sozialisierbar sind. Sie wollen auch keine Gesellschaft, sie leben jede für sich. Sie interessieren sich nicht für Freaks, weil sie sich eigentlich für niemanden interessieren. Deswegen halten sich die Freaks an uns.« Mein Vater machte eine Pause und schlug wieder mit der Faust auf den Tisch. »Sie leben mit uns. Und machen sich über uns lächerlich! Immer, wo es nur geht! Nutzen unsere Schulen, Krankenhäuser und Universitäten! Die Ämter und das Straßennetz! Und halten sich trotzdem für klüger! Tun so, als wären sie so nett, und werfen sich nur an die Pheen heran. Vertreiben heimlich ihre Kunst, ihre verbrecherische Kunst! Tun alles, um uns leiden zu sehen!«

Mir schwirrte der Kopf.

Mein Vater hatte sich in Rage geredet. »Hast du das Mädchen angeschaut? Das du deine Freundin nennst? Kein Mensch sieht so aus! Eine Schande ist das, in so einer provokanten Aufmachung in unser Haus zu kommen. Nie werde ich so etwas in meinem Haus dulden. Und dieser Schnösel von ihrem Bruder. Was der mir für Blicke zugeworfen hat! Nur weil er diese Universität besucht.«

Aha. Mein Vater hatte also an irgendwas erkannt, wo Ivan studierte. Es war irgendwas, wovor er Respekt hatte. Deswegen war er so freundlich zu Ivan gewesen.

Mein Vater tat mir leid. Sein Gesicht war rot angelaufen, er ballte die Fäuste, noch nie hatte ich ihn so elend gesehen. Und zugleich stieß er mich ab, mit seinem Gekeife und Geschrei. Selbst wenn er mit allem anderen recht haben sollte – irgendetwas sagte mir, dass ich einem erwachsenen Mann, der so viel Hass auf ein Mädchen meines Alters zeigte, nicht trauen sollte. Aber er war mein Vater. Ich liebte ihn und zugleich verabscheute ich ihn. Ich konnte ihm nicht mal sagen, dass Ksü sich nicht seinetwegen so zurechtgemacht hatte, dass sie ihn überhaupt nicht provozieren wollte. Sie war einfach so.

»Versprich mir, dass du den Kontakt zu ihr abbrichst«, verlangte mein Vater zwischen zwei heftigen Atemstößen. »Und wenn du denkst, ihr seid Freunde oder so – vergiss es. Sie wird dich genau in dem Moment fallen lassen, in dem du dich an sie gewöhnt hast. Genau dann, wenn du sie am dringendsten brauchst. Freaks sind unzuverlässig. Sie wird dich auslachen für dein Vertrauen.«

Ich sah in seine geröteten Augen und nickte langsam.

Wenn er mir jetzt glaubte, war er selber schuld.

Ich hatte in meinem Zimmer gewartet, bis die Zwillinge im Bett waren. Ich saß auf meinem Bett, die Augen auf das Quadrum meiner Mutter geheftet. Im Flur tobten Jaro und Kassie und Ingrid schimpfte mit schriller, hoher Stimme, weil sie schon wieder nicht auf sie hörten. Dann war Stille. Ich stand auf und lief barfuß über den Flur zu Kassies Zimmer. Mit ihr war ich noch nicht fertig. Zum Glück lag sie ausnahmsweise in ihrem eigenen Bett und nicht in Papas. Sie setzte sich sofort auf, als ich reinkam und die Tür hinter mir schloss.

Ich packte sie an den Schultern.

»Warum hast du mir nicht gesagt, dass Zero zurückgekommen ist?«

»Ich wollte es ja.« Kassies Unterlippe zitterte. »Ehrlich, Juli. Ich wusste nur nicht, wie ich es dir sagen sollte.«

»Was heißt, du wusstest nicht?«

Sie schaute mich aus ihren riesigen blauen Augen an und schwieg.

»Kam er durch das Fenster geflogen?«

Sie schüttelte den Kopf. »Das Fenster war zu.«

»Aber wo ist er jetzt? Noch unter deinem Bett?«

Wieder schüttelte Kassie den Kopf.

»Hast du nicht aufgepasst? Ist er wieder abgehauen? Der Käfig ist immer noch leer, ich hab nachgeschaut. Ich habe Papa nichts gesagt, du etwa?«

Kopfschütteln.

»Sag bloß, er ist wieder weg? War das Fenster offen?«

»Er ist nicht durch das Fenster weg«, flüsterte Kassie. »Sondern so, wie er gekommen ist.«

»Was meinst du damit?«

Wir sahen uns an, meine Hand noch an ihrer Schulter. Ich wusste, was sie mir jetzt sagen würde. Das Kätzchen war schließlich auch nicht mehr da. Ich hatte es kurz allein in meinem Zimmer gelassen, als ich Ksü runtergebracht hatte. Ich hatte die Tür abgeschlossen. Danach hatte ich das Zimmer abgesucht, vergeblich. Es gab nur eine Möglichkeit, wohin es verschwunden sein konnte. Genau wie Zero jetzt. Ich wollte es eigentlich nicht hören, weil es mir unheimlich war.

»Sag schon!«, verlangte ich trotzdem. Es machte mir weniger Angst, wenn Kassie es aussprach.

»Zero ist aus dem Quadrum gekommen und ist dann wieder ins Quadrum zurück«, sagte Kassie und legte die Wange an meine Hand, mit der ich sie immer noch an der Schulter festhielt. »Sei mir bitte nicht böse. Ich hab gedacht, du glaubst mir das alles sowieso nicht.«

Das Kind scheint gerade aufgewacht zu sein. Es weint, aber als ich näher komme, hält es kurz inne und sieht mich voller Hoffnung an. Und obwohl ich selber große Angst habe, spüre ich zum ersten Mal in meinem Leben, dass es einen Schmerz gibt, der größer und wichtiger ist als meiner.

Diskrete Beseitigung der verbotenen Kunst

Am nächsten Tag machte ich mich, kaum am Lyzeum angekommen, sofort auf die Suche nach Ksü. Ich wollte nicht auf das Mittagessen warten und darauf, dass sie mich fand. Ich vermisste sie. Leider hatte ich gestern nicht dran gedacht, sie nach ihrem neuen Stundenplan zu fragen. Deswegen war es auch ziemlich aussichtslos, durch die Gänge zu streifen zwischen all den schwarzen Krähen, die gewissenhaft an mir vorbeischauten. Vielleicht hatten alle schon gehört, dass eine heimliche Pheentochter in ihrer Mitte war. Ich ging noch mal ins Sekretariat, bekam aber anstelle Ksüs Stundenplan nur die Empfehlung, mich »stärker auf Partnerschaften mit anderen Mitschülern« zu konzentrieren.

Und je länger ich erfolglos suchte, desto öfter fragte ich mich, ob Ksü vielleicht nichts mehr mit mir zu tun haben wollte. Die Warnung meines Vaters, meine einzige Freundin werde mich genau dann sitzen lassen, wenn ich sie am stärksten brauchte, ließ sich nicht komplett verdrängen. Warnungen hatten einfach eine starke Wirkung auf mich.

Ich rannte weiter durch die Schule, kam ins Schwitzen, guckte in fremde Klassenräume. Kurzum, ich benahm mich völlig daneben. Aber es war unmöglich, an unserer Schule jemanden zu finden. Die Uniformen verschmolzen mit den dunklen Wänden, die Gänge wanden sich unübersichtlich und alle liefen so schnell aneinander vorbei, dass man kaum Zeit hatte, in die Gesichter zu schauen.

Ich fieberte dem Mittagessen entgegen, nicht weil ich Hunger hatte, sondern weil ich mich ohne Ksü plötzlich wie der letzte Mensch auf Erden fühlte. Ich hatte das Gefühl, ich konnte überhaupt mit niemandem mehr reden. Schon ganz einfache Wortwechsel machten mich ratlos: Es war, als wüssten meine Mitschüler plötzlich nicht, was ich meinte. Selbst wenn ich einfach nur Hallo sagte oder jemanden bat, meine Zettel an den Lernbegleiter weiterzureichen, fragten alle mit hochgezogener Augenbraue nach, als würde ich auf einmal schrecklich nuscheln. Und sie unterhielten sich untereinander über Sachen, die für mich plötzlich rätselhaft klangen.

Jetzt, wo ich Ksü nicht finden konnte, spürte ich den Unterschied zwischen allein und zu zweit überdeutlich und schmerzhaft.

Nach dem Gong zur Mittagspause stopfte ich meine Sachen in die Tasche und rannte, von einem Rest Hoffnung angetrieben, in die Kantine. Ich preschte durch die Glastüren, sah mich um. Der Tisch, an dem wir immer gesessen hatten, war leer.

Ich holte mir mein Essen, stellte mein Tablett ab und begann zu warten. Lustlos stocherte ich in den Salatblättern. Die Kantine füllte sich mit schwarzen Uniformen. Es wurde laut. Ich starrte den Eingang an.

Nach einiger Zeit kapierte ich, dass ich umsonst wartete. Ksü würde nicht kommen. Sonst wäre sie schon längst hier gewesen. Die Mittagspause war fast vorbei.

Ich schob das Tablett weg und stand auf. Heute hatte ich Nachmittagsunterricht, aber mir war nicht danach. Es war zum ersten Mal, dass ich so gleichgültig über das Lyzeum dachte. Bis jetzt war meine einzige ernsthafte Aufgabe gewesen: zur Schule gehen, lernen, nicht weiter auffallen.

Am Lyzeum wurde meines Wissens nicht geschwänzt, deswegen wusste ich gar nicht, welche Strafe darauf stand.

Ich verließ das Gelände mit schnellen, entschlossenen Schritten, als hätte ich irgendwo da draußen einen wichtigen Termin. Ich hatte das Gefühl, eine solche Ausstrahlung würde das Risiko verringern, dass ich aufgehalten werde. Ich quetschte mich in einen der Schulbusse, in dem Fünftklässler heimfuhren, deren Unterricht früher endete. Sollte mir der Busfahrer den Transport verweigern, weil mein Schultag eigentlich noch nicht zu Ende war, würde ich ihm erklären, dass ich wegen Bauchschmerzen früher nach Hause musste. Wobei es nicht einmal gelogen war: Mir ging es gerade überhaupt nicht gut. Nicht mal mehr in meinem Körper fühlte ich mich heimisch.

Der Busfahrer achtete nicht auf mich.

An meiner Haltestelle stieg ich aus, hielt den Kopf gesenkt und setzte langsam einen Fuß vor den anderen. In der Schule wollte ich zwar nicht bleiben, aber nach Hause zog es mich erst recht nicht. Dort war Ingrid und an ihrer Gesellschaft hatte ich immer weniger Freude.

Ein ungewohntes Geräusch riss mich aus den Gedanken. Ich sah auf, dann rannte ich los.

Vor unserem Haus stand ein schwarzes Auto mit laufendem

Motor. Es war ziemlich groß und bullig. Die Aufschrift »Vitaminreiche Getränke« schräg über die ganze Seitenfläche passte nicht recht. Überhaupt: Unser Getränkelieferant war ein anderer. Er fuhr den violettfarbenen Schriftzug »Alles zu Ihrem Besten« spazieren. Mein Vater wechselte nicht gern Marken. Firmen wechselten nicht gern ihre Logos. Das Streben nach Stabilität war die Kraft, die die Gesellschaft der Normalität zusammenhielt.

Irgendwas war hier faul.

Außer Atem kam ich an meiner Haustür an. Sie stand offen. Das war sehr ungewöhnlich. Ein winziger Funke Hoffnung mischte sich in meine Angst.

»Mama?« Wahrscheinlich würde ich mich noch in fünfzig Jahren verzweifelt an dieses Wort klammern, dachte ich, während ich weiter nach ihr rief.

Vergeblich. Sie antwortete mir nicht. Sie war nicht da.

Die unteren Stockwerke waren leer, aber ich hörte Stimmen weiter oben. Ich rannte die Treppe hoch, in das Geschoss mit den Kinderzimmern, an meinem Zimmer vorbei, bis ich auf dem Dachboden angekommen war und dort, vor der Ateliertür, mit zwei wildfremden Männern und Ingrid zusammenstieß. Einer der Männer kniete vor der Tür und schaute mit einem Auge ins Schlüsselloch. Beide trugen Overalls, Masken und Handschuhe. Sie erinnerten mich an Hundefänger, die ich einmal im Zentrum gesehen hatte.

»Was tun Sie hier?« Vor Wut darüber, dass sie etwas mit der Tür meiner Mutter machen wollten, vergaß ich erst meine Angst und dann den Rest meiner Erziehung.

»Seltsam, die Tür geht einfach nicht auf. Wer hat sie das letzte Mal abgeschlossen?«, sagte einer der Männer, ohne mich zu beachten.

»Ich!«, sagte ich automatisch.

Alle drei drehten ihre Köpfe zu mir.

»Eine Phee?«, fragte der Mann, mit dem dicken Zeigefinger auf mich deutend.

»Natürlich nicht!«, antwortete Ingrid eine Spur zu eilig. Und zu mir: »Meinst du, du könntest die Tür noch mal aufmachen?«

»Wozu?«, fragte ich. »Das gehört meiner Mutter. Die Tür und auch alles, was dahinter ist.«

»Jetzt mach schon«, sagte einer der Männer ungeduldig.

»Tu, was der Mann sagt, Juliane.« Meine Großmutter rang die Hände.

Ich sah in ihr Gesicht, schmale, schimmernde Wangen, einige Härchen über der Oberlippe, das linke Augenlid konnte nicht mehr aufhören zu zucken, genau wie bei meinem Vater. Ingrid sah mir nicht in die Augen. »Es ist für uns alle. Die netten, fachmännisch geschulten Herren von der Diskreten Beseitigung verbotener Kunst machen den Raum schnell sauber. Das ist viel besser, als wenn dann das Sonderkommando der Polizei« – Turbozucken des Augenlids – »kommt und das macht.«

»Viel besser«, bestätigte einer der Männer. »Wir sind diskret, das werden die anderen nicht sein. Und wir arbeiten sauber. Wir sind jeden Cent wert.«

Ich sah ihn an. Er hatte ein fliehendes Kinn und Augen, die genau wie Ingrids meinem Blick auswichen.

»Es ist wirklich besser, wir erledigen das jetzt ganz schnell, Julchen«, sagte Ingrid.

»Wir wollen ja nur gucken«, sagte der Mann lispelnd in meine Richtung.

Ingrid nickte eifrig. »Genau. Machst du bitte schnell die Tür auf.«

Sie log so ungeschickt, dass es fast schon komisch war. Hätte sie sich etwas Klügeres einfallen lassen, hätte ich es viel schwerer gehabt, mich ihrer Aufforderung zu verweigern. Ich war es nicht gewohnt, Erwachsenen zu widersprechen. Es war fast wie ein Reflex – zu tun, was einem gesagt wurde. Aber gehorchen konnte ich jetzt trotzdem nicht mehr.

»Wir haben nicht den ganzen Tag Zeit«, näselte einer der Männer bedrohlich in Ingrids Richtung.

Ich rührte mich nicht.

»Eine Phee, sieht man sofort«, sagte einer der Männer.

»Nein!«, rief Ingrid aus. Ihre hohe, panische Stimme jagte mir einen Schauer über den Rücken.

Einer der Männer kam näher. Ich wich automatisch zurück. Sein Schweiß hatte einen beißenden chemischen Geruch. Sicher war die Deo-Produktpalette von HYDRAGON komplett an ihm vorübergegangen. Seine Finger schlossen sich um meinen Oberarm.

»MACH.«

Ich musste mich zusammenreißen, um ihm nicht auf die Schuhe zu kotzen. Meine Großmutter stand daneben und schaute zu.

Ich durfte meine Angst nicht zeigen.

»Ich habe keinen Schlüssel«, sagte ich möglichst ruhig. Das war nicht einmal gelogen. Das letzte Mal hatte ich das Atelier mit Ksüs Schlüsselbund abgeschlossen und der war jetzt eben irgendwo bei Ksü. Ksü, die nun auch spurlos verschwunden war.

Die Männer grunzten, als hätte ich etwas unglaublich Komisches gesagt. Der Griff um meinen Oberarm wurde endlich gelöst und vor meiner Nase tauchte ein viel zu großer, rostiger Schlüssel auf.

»Nimm den.«

Ich entspannte mich sofort. Damit würde ich die Tür nie im Leben aufkriegen. Ich zuckte mit den Schultern, nahm den Schlüssel, steckte ihn in das viel zu kleine Schlüsselloch, merkte erstaunt, dass er auf nicht mehr Widerstand stieß als ein heißes Messer bei einem Stück Butter. Und noch bevor ich einen klaren Gedanken fassen konnte, schwang die Tür auf. Die Männer drängten mich mit ihren Schultern aus dem Weg und betraten das Atelier mit Ingrid auf den Fersen.

Ich stand wie angewurzelt an der Schwelle und sah zu.

Sie schoben sich schwarze Masken über die Gesichter, holten große Säcke aus ihren Taschen und begannen, die Quadren meiner Mutter einzupacken. Ingrid kehrte zur Tür zurück und blieb dort stehen. Sie atmete jetzt lauter.

»Was macht ihr da?«, fragte ich heiser.

»Sei leise, Pheechen«, murmelte einer der Männer.

»Pssst«, machte Ingrid. »Sie ist noch ein Kind.«

»Sie ist größer als ich! Noch ein paar Jahre und ...«, sagte einer der Männer.

»Pssst!«, zischte Ingrid erneut.

Ich zerrte an einem der Säcke. »Fassen Sie das nicht an! Es gehört Ihnen nicht. Das ist Diebstahl.«

»Das ist Reinigung«, belehrte mich einer der Männer, während der andere mich mit dem Handschuh aus dem Weg schob. »Das ist Beseitigung von gefährlicher Kunst.«

»Das gehört meiner Mutter!«

Sie kümmerten sich nicht um mich. Sie versuchten, die großen Quadren hochzuheben, doch die passten nicht in die Säcke. Es verschaffte mir eine gewisse Genugtuung zu beobachten, wie das schwarze Plastik von den größeren Rahmen gedehnt und zerrissen wurde. Doch dann wandten sie sich den kleineren zu, warfen sie grob in den Sack, ich hörte die Rahmen splittern.

Vor Wut konnte ich kaum noch was sehen – es war, als hätte sich ein blutroter Film über meine Augen gelegt. So hilflos, verloren und verzweifelt hatte ich mich noch nie im Leben gefüllt, nicht einmal, als ich vor gerade mal einer Woche in unserem verwüsteten Wohnzimmer stand und mein Vater mir mitteilte, dass meine Mutter verschwunden war.

Und plötzlich war da dieses Knurren.

Ich hörte es als Erste. Und im gleichen Augenblick wusste ich, dass die Quadren gerettet waren. Ich konnte noch nicht sehen, woher das Knurren kam. Ich wusste nur, dass es sich gegen die Männer in Schwarz richtete. Ich war nicht mehr allein.

Keiner begriff, wie es passierte und woher der große braune Bär kam, der sich auf die Hinterbeine stellte und sein riesiges Maul aufriss. Nur mir kam der Bär etwas bekannt vor, aber ich hatte keine Zeit, der Erinnerung nachzuhängen, wo ich ihn schon mal gesehen haben könnte.

Der Bär bewegte sich langsam durch das Zimmer.

Die Männer brauchten Sekunden, um zu kapieren, dass ihre Augen ihnen keinen Streich spielten. Es war wirklich ein Bär und er war wirklich im Raum, er knurrte, bleckte die Zähne, schnaufte und drängte mit seinem schweren Körper die Männer von den Quadren.

Sie ließen ihre Säcke fallen. Ingrid schrie hoch auf, löste sich von der Tür und rannte hinaus. Ich hörte sie auf der Treppe stolpern.

Der Bär knurrte lauter. Einer der Männer schrie jetzt auch. Der Bär brachte sie unmissverständlich dazu, aus dem Zimmer zu verschwinden, was sie in kürzester Zeit taten, im Rückwärtsgang und sich aneinanderklammernd.

Schließlich krochen sie über die Türschwelle, die Tür fiel zu und ich hörte zwei Körper in Todesangst die Treppe runterstürzen, meiner Großmutter hinterher.

Ich sah mich um. Die Quadren waren alle noch da. Sie waren von feindseligen Händen angefasst worden und standen jetzt schief und quer. Zwei schwarze Plastiksäcke lagen auf dem Boden, ich kniete mich davor und begann, ein Quadrum nach dem anderen aus dem Sack zu holen und wieder entlang der Fußbodenleiste aufzustellen.

Ich nahm jedes Quadrum in die Hände und schaute es mir genau an. Ich stellte fest, dass ich nur wenige von ihnen kannte, und auch die nur schlecht. Ich suchte das Quadrum, auf dem ich schon mal den Bären gesehen hatte, der gerade die Quadren gerettet hatte, sein eigenes dazu.

Während ich die Rahmen aufreihte, hörte ich tiefe Atemzüge an meinem Ohr. Es kitzelte und ich hatte Angst, mich umzudrehen. Dann knickte ich fast ein, als der Bär seinen schweren Kopf auf meine Schulter legte. Mit der freien Hand tätschelte ich sein Fell, das rau und warm war.

»Das haben wir gut gemacht, oder?« Vor ihm hatte ich weniger Angst als vor den Männern in Schwarz. Nur ein kleines bisschen und ich redete dagegen an.

»Mama hat dich gemalt und du bist rausgekommen, weil ich dich gebraucht habe«, flüsterte ich.

Er wog den Kopf hin und her, ich wertete es als Zustimmung.

»Ich bin so allein, Bär«, flüsterte ich. »Ganz allein. Meine Geschwister sind noch viel zu klein. Eigentlich müsste ich mich um sie kümmern. Aber ich hätte so gern jemanden, der sich *um mich* kümmert, so richtig. Meine einzige Freundin ist heute nicht in die Schule gekommen und dabei ist sie die Einzige, mit der ich sprechen kann. Wir haben nicht mal Telefonnummern ausgetauscht, wozu auch, wenn man sich jeden Tag sieht. Aber jetzt haben wir uns irgendwie wieder verloren. Ich vermisse Ksü und mache mir Sorgen um sie. Aber vielleicht hat sie einfach keine Lust mehr, mich zu sehen. Vielleicht lässt sie mich genau in dem Moment fallen, in dem ich sie am dringendsten brauche. So, wie Papa es vorhergesagt hat. Oder doch nicht?«

Der Bär rieb seinen großen Kopf an meinem Oberarm.

»Hast du eine Idee, was ich jetzt tun kann, Bär?«

Ich fand mich selber dumm und kindisch, mich so mit einem Tier zu unterhalten, und auch noch mit einem, das von meiner Mutter gemalt worden war. Andererseits hatte ich noch nie einen echten Bären gesehen und dieser da atmete warme Luft in mein Gesicht, schnaufte, roch nach Kompost und rohem Fleisch und sein großer plüschiger Brustkorb bewegte sich wenige Zentimeter von mir entfernt. Der Bär schubste mich mit der Schnauze an. Ich fiel fast um.

»He, pass doch auf.«

Er ließ nicht locker. Er wollte irgendwas. Ich kam wieder auf die Beine, richtete mich auf. Der Bär war wirklich groß. Zielstrebig schubste er mich zur Staffelei, auf der noch ein Quadrum stand, das meine Mutter nicht fertig gemalt hatte.

Ich stolperte wieder. Mein Stammeln kümmerte das wilde Tier nicht.

»Was willst du von mir?«

Auf der Leinwand war ein Wald, der nach Farbe und Lösungsmitteln roch, ein Pfad, der sich in die Tiefe des Quadrums schlängelte. War hier irgendwo eine Botschaft von meiner Mutter versteckt? Wenn, dann konnte ich sie nicht erkennen. Ich bückte mich und berührte den bemalten Stoff mit der Nasenspitze. Ich schrie auf, als der Bär mir von hinten einen gewaltigen Stoß versetzte und ich mit dem Kopf direkt in die Leinwand flog und gerade noch denken konnte, dass ich sie jetzt durchstoßen und das ganze Quadrum ruinieren würde.

Durch das Fenster

Und dann landete ich ausgestreckt wie ein Seestern, aber nicht mehr auf dem Teppich, der die Fliesen von Mamas Atelier bedeckte. Wir hatten überall im Haus Fliesen, weil man sie so gut putzen konnte. Doch nun war etwas Weiches, Nachgiebiges unter mir, das nach modriger Feuchtigkeit roch, frisch und faulig gleichzeitig.

Ein Waldboden.

Ich stellte mich mühsam auf alle viere, dann kniete ich mich hin, klopfte die Erde von meinen Handflächen. Ich war im Wald. Der Wald lebte, er rauschte, der Wind raschelte in den Baumkronen. Ich hockte auf dem Trampelpfad, der an den Seiten mit hohem Gras bewachsen war. Die Grashalme hatten silbrige pinselartige Köpfe.

»Mamas Wald«, sagte ich laut. Es musste ein Traum sein. Keine Wirklichkeit.

Etwas Großes und Warmes lehnte sich von hinten gegen mich. Ich drehte mich um und vergrub die Nase im Bärenfell. Wenn ich schon träumte, brauchte ich keine Angst vor diesem Bären zu haben. Wenn er mich zerfetzen sollte, dann würde ich immer noch heil aufwachen. Ich hatte bestimmt unzählige Leben, wie bei einem Computerspiel.

»Genau das hast du gewollt? Dass ich hier lande?«

Der Bär grummelte. Ich stand auf, klopfte mir die Erde von der Strumpfhose, legte eine Hand auf den Bärenkopf.

»Und jetzt?«

Der Bär legte sich langsam und schwerfällig auf den Boden.

»Was hast du?«

Er schien auf etwas zu warten. Sah mich mit seinen schwarzen Augen an.

»Du willst, dass ich aufsteige?«

Und da er nicht protestierte, kletterte ich auf ihn und versuchte, mich festzuhalten. Wenn schon mitspielen, dann richtig.

Ich dachte, so ein Bär würde sich nur langsam bewegen. Aber dieser lief schnell. Und er konnte springen – so, dass ich einen Krampf in den Oberschenkeln bekam, weil ich mich so verzweifelt an den Bärenkörper klammerte, um nicht runterzufallen. Meine Muskeln schmerzten und ich vergaß sofort, dass es nicht mein echter Körper sein konnte.

Der Bär wusste genau, wo er hinwollte, so zielstrebig eilte er voran. Ich hoffte nur, dass ich da auch hinwollte. Eine Wahl hatte ich jedenfalls nicht.

Ich war lange nicht mehr in einem Wald gewesen, überhaupt fand ich Wälder ein wenig gruselig. Und auf einem Bären zu reiten, davon träumte ich nun wirklich zum ersten Mal.

»Pass ein bisschen auf, Bär«, flüsterte ich mit frierenden Lippen – der Wind wehte mir ins Gesicht, ich konnte nichts sehen, spähte nur vorsichtig durch die Schlitze zwischen den zusammengekniffenen Augenlidern. Ich versuchte, mich am Bären festzuhalten, ohne zu sehr an seinem Fell zu zerren. Aber irgendwann vergaß ich jede Rücksicht und krallte mich mit aller Kraft fest.

Der Bär wurde langsamer, sodass meine Augen wieder einzelne Bäume unterscheiden konnten. Dann blieb er ziemlich abrupt stehen. Wir waren an einer Lichtung angekommen. Ich kletterte von seinem Rücken herunter und fiel sofort auf die Wiese, meine Beine zitterten vor Anspannung.

»Verrückter Bär«, flüsterte ich. »Wo hast du mich nur hingebracht.«

Eine Minute lag ich mit dem Gesicht im weichen Gras. Dann stützte ich mich auf und schaute hoch. Ich blickte auf ein Haus aus Holzstämmen, das mir schmerzhaft vertraut vorkam, eine Veranda, das geblümte Küchentuch, einen Teller mit halb verschütteter Katzenmilch auf den Dielen.

»Das kann nicht wahr sein«, flüsterte ich und kroch auf allen vieren zum Haus, immer noch unfähig, mich aufzurichten und normal zu gehen. Der Bär folgte in einigem Abstand, wahrscheinlich fand er mich jetzt auch etwas freakig.

Ich hatte Angst, das Haus zu betreten. Irgendjemand lebte da drin. Wer wusste es besser als ich, die ich seit Jahren von meinem Bett aus auf dieses Haus geschaut hatte, den Stimmen zugehört. Der Hausbewohner würde sich wahrscheinlich nicht gerade freuen, wenn man seine Ruhe störte. Wer gern unter Menschen war, würde wohl kaum so einsam im Wald leben.

Aber was blieb mir übrig? Ich richtete mich mühsam auf, setzte meine Füße auf die Holzstufen und ging ganz langsam die Treppe zur Haustür hoch.

Ich stand in einer großen Wohnküche, die zum Teil von einem weißen Lehmofen ausgefüllt war. Auf dem Ofen brodelte etwas in einem Topf vor sich hin. Bündel von Kräutern hingen an den Wänden, dazwischen Küchenutensilien. Auf dem Tisch stand ein Teller mit winzigen roten Erdbeeren, die so süß dufteten, dass mir schwindlig wurde.

Die Person, die hier wohnte, war sicher für einen Augenblick rausgegangen. Sie hätte den Topf sonst nicht kochend auf dem Herd gelassen, dachte ich. Ich hörte Schritte auf den Treppenstufen, mein Herz rutschte in die Hose. Ich musste schnell raus hier, aufwachen, bevor ich ertappt wurde. Ich rannte zum Fenster mit der breiten Fensterbank, riss es auf und sprang herunter.

Und landete in Ksüs Küche.

Ich hatte mir das Knie angeschlagen und hielt es fest, während ich auf den Holzdielen hockte, voller Verwirrung, wie ich hierhergekommen war. Hinter mir hing das Quadrum, auf dem während meines ersten Besuchs ein blond gelocktes Mädchen auf der Fensterbank gekniet hatte. Erstaunt stellte ich fest, dass das Mädchen jetzt weg war. Man sah nur den Fensterrahmen und dahinter den Wald.

Ich starrte Ivan an, der am Küchentisch an seinem Notebook arbeitete und dem ich jetzt vor die Füße gepurzelt war. Auch ihm hatte es die Sprache verschlagen.

»Hallo«, sagte ich, stand mühsam auf und lief rot an. »Entschuldigung . . .«

»Wofür?« Ich hatte das Gefühl, noch eine Sekunde und Ivan würde in Lachen ausbrechen. Ich wäre an seiner Stelle wahrscheinlich schreiend weggerannt.

»Dass ich hier so reinplatze . . .« Es war mir schon ziemlich peinlich, andererseits war ich auch glücklich. Es hätte schlimmer ausgehen können. Denn ich hatte ja genau hierher gewollt. Schließlich verzweifelte ich exakt aus dem Grund, dass ich Ksü nicht erreichen konnte. Und jetzt war ich nach einem seltsamen Traum auf wundersame Weise bei ihr zu Hause aufgewacht. Ich kniff mich ins Handgelenk, es tat richtig weh, ich hätte mir die Fingernägel längst feilen sollen.

»War die Reise bequem?«, fragte Ivan höflich, als wären wir uns gerade mit je einem Glas Vitaminsekt in der Hand bei einem Stehempfang im Lyzeum begegnet.

»Welche Reise?«, fragte ich. »Ach so. Keine Ahnung. Ich wollte Ksü sehen. Sie war heute nicht in der Schule.«

»Ksü liegt mit Halsschmerzen im Bett und leidet wie ein Hund. Deswegen bin ich zu Hause geblieben«, sagte Ivan.

Ich seufzte neidisch, weil ich keinen großen Bruder hatte, der mich jemals hätte pflegen können. Wobei ich auch nie krank wurde, aber trotzdem. Ich wollte auch jemanden, der sich um mich kümmerte, jetzt, wo meine Mutter weg war. Wo war jetzt eigentlich Ksüs Mutter? Ich konnte mir nicht länger einreden, dass sie die ganze Zeit im Solarium oder auf dem Tennisplatz war. Offenbar war Ksüs Familie noch schlimmer kaputt als meine, falls es überhaupt möglich war. Kein Wunder, dass sie immer so ausweichend auf meine Fragen reagierte.

»Ist es was Ernstes?«, fragte ich.

»Ich hoffe nicht. Sie hat ihre Stimme verloren und dazu noch ziemlich hohes Fieber. Aber sag mal, machst du das öfter?«

»Was?«

»So reisen.« Ivan deutete hinter meinen Rücken und ich drehte mich um, sah das Quadrum an und zuckte zusammen. Das Mädchen war wieder da.

»Willst du mir damit sagen, ich bin aus diesem Rahmen rausgekommen?«, fragte ich.

»Ich hab's leider nicht genau gesehen.« Ivan stellte einen Wasserkessel auf den Herd und zündete mit einem Streichholz das Feuer an. Die blaue Gasflamme tanzte im Kreis herum. »Es hat nicht mal ein Geräusch gegeben. Plötzlich warst du da. Ich habe allerdings davon gelesen, dass so etwas möglich ist.«

»Aber ... sind sie denn alle miteinander verbunden? So rein theoretisch? Die Quadren meiner Mutter?«, fragte ich.

»Keine Ahnung.« Ivan häufte getrocknete Blätter in eine dickwandige Tasse. »Ich war im Gegensatz zu dir ja noch nie drin.

Ich habe nur davon gelesen. Der Tunnel zwischen den Quadren ist kein sehr verbreitetes Phänomen, doch der Wissenschaft bekannt. Ehrlich gesagt habe ich bis heute nicht wirklich dran geglaubt. Es gibt jede Menge Theorien, aber bei Pheen man weiß nie, was Legende ist und was auf Tatsachen basiert.«

»Welcher Wissenschaft noch mal?«, fragte ich mit tauben Lippen.

»Der Pheelogie.«

»Gibt's das?«

»Und ob. Man kann sie sogar studieren.«

»An einer Universität?«

»Genau.«

»An deiner vielleicht sogar?«, fragte ich vorsichtig.

»An meiner.«

Wir sahen uns in die Augen. Ich sprach die Frage, die mir sofort in den Sinn kam, nicht aus und er konnte sie deswegen auch nicht beantworten.

Ivan sah als Erster weg. Er drehte die Flamme unter dem Kessel herunter, goss kochendes Wasser über die Blätter und drückte mir die Tasse in die Hand.

»Wenn du willst, kannst du das Gesöff Ksü bringen. Treppe hoch und dann gleich links. Sie wird sich freuen. Sie hat sich schon Sorgen um dich gemacht.«

»Sorgen? Um mich?«

»Ja.« Ivan sah mich ruhig an. »Sorgen um dich.«

Ich nahm die Tasse ungeschickt und musste sofort umgreifen.

»Vorsicht, heiß«, sagte Ivan, aber da hatte ich mir die Finger bereits verbrannt. »Und pass bitte auf, dass sie alles austrinkt. Sind angeblich Pheenkräuter, und dem Preis nach zu urteilen, sollte es wirklich keine Fälschung sein.«

»Aha, verstehe«, sagte ich, obwohl ich nur Bahnhof verstand. Es war, als ob mein Kopf jetzt einfach die Mitarbeit verweigerte. Und irgendwie konnte ich es ihm nicht verdenken.

Ich war erleichtert, dass ich endlich die Küche verlassen konnte. Ich stieg die Treppen hoch, klopfte an Ksüs Tür, hörte ein Krächzen, machte auf und steckte den Kopf hinein.

Ksüs Gesicht auf dem Kissen verzog sich bei meinem Anblick zu einem so breiten, glücklichen Grinsen, dass ich dafür gern noch hundert peinliche Treffen mit ihrem Bruder in Kauf genommen hätte. Sie lag im Bett unter einem Berg von Decken und um ihren Hals war ein dicker, kratzig aussehender Wollschal gewickelt.

Ich trug die Tasse feierlich am Henkel hinein.

»Hier ist ein Gesundmachtee für die Dame! Von staatlich zertifizierten Pheen gepflückt! Abrakadabra!« Ich hielt die Tasse Ksü hin und setzte mich zu ihr aufs Bett, nachdem ich meine Handfläche über der Tasse hatte kreisen lassen, wie in einem alten Pheenkram-Film, den mir meine Mutter vor Jahren an einem meiner schulfreien Tage gezeigt hatte.

Ksü nahm die Tasse mit beiden Händen, probierte vorsichtig, verzog das Gesicht.

»Austrinken!«, befahl ich. »Das hat dein Bruder verordnet. Vorher darfst du kein Wort sagen.«

Ksü schloss die Augen und verbrannte sich die Zunge pflichtschuldig an dem Trunk. Sie pustete in die Tasse und trank in kleinen Schlucken weiter. Ich hörte es irgendwo in ihrer Kehle gluckern. Dann schlug sie die Augen wieder auf und sagte ganz normal: »Ein Wunder ist geschehen!«

Ich war sicher, dass sie mich gerade aufzog. Sie warf die Decken ab, ein Schlafanzug mit aufgedruckten Drachen kam zum Vorschein, sie wischte sich die Schweißtropfen von der Stirn und riss das bislang fest verschlossene Fenster auf. Frische Luft, vermischt mit lärmenden Vogelstimmen, strömte ins Zimmer.

»Bin ich froh, dass du da bist«, sagte Ksü.

Ich war auch froh. Nachdem sie ihren Hals vom Schal befreit und den Schal in die Ecke geworfen hatte, setzte sie sich neben mich auf das Bett und ich erzählte ihr alles, was mir widerfahren war – von den vermummten Männern, die Mamas Quadren beseitigen wollten, von einem Bären, der plötzlich im Zimmer stand und sie vertrieb, und wie ich mich auf einmal in einem Wald wiedergefunden habe und wenig später in Ksüs Küche auf dem Boden landete.

Ksü hörte mir mit angehaltenem Atem zu.

»Dann ist das alles wahr?«, fragte sie, als ich fertig war.

»Was?«

»Na, alles, was man so erzählt über die Pheenkunst.«

»Was jetzt genau?«, fragte ich.

Aber anstatt mir zu antworten, warf sie den Kopf zurück und brüllte aus vollem Hals: »Iiiiivaaaaan!«

Wir mussten nicht lange warten und Ivan stand in der Tür.

»Ich fass es nicht«, sagte er. »Dann ist das wirklich wahr.«

»Jetzt fang du nicht auch noch an«, sagte ich. »Müsst ihr beide immer in Rätseln sprechen?«

»Sie hat recht«, sagte Ksü zu Ivan. »Ivan, was ist los mit dir? Warum willst du Juli nicht helfen? Du könntest es doch.«

Ich blickte verwirrt von einem zum anderen. Was hatte ich jetzt schon wieder verpasst?

»Sie hat mich nicht darum gebeten«, sagte Ivan sanft. »Man darf seine Hilfe nicht aufdrängen. Du weißt, wie so etwas ausgehen kann.«

»Ich finde, sie hat dich sehr wohl darum gebeten, indem sie neulich beschrieben hat, wie schlecht es ihr gerade geht.«

»Ich möchte mich trotzdem nicht einmischen«, sagte Ivan stur. »Es war mir nicht eindeutig genug. Man soll sich nicht in Dinge drängen, die einen nichts angehen. Man macht sie nur schlimmer.«

»Wie edel von dir!« Ksü verdrehte die Augen. »Soll sie jetzt einen Kniefall vor dir machen, damit es eindeutig ist? Oder bist du einfach zu feige?«

»Halt!«, sagte ich, mich nervte es, wie sie über mich redeten. »Ich bin auch noch da.«

Bruder und Schwester drehten mir gleichzeitig ihre Köpfe zu und ich staunte darüber, wie ähnlich ihre Gesichter waren, unterschiedlich nur in der Augenfarbe. Inzwischen konnte ich nicht mehr verstehen, warum ich am Anfang so blind gewesen war und gedacht hatte, sie hätten nichts gemein.

»Entschuldige bitte, Juli«, sagte Ivan. »Das muss dir wirklich seltsam vorkommen.«

»Sorry«, murmelte auch Ksü.

»Erklärt es mir lieber«, verlangte ich.

»Was soll ich dir erklären?«, fragte Ivan so leise, als sollte nur ich ihn hören und nicht Ksü. »Wie kann ich dir etwas erklären, was du am besten selber weißt? Als Tochter einer Phee?«

»Ich weiß am wenigsten von allen«, protestierte ich. »Ich komm mir vor wie ein kleines Kind, vor dem Erwachsene Geheimnisse haben und immer so rätselhafte Andeutungen machen.«

»Das meine ich ja.« Ivan lehnte sich zurück und schaute nicht mehr mich an, sondern seine Schwester. »Siehst du, Ksü. Sie will das alles gar nicht wissen. Sie wehrt sich mit allen

Kräften ihrer Psyche dagegen, mehr zu erfahren. Es kann sie keiner zwingen.«

»Wovon redet er?« Jetzt wandte ich mich auch an Ksü, ich fand es daneben, dass Ivan mich nicht direkt ansprach.

»Davon, dass du wahrscheinlich eine Phee bist«, sagte Ksü einfach. »Wie deine Mutter.«

»Nein«, sagte ich. »Nein, nein, nein. Ausgeschlossen.«

»Aber warum?«

»Weil ich stinknormal bin«, rief ich. »Ich bin eine dumme, feige, langweilige Normale. Wie mein Vater. Wie meine Großeltern.«

»Das hätte ein Normaler so niemals von sich behauptet«, sagte Ivan. »Und schon gar nicht mit diesen Worten. Dumm, feige, langweilig. Das sind keine normalen Vokabeln. Und übrigens auch nicht die von Pheen. Die Pheen kümmern sich nicht darum, ob sie feige oder cool auf andere wirken. Nur Freaks müssen es allen ständig beweisen. Pheen dagegen sind meist zu sehr versunken in sich selbst...« Er sah nachdenklich zur Seite.

Eine Phee, dachte ich. Ich eine Phee? So rein theoretisch? Von den einen bewundert, von den anderen verachtet und gefürchtet. In der Gesellschaft der Normalität ist eine Phee praktisch rechtlos. Wäre ich eine, wäre es bei mir auch so. Spätestens dann würden sie mir mein Armband wegnehmen mit der Nummer, auf die ich immer so stolz war.

Ich stellte es mir für eine Sekunde vor. Wie sähe dann meine Zukunft aus? Wenn eine Phee ihren Neigungen entsprechend arbeitet, darf sie die Ergebnisse niemandem zeigen. Eigentlich hat sie permanent Berufsverbot. Sie muss sich verleugnen, um zu überleben. Sie muss sich verstecken, damit ihr nichts noch Schlimmeres passiert.

Wo verstecken?
Und was heißt eigentlich – noch Schlimmeres?
»Ivan«, sagte ich. »Du irrst dich. Ich will es sehr wohl wissen. Erzähl mir endlich alles über Pheen.«

Alles über Pheen

Wir redeten drei Stunden. Draußen war es dunkel geworden. Ksü hatte viermal frischen Tee aufgebrüht und irgendwann angefangen, den Tisch zum Abendessen zu decken. Ich schaffte es, einen Schreckensschrei zu unterdrücken, als die Geräusche drei graubraune Ratten in die Küche lockten, die sofort begannen, um Ksüs Füße herumzuwuseln. Sie musste aufpassen, um nicht auf sie zu treten.

Ivan pfiff die Ratten zurück. Erstaunt beobachtete ich, wie sie auf ihn hörten und sofort in seine Richtung liefen. Er schüttete Körner in winzige Näpfe auf dem Boden, die ich vorher übersehen hatte. Zwei Ratten begannen zu fressen, die dritte klammerte sich an Ivans Hosenbein und krabbelte zielstrebig hoch, bis sie irgendwann an seiner Brust angekommen war und in seinem Hemd verschwand. Nur die winzige Schnauze mit den zitternden Schnurrbarthaaren schaute zwischen den Knöpfen hervor.

Ich sah verlegen zur Seite.

»Musst du nicht langsam nach Hause?«, fragte Ivan. »Soll ich dich schnell hinfahren?«

»Nein«, sagte ich. »Nach Hause gehe ich nicht mehr.«

Ksü ließ die Butterdose fallen. Ivan blinzelte. Ich hatte das Gefühl, selbst die Ratte in seinem Hemd guckte erstaunt.

»Was war das eben?«, fragte Ksü.

Ich war selber überrascht von dem, was ich sagte.

»Ich kann nicht mehr zu ihnen zurück. Nach allem, was sie meiner Mutter angetan haben. Ich bin sicher, mein Vater und meine Großeltern haben irgendwas mit ihrem Verschwinden zu tun. Ich hasse sie. Sie sind grausam und verlogen.«

»Sie sind deine Familie, Juli«, sagte Ksü leise.

»Das ist ja das Problem.« Ich warf den Kopf zurück, damit die Tränen zurück unter meine Augenlider flossen.

»Wo willst du dann leben?«, fragte Ivan sachlich.

Ich sah ihm ins Gesicht. Ich musste es aussprechen, bevor mich der Mut verließ. »Hier bei euch. Wenn ich darf.«

Ksü klatschte in die Hände. »Oh ja, das wäre wunderbar! Wir haben genug Zimmer! Was für eine tolle Idee! Ivan, jetzt sag doch auch mal was.«

Ivan schwieg.

»Wenn ich euch lästig bin, dann gehe ich natürlich sofort«, sagte ich.

»Ach Quatsch!«, sagte er. »Du bist hier niemandem lästig. Aber du bist noch minderjährig, Juli. Ich glaube nicht, dass dein Vater sich das gefallen lässt.«

»Ich bin fünfzehn. Andere müssen in meinem Alter . . .«

»Diese anderen sind keine besseren Töchter aus glücklichen normalen Familien.« Ivan hielt kurz inne, offenbar wurde auch ihm bewusst, dass er keine besonders passende Beschreibung meiner aktuellen familiären Situation gewählt hatte. »Wie auch immer, du wirst im Gegensatz zu Ksü erst mit einundzwanzig volljährig. Bis dahin ist dein Vater dein gesetzlicher Vormund.«

Ich horchte auf. »Wird Ksü etwa nicht mit einundzwanzig volljährig?«

»Ksü mit achtzehn. Unsere Eltern haben das bei ihrer Geburt so festgelegt.«

»Das ist aber mit zweierlei Maß gemessen!«, protestierte ich.

»Was du nicht sagst.« Ivan hatte einen spöttischen Zug um den Mund.

»Man muss es eben so drehen, dass mein Vater nichts dagegen machen kann«, sagte ich.

»Kannst du dir nichts überlegen, Ivan? Du bist doch selber fast ein Anwalt!«, verlangte Ksü.

»Anwalt?« Ich dachte, ich hätte mich verhört.

»Ich studiere noch«, sagte Ivan.

»Aber du bist einer der Besten deines Jahrgangs.« Ksü kniff ein Auge zusammen und richtete einen Teelöffel auf ihren Bruder.

Ivan winkte ab.

»Und was willst du später werden?«, fragte ich misstrauisch.

»Pheen-Anwalt!«, rief Ksü begeistert.

»Toll«, sagte ich mit hölzerner Stimme. »Dann lernst du vielleicht sogar auch diese . . . Pheenkunde?«

»Im Nebenfach«, sagte Ivan.

»Und du weißt alles über alle Gesetze?«

»Nicht alles über alle.« Er drehte einen Stift in den Fingern. Die Ratte in seinem Hemd verfolgte die Bewegungen aufmerksam. Sobald Ivans Hand kurz innehielt, biss sich das Tier an einem Ende des Stifts fest. »Aber ich habe eine gewisse Vorstellung.«

Ich schloss die Augen. Ivan studierte Pheenkunde. Er wusste vermutlich Antworten auf viele meiner Fragen. Aber statt mir die Wahrheit zu erzählen, hatte er mich mit ein paar kläglichen Informationen abgespeist.

Ich stand auf und lief einmal um den Tisch, bis ich ganz dicht vor ihm stand, sodass mich fast die zitternden Schnurrbarthaare der Ratte in seinem Hemd berührten.

»Ivan, ich bitte dich hiermit sehr dringend und ausdrücklich um deine Hilfe«, sagte ich.

Ksü holte eine Luftmatratze vom Dachboden und wir bliesen sie zusammen auf, weil Ksü die Luftpumpe nicht finden konnte. Sie hatte mir ihr Bett angeboten, aber ich zog die Matratze vor. Es wirkte alles selbstverständlich, ganz anders als bei uns zu Hause, und wieder fragte ich mich, was jetzt eigentlich mit ihren Eltern war. Aber dann beschloss ich, diese Frage nicht mehr auszusprechen. Ich hatte schon genug Ärger mit meinen eigenen Eltern. Es war mir recht, dass Ksü und Ivan allein waren. Eine dumpfe Gleichgültigkeit überfiel mich, dämpfte meine Sinne und lullte meinen Verstand ein. Und es gefiel mir.

Ich bettete meinen Kopf auf das bestickte Kissen und zog mir die Decke übers Gesicht. Ich mochte, wie das Bettzeug duftete, in das ich mich einkuschelte – nach Staub, Honig und Vanille. Ein Duft, den ich mit meiner Mutter verband. So ähnlich hatte unser Haus gerochen, wenn sie da war. Es war mir erst nach der Scheidung meiner Eltern aufgefallen, nach den ersten Wochen ohne Mama, dass sie offenbar auch den Geruch mitnahm, wenn sie aus dem Haus ging. Obwohl sie alles andere, all ihre Sachen, stehen ließ. Ihre Quadren vor allem, mit denen sie vielleicht sagen wollte: Ich bin noch bei euch, habt keine Angst.

So hatte ich das noch nie betrachtet.

Ich zog mir die Decke über den Kopf, damit Ksü meine Versuche, möglichst leise zu weinen, nicht mitbekam.

Ich hatte Ivan in aller Form um seine Hilfe gebeten, war aber nicht darauf gefasst, dass es schon am nächsten Vormittag so weit sein würde. Er stellte sein Motorrad auf einem riesigen Parkplatz auf dem Uni-Campus ab und bahnte sich einen Weg durch die Menge. Ich klammerte mich an seinem Ellenbogen fest, bekam Stielaugen und drehte meinen Kopf hin und her, bis mir der Hals wehtat.

Etwa die Hälfte des lebhaften jungen Pulks sah normal aus: Diese Studenten hatten Anzüge an, die Männer trugen Krawatten dazu, alle hatten ordentliche Haarschnitte und blickten, während sie sich durch das Gewusel kämpften, immer ziemlich starr nach vorn. Sie ähnelten den Senioren aus meinem Lyzeum.

Aber es gab auch noch die anderen.

Ja, es stimmte offensichtlich, was mein Vater gesagt hatte: Freaks taten mehr, als Bier zum Frühstück zu trinken und in modrigen Kellern Autobomben zu basteln. Sie waren auch hier, Unmengen von ihnen. Um ja keine Zweifel an ihrer Zugehörigkeit aufkommen zu lassen, trugen sie enge schwarze Lederhosen oder Jeans, die an den unpassendsten Stellen angerissen waren. Schwere Ketten mit Totenkopf-Anhängern klapperten an Rucksäcken und Handgelenken. Bei Frauen waren die Haare lang und ungekämmt, bei Männern zu Zöpfen zusammengebunden. Bei beiden schon mal an den Seiten abrasiert und in der Mitte zu einem Hahnenkamm aufgerichtet. Die Köpfe leuchteten blau, pink, neongrün.

»Alles klar?«, fragte mich Ivan, ohne sich umzudrehen. Ich nickte. Ivan durfte nicht merken, wie sehr mich ein paar bunte Haare aus dem Konzept brachten. Ivan war nicht Ksü.

Ksüs Bruder war ein Rätsel. Er sah nicht freakig aus, verhielt sich aber auch nicht wie ein Normaler. Ich traute mich nicht, ihn nach seinem Status zu fragen. Ivan hatte es schon mehrmals deutlich gemacht, dass solche Fragen ihn nervten. Er schien viele wunde Punkte zu besitzen.

Ab und zu nickte Ivan jemandem zu oder hob die Hand zu einem Gruß. Er führte mich zu einem großen Haus mit etwa zehn Stockwerken, das einen grauen und nüchternen Eindruck gemacht hätte, wären da nicht die runden Balkone in allen Regenbogenfarben gewesen, die aussahen, als hätte sie ein Kind aus Knete geformt und ans Haus geklebt. Wir fuhren mit dem Aufzug hoch, und ich hoffte die ganze Zeit, Ivan würde jetzt etwas Nettes, Aufmunterndes zu mir sagen. Ich wartete, bis wir ausgestiegen waren und Ivan mich zu einer großen Holztür geführt hatte.

»Dann mal los. Viel Glück«, sagte er.

»Und du?«

»Ich hol dich dann später ab.« Und schon war er um die Ecke verschwunden.

Wenn Ksü jetzt bloß bei mir wäre. Aber sie war in der Schule. Ich musste das hier allein durchziehen.

Ich atmete tief ein und klopfte. Eine Männerstimme rief etwas Undeutliches. Ich schob die Tür vorsichtig auf, guckte rein, sah nicht viel und betrat schließlich das Büro. Dann blieb ich sofort stehen, beeindruckt von den hohen Decken, riesigen verstaubten Fenstern und Unmengen von Büchern und Akten, die die Regale füllten, sich auf dem Boden zu mannshohen Türmen stapelten und, wie es sich herausstellte, den Zugang zum Hausherrn versperrten. Ich musste in die Mitte des Raums, bis ich ihn endlich zwischen den Stapeln sehen konnte.

Er war ziemlich klein, ich dachte sogar, er würde hinterm Schreibtisch sitzen, aber er stand. Er hatte einen sehr langen hellgrünen Bart, der, lässig um den Hals geworfen, wie ein Schal auf seinen Schultern ruhte. Hinzu kam eine Hornbrille mit unglaublich dicken Gläsern und ein Hahnenkamm aus pinkfarbenen Haaren auf ansonsten kahl rasiertem bleichem Schädel.

Dieser regenbogenbunte Zwerg war Justus Melchior. Der Anwalt meiner Mutter.

Er hüstelte und sah fragend in meine Richtung.

»Ja bitte?«, fragte er mit überraschend tiefer Stimme.

»Herr Justus Melchior?« Meine Stimme war schon wieder dabei zu versagen.

»Hier«, reagierte er unwillig.

Ich atmete ein und aus.

Er war ein Anwalt, rief ich mir ins Gedächtnis. Ich hatte gedacht, dass sich in diesem Beruf auch ein Freak an gewisse Erscheinungsregeln halten musste. Kein Wunder, dass er meiner Mutter nicht helfen konnte, so wie er aussah.

Dann fiel mir ein, dass der Anwalt durchaus eine gute Lösung für meine Mutter ausgehandelt hatte, ungewöhnlich gut für eine Phee.

»Entschuldigen Sie bitte die Störung«, brachte ich irgendwie hervor. »Ich bin die Tochter von Laura Rettemi . . .«

Kaum hatte ich das gesagt, umschiffte der Zwerg seinen Schreibtisch und mehrere Büchertürme, strebte auf mich zu – sein Bart wehte ihm wie eine grüne Fahne hinterher – und schon hatte er mich zu sich runtergezogen und kitzelte mein Gesicht mit zwei Wangenküssen. Ich riss mich zusammen, um nicht zurückzuschrecken.

»Wie geht's der wunderbaren Laura?« Der Zwerg drückte meine rechte Hand zwischen seinen knotigen Fingern zusammen und spähte von unten durch die Brillengläser in mein Gesicht.

»Eigentlich«, sagte ich, »wollte ich das von Ihnen wissen.«

»Wie meinen Sie das, mein liebes Kind?«

»Meine Mutter ist verschwunden.« Ich spürte den bereits vertrauten, anschwellenden Kloß in meiner Kehle. »Spurlos. Vor genau sechs Tagen. Ich weiß weder wieso noch wohin.«

»Oh weh!« Der Zwerg tätschelte mitfühlend meine Schulter. »Davon wusste ich ja gar nichts. Diese Pheen, tststs. Setzen Sie sich, meine Liebe.«

Er verschob einen Stapel Akten von einer Seite des Büros zur anderen und zum Vorschein kamen drei Stühle und ein kleiner runder Tisch, gedeckt mit gepunktetem Puppen-Teegeschirr und einer dampfenden Kanne.

Ich setzte mich, die Knie ragten mir fast bis zu den Ohren. Die gleichen Stühle standen im Juniorland meines Viertels. Justus Melchior schenkte mir aus der Kanne ein. Der Duft kam mir bekannt vor.

»Kräuter, von Pheen gesammelt«, sagte Melchior stolz, offenbar war ihm mein Stirnrunzeln nicht entgangen. »Ich trinke nichts anderes.«

»Und wo haben Sie die her?«, fragte ich, obwohl mir das gerade ziemlich egal war. Aber ich hatte das Gefühl, er könnte sich freuen, wenn ich mich dafür interessierte.

»Ich hab sie gekauft. An illegalen Adressen habe ich keinen Mangel. Manchmal schenken mir auch meine Mandantinnen etwas. Es gibt ja immer wieder Fälschungen, weil viele Pheen gerade in diesen Zeiten Besseres zu tun haben, als Kräuter zu sammeln. Aber man riecht den Unterschied sofort, was von einer echten Phee ist und was ein Freak zusammengepanscht hat, um es als illegalen Pheentee auszugeben.«

»Besseres zu tun?«, fragte ich, dieser Teil interessierte mich viel mehr als die Schwierigkeit, an einen guten Tee ranzukommen.

»Langsam, meine Liebe.« Justus Melchior trank mehrere Schlucke aus seiner Tasse, holte ein Taschentuch hervor und wischte sich damit das Gesicht trocken. »Das Problem ist doch dieses neue Gesetz.«

»Welches neue Gesetz?«

»Ein schreckliches Gesetz.« Der Zwerg stellte die Tasse ab und schlug vorsichtig mit der Faust auf den Tisch. Die Tassen hüpften auf den Untertassen hoch und gaben einen zarten Ton von sich.

»Früher war es so, dass Pheen sich nicht wirklich strafbar machten, wenn sie mit Normalen zusammenlebten. Das ist im Grunde immer noch so. Ein Normaler darf sich eine Phee zur Frau nehmen, wenn er unbedingt will. Solange es eben gut geht. Gut gehen – das ist gemeint aus der Sicht des Normalen. Das Neue ist das Dementio.«

»Was heißt das?« Ein ungutes Gefühl überkam mich.

»Das Dementio. Eine Einrichtung, in der die Pheen, wie es offiziell heißt, ungefährlich gemacht werden. Keiner weiß, wie es da drin zugeht, erstens weil sie neu ist, zweitens weil die Pechvögel, die dahin gebracht wurden, bis jetzt nicht wieder rausgekommen sind.«

Ich spürte, wie sich auf meinem Rücken die Gänsehaut ausbreitete und die Härchen auf meinen Unterarmen sich aufrichteten.

»Mama«, flüsterte ich.

»Nicht gleich verzweifeln, meine Liebe. Wenn Pheen so leicht unterzukriegen wären, hätten die Normalen sie längst ausgerottet, was den unmittelbaren Untergang der Gesellschaft der Normalität nach sich gezogen hätte, wenn diese Gesellen es doch bloß einmal begreifen würden.«

Justus Melchior seufzte, entrüstet über die lange Leitung der Normalen. Ich wurde rot, ich fühlte mich angesprochen.

»Werden denn . . . alle Pheen . . . weggebracht?«, fragte ich mühsam, der Gedanke war so grausig.

»Auf Antrag, meine Liebe. Auf Antrag. Jeder Normale kann

sie der Polizei melden als auffällig, gefährlich, verhaltensgestört. Er muss es kurz und formlos begründen, was schon mal eine Farce ist, weil es in der Rechtspraxis der Normalität eigentlich keine formlosen Anträge mehr gibt. Vor dem Hintergrund der Tatsache, dass sich jede Phee in den Augen eines Normalen auffällig benimmt, würde ich heute keiner Phee empfehlen, mit einem Normalen zusammenzuleben.«

»Ich wusste das alles nicht«, sagte ich. »Ich hatte immer gedacht, wenn zwei Leute zusammenleben, haben sie . . . also praktisch gleiche Rechte.«

»Mit dem Irrglauben sind Sie nicht allein, meine Liebe. Die ganze Wahrheit kennen höchstens Experten und natürlich die Betroffenen. Weder die eine noch die andere Seite ist daran interessiert, hier etwas öffentlich anzuprangern. Die Normalen aus verständlichen Gründen. Und die Pheen sind leider keine Kämpferinnen. Die haben Wichtigeres zu tun. Ich habe das Gefühl, wir Freaks sind die Einzigen, die sich wirklich darüber aufregen, was hier eigentlich läuft.«

»Aha«, sagte ich schwach und dachte an Ivan. Mir wurde immer deutlicher, dass Ivan anders war als alle, die ich kannte. Ich wusste nicht genug über Freaks, aber Ivan war kein Freak, er war kein Normaler, sondern einfach Ivan.

Justus Melchior nahm eine Brille mit runden gelb getönten Gläsern vom Tisch und begann, mit ihr herumzuwedeln.

»Diese Pheengesetze verändern sich manchmal im Stundentakt, mein liebes Kind. Der Normale testet das neue Gesetz gern vor, bevor er es allen zugänglich macht. Lieber kein Risiko eingehen, das ist die Einstellung. Dann kommen noch Pheenrechtler und Schutzorganisationen, Verteidiger wie ich und manchmal gelingt es, etwas wieder zu kippen. Auch manchem Normalen wird bei dem Gedanken unwohl, was eigentlich mit den Pheen passiert. Das muss ich schon eingestehen, dass so etwas durchaus mal vorkommt, obwohl es eher eine Ausnahme ist. Daher lautet die Devise: Lieber im Stillen handeln, wenn man sich eine neue Garstigkeit ausdenkt. Das haben die Normalen schon immer so gemacht.«

»Nein!«

»Das können Sie laut sagen. Das Dementio ist ein absoluter Tiefpunkt, wenn Sie mich fragen. Das Schlimmste daran: Es wird, wie immer, ohne Vorwarnung gehandelt. Und versuchen Sie mal, eine Phee da wieder rauszukratzen, wenn die erst mal drin ist.«

Ich schlug mir die Hände vors Gesicht.

Der Zwerg bekam einen Schreck, kletterte von seinem Stuhl, stellte sich an meine Seite und begann, mir hilflos die Schulter zu tätscheln.

»Nicht, meine Gute. Nicht weinen! Wer sagt denn, dass die wunderbare Laura auch im Dementio ist?«

Ich blinzelte ein paar Tränen weg. »Kann sie auch woanders sein?«

»Aber das hoffe ich doch sehr. Möglicherweise ist sie gewarnt worden. Vielleicht hat sie es noch rechtzeitig gespürt – legen Sie sich nie mit der Intuition einer Phee an! Und vielleicht hat die Sonderbrigade auch einfach nicht geschafft, sie zu kriegen. Das kann ich für Sie liebend gern herausfinden. Ich meine, ich bin nur ein Freak, ich bin nur ein Anwalt, aber ein paar Kontakte habe sogar ich.«

»Bitte, bitte, bitte«, nickte ich heftig und blinzelte ihn an. Die Tränen, die an meinen Wimpern hingen, nahmen mir die Sicht.

Nach dem Gespräch mit dem Anwalt meiner Mutter ging es mir etwas besser. Justus Melchior war, nach Ksü und Ivan, der

Erste, den ich in meinem neuen Leben nicht als Feind betrachtete, sondern als jemanden, der mir helfen konnte und wollte. Er zuckte bei dem Wort Phee nicht zusammen. Im Gegenteil, er gab mir das Gefühl, als Tochter einer Phee etwas Besonderes zu sein. Ich fing ganz langsam an, mich daran zu gewöhnen. Wenn alles schon so schrecklich war – wenigstens war ich nicht mehr die brave, stinklangweilige Zehntklässlerin von früher. Ich war Pheentochter und es schmeichelte mir schon etwas, in bewundernde Augen zu schauen.

Mir war aber auch klar, dass diese Bewunderung nichts mit mir persönlich zu tun hatte. Wäre meine Mutter immer noch zu Hause gewesen, vormittags die illegale Malerin in ihrem Atelier und nachmittags Hausfrau und Mutter, die ihr Heim nie verließ und trotzdem oft erst zur Mittagszeit den Frühstückstisch abräumte, dann hätte ich weder gewusst, dass sie eine Phee ist, noch dass Kenner illegaler Kunst entzückt die Augen verdrehen, wenn sie ihren Namen hörten.

Ich dachte darüber nach, was ich von Justus Melchior gehört hatte. Ich hatte ihn gegen Ende meines Besuchs nach dem Sorgerechtsprozess gefragt. Ob es da etwas gegeben habe, was ich hätte wissen müssen. Er hatte lange an seinem Bart gezwirbelt und schließlich gesagt:

»Wissen Sie, meine Liebe, es gab da einige Sachen, die mich erstaunt haben. Ihr Herr Papa hätte es leicht gehabt, Ihrer wunderbaren Mama den Zugang zu ihren Kindern komplett zu versperren. Man ist ja als Normaler immer sehr gekränkt und rachsüchtig, wenn die Phee gehen will, obwohl man eigentlich wissen muss, dass es einfach nie lange funktioniert. Das liegt in der Natur. Ihr Vater jedenfalls ließ sich auf meine Vorschläge ein. Es wirkte, als wollte er Laura nicht gegen sich aufbringen.«

»Sie reden so, als wäre es unmöglich, dass er sie einfach geliebt hat. Er wollte sie nicht gehen lassen. Aber auch wenn er unglücklich war über ihre Entscheidung, ist es doch trotzdem möglich, dass er sich nicht rächen wollte, sondern sich in Frieden von ihr trennen«, sagte ich.

»Liebe würde ich es eher nicht nennen, nein, nein«, winkte Justus Melchior ab.

Ich ärgerte mich. Es war mein Vater, über den er hier gerade redete. Und auch wenn dieser Anwalt seine Gründe hatte, Normale nicht zu mögen, ging es jetzt doch etwas zu weit, ihnen alle Gefühle abzusprechen.

»Wollen Sie damit sagen, wir können gar nicht lieben?«

Der Anwalt sah mich über den Brillenrand an.

»Ich bin kein Seelenklempner«, sagte er streng. »Ich bin ein Anwalt. Ich war bei vielen Scheidungen dabei. Ich habe um Pheen gekämpft und es ist nicht gerade einfach, wenn einem die Hände dabei gebunden sind. Wenn man mit ansehen muss, wie wunderbare, zarte, schutzlose Wesen . . .« Er machte eine Pause, dann winkte er ab. »Zurück zu Ihnen. Bei Ihren Eltern war mir etwas suspekt. Aber leider sind Pheen sehr verschwiegene Wesen – von Ihrer Mutter war ich ja auch nicht gerade großzügig mit Informationen versorgt worden, obwohl sie mir bei meiner Arbeit sicher sehr weitergeholfen hätten!«

»Willkommen im Klub«, seufzte ich.

Jetzt drehte ich seine Worte hin und her und wurde einfach nicht schlauer.

Ich war ja mal durchaus stolz darauf gewesen, wie gut ich mit der Scheidung meiner Eltern zurechtkam. Wie leicht und glatt und reibungslos das Ganze über die Bühne gegangen war – wie ich jedenfalls bis jetzt vermutet hatte.

Die Scheidung meiner Eltern hatte meine heimelige, behütete Welt nicht erschüttern können. Das Verschwinden meiner Mutter hatte dagegen alles zerstört. Und es war auch meine Schuld – über einiges hätte ich mir schon früher Gedanken machen müssen. Wo zum Beispiel hatte meine Mutter jede zweite Woche gelebt, wenn sie aus dem Haus ausziehen musste? Und wovon? Hatte sie Freunde, die ich nicht kannte? Wieso hatte ich mich das nie gefragt?

Meine Mutter hatte nie etwas erzählt, was mich hätte bekümmern können. Sie beklagte sich nicht. Sie war wirklich verschwiegen. Bei meinem Vater war es anders – ich wusste am Ende eines jeden Tages ziemlich genau Bescheid, wer ihm heute den Parkplatz vor der Nase weggenommen hatte. Oder versucht hatte, ihn beim Bäcker um Wechselgeld zu betrügen.

Wieso hatte ich mich nie gefragt, wie man sich als illegale Malerin fühlte, der es verboten war, ihre Quadren jemandem zu zeigen? Ich war die ganze Zeit unerschütterlich davon ausgegangen, dass meine Mutter glücklich war, solange sie uns hatte und malen konnte, nur für sich. Wieso hatte ich mein ganzes verlogenes kleines Leben für normal gehalten?

Ich musste versuchen, mich zu ändern, und zwar von außen nach innen.

Ich weiß selber nicht, wie es passiert, dass ich plötzlich auf der Bank sitze, das Kind auf meinem Schoß, ich drücke es an mich, fahre mit der Hand über die Verbände.
»Was ist denn mit dir passiert, mein Süßes?«, frage ich und wiege den schweren, kleinen Körper in meinen Armen.
»Aua«, wimmert das Kind, es drückt seinen Kopf gegen meine Schulter.

Das Dementio

Ich schaute in den Spiegel und wusste, dass ich so nicht mehr aussehen wollte. Wenn ich schon in der Schule die Krähenuniform tragen musste, dann wenigstens privat keine in unterschiedlichen Brauntönen karierten Röckchen, wie sie alle Mädchen unseres Viertels in ihren Schränken hängen hatten, als hätten sie sich darauf verständigt, auch privat im Dienst der Normalität zu sein.

Ich streifte meinen Rock ab und warf ihn in die Ecke. Ksü hielt mir eine ihrer Jeans hin. Ich zog sie an, sie passte wie eine zweite Haut. Sie war ungleichmäßig ausgeblichen und hatte Löcher an den Knien. So etwas hatte ich noch nie getragen. Eine Freak-Klamotte. Hätte mein Vater mich so gesehen, hätte er mich auf der Stelle zum Umziehen geschickt. Und bis vor Kurzem hätte ich es auch sofort gemacht.

»Cool«, sagte Ksü. »Etwas ungewohnt, aber steht dir.«

Mein weißes Unterhemd ließ ich an. Ich hatte auf dem Campus gesehen, dass dort junge freakige Frauen Unterwäsche als Oberbekleidung trugen – seidene Unterröcke oder enge Unterhemden mit Spitzenbesatz wie das meine. Ich blickte in den Spiegel. Es sah unanständig, aber irgendwie auch gut aus.

Mit den Haaren musste irgendetwas passieren. Ich ging, wie Ingrid auch, alle vier Wochen zum Friseur, um mir die Spitzen schneiden zu lassen. Ein paar Strähnen steckte ich mit Haarklammern zurück, damit sie nicht ins Gesicht hingen. Jetzt löste ich die Spangen und Klammern. Es ziepte und ich zerrte so ungeduldig, dass ich mir einige Haare ausriss.

»Schere und Farbe«, sagte ich.

Ksü hielt mir schweigend eine Schere hin. Ich schnitt in das hinein, was ich immer für meine Frisur gehalten hatte – gnadenlos, nah an der Wurzel. Eine Haarsträhne fiel herunter. Ich erledigte die nächste und die nächste. Ich kam regelrecht in Fahrt. Mein Kopf sah immer kleiner und zerrupfter aus.

»Hör auf«, sagte Ksü nach einer Weile. »Das reicht jetzt.«

Ich legte die Schere mit einer gewissen Wehmut aus der Hand. Schüttelte den Kopf, abgeschnittene Härchen flogen umher. Es war nicht mehr viel übrig.

Ich war schon fast nicht mehr ich.

»Gefällt mir.« Ich nickte meinem Spiegelbild zu und schaute mir die Farbdosen an, die Ksü in einer Kiste vor mich gestellt hatte. Braun, Rot, Schwarz, Blond. Alles nicht das Richtige. Endlich fand ich die Tube, die ich haben wollte. Blau.

»Oi«, sagte Ksü, als ich dunkelblauen Schaum in meine Handfläche drückte und dann in meinem Haar verteilte, immer wieder, ganz gründlich. Aber viel von dem Zeug brauchte ich nicht, bei dem Rest Haar, den ich auf meinem Kopf gelassen hatte.

Ich stellte die Dose beiseite und massierte meinen Kopf mit beiden Händen, verstrich den Schaum, rieb ihn ein und sah zu, wie mein Haar unter meinen Fingern die Farbe veränderte, von Braunrot zu Gelb, zu Weiß, zu einem Blau, das mit jeder Sekunde greller wurde.

Im Spiegel sah ich Ksü, die hinter meinem Rücken stand und mich beobachtete.

Mein Haar trocknete schnell. Es glänzte im Lampenlicht. Es wurde blau wie das Meer, dann blau wie der Himmel. Ich war nicht mehr Juli, die harmlose Normale in mindestens dritter Generation. Ich war Pheentochter, eine Aussätzige. Ich sah aus wie ein Freak. Morgen könnte ich mir zur Abwechslung einen Regenbogen auf die Haare sprühen.

»Sehe ich nicht aus wie eine von euch?«, fragte ich.

»Eine von wem?« Ksü lächelte.

»Du weißt doch genau, was ich meine.«

»Leider nein.«

Ich zuckte mit den Schultern. Es war doch so einfach – hier die Normalen, dort die Freaks, dazwischen die Pheen. Jeder war irgendwas.

Nur Ksü und ihr Bruder mussten alles immer so kompliziert machen.

In dieser Nacht hatte ich einen Traum, der so merkwürdig war, dass ich sofort wusste: Ich werde mit niemandem darüber sprechen, werde ihn in den tiefsten Winkel meiner Erinnerung schieben, mit Spinnweben der Vergesslichkeit überziehen, nie wieder rausholen. Es war mehr als ein Traum, es war eher, als wäre ich irgendwo gewesen und hätte etwas gesehen, was ich nicht hätte sehen dürfen.

Ein Mann und eine Frau unterhielten sich, ich stand genau

hinter ihnen, sah ihre Umrisse, Schultern, Haare, hörte das Rascheln ihrer Stimmen.

»Wenn du mir nicht hilfst, werde ich sterben«, sagte der Mann.

»Wenn du am Leben bleibst, zahlst du einen hohen Preis«, sagte die Frau. »Und ich und meine Kinder auch.«

»Ich werde dich beschützen vor solchen wie mir, ich könnte dir niemals wehtun«, sagte der Mann, der bald mein Vater werden würde.

»Wenn ich wieder frei sein will, weil ich keine Luft mehr zum Atmen habe, wirst du versuchen, mich zu zerstören und dich dazu«, sagte die Frau, die bald meine Mutter sein würde.

»Nein. Das verspreche ich. Du denkst, ich bin einfach verzweifelt. Aber in Wirklichkeit liebe ich dich.«

»Ich glaube, du verwechselst hier etwas.«

Ich träumte nicht, ich war an einem anderen Ort zu einer anderen Zeit und ich belauschte meine Eltern, die gerade besprachen, ob sie es wagen sollten, meine Eltern zu werden.

Am nächsten Morgen wachte ich gerädert auf. Ksüs Wecker hatte geklingelt, aber ich hatte immer noch die Daunendecke vor meinem Gesicht und tat, als würde ich schlafen. Ksü flüsterte in meine Richtung, ob ich wach sei und in die Schule gehe. Ich rührte mich nicht. Wenig später stieg sie vorsichtig über mich, quietschte mit Schranktüren und dann hörte ich ihre Schritte auf der Treppe und Ksüs und Ivans Stimmen unten in der Küche.

Ksü kam nicht mehr ins Zimmer zurück. Ich lag noch eine Weile so herum, schlief ein und wachte wieder auf, nahm mir die Decke vom Gesicht, schaute mich um. Ksü hatte die schweren Vorhänge nicht auseinandergezogen. Sonnenstrahlen kämpften sich durch den orangefarbenen Stoff und kitzelten meine Nase. Ich musste niesen. Ich dachte an meinen Vater und daran, dass ich nun schon die zweite Nacht nicht nach Hause gekommen war, ohne mich zu melden. Aber obwohl ich in großen Schwierigkeiten steckte, spürte ich kein schlechtes Gewissen, und schon gar nicht meinem Vater gegenüber. Ganz im Gegenteil. Sollte er doch das Gleiche durchmachen wie das, was ich beim Verschwinden meiner Mutter erlebt hatte – vielleicht verstand er mich dann endlich mal.

Ich warf die Decke ab und richtete mich auf. Die Luftmatratze unter mir fühlte sich an wie warmer Pudding. Ich schaute an mir herunter. Ksü hatte mir ihren Schlafanzug mit den schwarzen Totenköpfen auf rosa Hintergrund ausgeliehen.

»Ksü!«, rief ich leise, aber niemand antwortete. Ich strich mir automatisch die Haare glatt, meine Hand schreckte vor dem ungewohnten Gefühl der Stoppeln zurück. Dann versuchte ich, in einer Art unerklärlichem Überschwang die Treppe runterzutanzen, und rief dabei laut Ksüs Namen. Ich war auf der letzten Treppenstufe angekommen, als ich ein verlegenes Hüsteln hörte, das ich aber missachtete, weil mir mal wieder eine Ratte vor die Füße huschte. Und ich war schon in der Küche, als ich Ivan sah, der am Esstisch eine Zeitung vor sich ausgebreitet hatte und über ihren Rand mit hochgezogener Augenbraue auf mich schaute.

»Ksü ist schon in der Schule«, sagte er. »Wir haben beschlossen, dich nicht zu wecken. Du warst gestern so traurig und erschöpft.«

»Das ist . . . rücksichtsvoll von euch.« In Ivans Gesellschaft wusste ich seltsamerweise nie, was ich sagen sollte. Und ich benahm mich dann immer extra bekloppt. Als würde ich es darauf anlegen, den dämlichsten Eindruck zu hinterlassen, den ich nur konnte. Jedenfalls guckte mich Ivan neugierig und zugleich unschlüssig an und ich wurde mir schmerzhaft meines zerfransten blauen Kopfs bewusst. Meine Wangen begannen wieder zu prickeln.

»Ich muss ziemlich bescheuert aussehen«, sagte ich.

»Gar nicht.« Ivan lächelte. »Vergiss nicht, ich bin unter Freaks aufgewachsen. Mit blauen Haaren kann man mich nicht erschüttern. Im Gegenteil, für mich gehören sie sozusagen zum Schönheitsideal.«

Ich sah ihn misstrauisch an, er schaffte es, gleichzeitig zu lächeln und sehr ernst zu bleiben. Aber jetzt hatte er selber mit dem Thema angefangen, da durfte ich ja wohl nachfragen.

»Unter Freaks aufgewachsen? Aber du selber bist keiner, oder? Ist es keine genetische Sache?« *Und vor allem, wohin sind eure Eltern verschwunden? Sind sie krank oder im Gefängnis?* Ich traute mich nicht, die letzten beiden Sätze auszusprechen.

Ivan lächelte noch immer. »Du kommst einfach so morgens in die Küche und stellst eine Frage, über die ich meine Doktorarbeit schreiben will. Ich habe mich auch immer gefragt, warum sich alle verhalten, als wäre es eine genetische Sache. Für mich ist es offensichtlich, dass es eine Frage der Prägung ist. Aber, um deine Neugierde zu befriedigen, ich stamme...« Sein Gesicht verdüsterte sich für einen Augenblick. »... tatsächlich aus einer Freak-Familie.«

»Aus einer Freak-Familie?« Wir näherten uns dem Geheimnis. Jetzt wollte ich nicht mehr lockerlassen, auch wenn es ihm sichtlich schwerfiel weiterzusprechen. »Wie kann es sein? Du siehst völlig normal aus. Ordentliche Klamotten, Haare geschnitten und ungefärbt... also jedenfalls wirken sie ungefärbt . . . Ach Mensch, ich rede wahrscheinlich gerade den größten Blödsinn.«

»Gar nicht«, sagte Ivan. »Ich habe mal in der Schule, da war ich jünger als du, ein Referat darüber gehalten, warum Freaks natürliche Haarfarben und gepflegte Klamotten so verabscheuen. Das Ergebnis war für mich damals schon ernüchternd. Es war historisch bedingt. Damit hatten die ersten Freaks versucht, sich von den Normalen abzugrenzen. Dann bekam das Äußere einen, wie ich finde, unangemessenen Stellenwert. Man wird schon als Kind darauf getrimmt, dass so etwas besonders schön sei. Ich fand es, ehrlich gesagt, schon immer ein bisschen lästig. Die Freaks hätten viel mehr davon, wenn sie sich darauf besinnen würden, dass nicht die Haare, sondern das Herz die Freiheit ausmachen. Wenn sie so stolz drauf sind, die Grenzenlosen zu sein, warum halten sie dann an einer Frisur fest? Genau das machen die Normalen doch auch schon seit Jahrzehnten.«

»Mmmh«, murmelte ich. Das Wichtigste für mich war, er fand blaue Haare nicht schön. Und ich war am Vortag noch so stolz darauf gewesen, dass ich mich mit ein bisschen Farbe von Grund auf verändert hatte. Dabei war das alles in Ivans Augen kindisch und oberflächlich. Ich brauchte mich nicht weiter aufzuregen, ich hatte schon verloren.

Irgendwie frustrierend, irgendwie erleichternd.

Ich setzte mich ihm gegenüber und schaute mich um. Es herrschte ziemliches Durcheinander in der Küche. Auf der Tischplatte lagen zwei Päckchen Butter, eins davon angerissen, ein paar Trauben, ein angeschnittener Laib Brot auf einem Holzbrett. Drum herum lagen Krümel und Häufchen verstreuten Zuckers. Es roch nach Zimt und Vanille. Alles ein bisschen wie bei meiner Mutter. Wieder dachte ich kurz an mein Zuhause, meine Geschwister, an Papa. Sie waren um diese Zeit alle bereits unterwegs. Ingrid wischte wahrscheinlich gerade Staub.

»Bitte nimm dir, was du magst.« Ivan vertiefte sich von Neuem in die Zeitung. Ich war ihm dankbar dafür, denn ich hatte Hunger und unter seinem Blick zu essen, würde mich ganz schön stressen.

Ich säbelte eine Scheibe vom Brot ab. Es war noch warm. Ich bestrich es mit Butter, sie schmeckte leicht salzig. Ich kaute vorsichtig und schielte immer wieder zu Ivan rüber. Er sah auf.

»Möchtest du mich etwas fragen?«

Ha. Ich hatte nichts als Fragen; jeder meiner Gedanken hatte ein Fragezeichen. Ich wusste bloß wieder einmal nicht, wie ich das Dringendste formulieren sollte.

»Ich habe dich gar nicht gefragt, wie das Gespräch mit Professor Melchior verlaufen ist«, sagte Ivan. »Ich habe immerhin ein Seminar bei ihm und musste seine Sekretärin mit gepanschtem Pheentee bestechen, damit sie mir schnell einen Termin gab. Sie war davon ausgegangen, dass ich das Gespräch selber brauche.«

»Ach, so war das gelaufen«, sagte ich steif. »Ich hatte mir, ehrlich gesagt, mehr von diesem Treffen versprochen. Dieser Mann ist immerhin Professor und der Anwalt meiner Mutter. Und er weiß trotzdem nicht, was ihr widerfahren ist. Er ist die ganze Zeit davon ausgegangen, dass sie munter nach der Regelung weiterlebt, die er für sie ausgehandelt hat. Ist das nicht merkwürdig?«

»Wieso?«, fragte Ivan. »Wenn sie keinen Kontakt zu ihm aufgenommen hat, kann er doch auch nicht mehr wissen.«

»Aber sie hätte sich doch bei ihm gemeldet, wenn sie gekonnt hätte. Sie hatte offenbar nicht mehr die Gelegenheit dazu, bevor sie . . .« Ich schluckte.

»Du musst wissen, Pheen sind nicht sehr kommunikativ nach außen«, sagte Ivan. »Sie schotten sich ab.«

»Du sprichst von ihnen, als wären sie eine gefährdete Tierart«, sagte ich. Und dann stellte ich die Frage, die schon die ganze Zeit in meiner Seele saß wie ein Splitter. »Sag mal, sagt dir der Begriff Dementio was?«

Ivan senkte den Kopf, bewegte seine Lippen und sah mich dann wieder an.

»Willst du das wirklich wissen?«

Ich nickte, obwohl irgendwas in mir zu zittern begann.

»Mit der Dementio-Regelung werden die Grundrechte der Pheen wieder einmal mit Füßen getreten«, sagte Ivan. »Es reicht ein einziger Antrag eines Normalen und die betroffene Phee wird von einer Sonderbrigade abgeholt, heimlich, um kein Aufsehen zu erregen.«

Ich schluckte. Es stimmte genau mit den Worten des Anwalts überein. Wahrscheinlich, weil es wahr war. »Und was passiert dort mit ihr?«

»Sie wird ins Dementio gebracht und dort einer Behandlung unterzogen, die sie . . .« Ivan fiel es sichtlich schwer weiterzusprechen.

»Umbringen soll?«, fragte ich heiser.

Ivan schüttelte den Kopf. »Schlimmer.«

»Was genau passiert da?«

»Das weiß niemand. Alles rund ums Dementio hat höchste Geheimstufe.«

Wir saßen eine Weile schweigend da. Ich versuchte, an meinem Butterbrot weiterzukauen, obwohl ich keinen Hunger mehr hatte. Ivan schaute wieder in die Zeitung, aber seine Augen schienen starr einen Punkt zu fixieren. Ich versuchte zu entziffern, was im Blatt stand, aber es gelang mir nicht. Es war anders als die Zeitungen, die es bei uns im Viertel gab, hatte mehr Bilder und eine unruhige Schrift. Ich hoffe, Ivan würde sie später liegen lassen, dann könnte ich reingucken.

Aber als er fertig war, rollte er die Zeitung zusammen, steckte sie in seine Tasche und nickte mir zum Abschied zu.

»Ich muss los«, sagte er. »Versuch, dich zu erholen, das hast du wirklich nötig. Ksü ist mittags wieder da.«

»Alles klar«, sagte ich. Und als das Geknatter von Ivans Motorrad abebbte, atmete ich auf, ließ die Schultern hängen, machte genüsslich den Rücken krumm und schnitt mir noch eine Scheibe Brot ab und noch eine. Ich durfte mir den Appetit nicht von Horrornachrichten verderben lassen. Ich musste Kräfte sammeln.

Als ich aufschaute, saß auf dem Tisch direkt vor mir eine eher kleinere Ratte und schaute mich mit ihren Kulleraugen an. Diese da war eigentlich gar nicht eklig. Sogar ziemlich süß. Der Schwanz war auch gar nicht nackt, sondern mit Härchen bedeckt, wenn man nur genau hinsah. Ich reichte ihr einen Krümel und war froh, als sie ihn packte und davonhuschte. Dann wusch ich mir sofort die Hände mit dem Geschirrspülmittel am Waschbecken.

Später machte ich mich auf eine Tour durchs Haus, stand aber plötzlich auf der Terrasse, die in den Garten führte. Dort entdeckte ich ein großes Rattengehege mit Häuschen aus Kisten und umgedrehten Tontöpfen, aus Geäst aufgebauten Klettergerüsten mit Leitern und Glöckchen. Das Türchen stand offen, drin schliefen einige zusammengerollte Wollknäuel.

Ich sprang auf die Wiese, barfuß, wie ich war. Das Gras kitzelte meine Fußsohlen. Ich rannte über die Wiese, die mich zu einem Teich führte, der mit kleinblättrigen Pflanzen bewachsen war, die immer wieder vom Rücken eines rötlichen Fisches auseinandergeschoben wurden.

Ich überlegte, ob ich die Füße in den Teich stecken sollte, aber irgendwas hielt mich davon ab, vielleicht Respekt vor dem Fisch, dessen Zuhause der Teich war und dem ich meine Füße nicht ins Gesicht halten wollte.

Ich legte mich ins Gras und schaute die Wolken an. Meine Mutter hatte einmal gesagt, Nichtstun und Wolkengucken würde die Nerven beruhigen. Diese Worte waren an einer Kaffeetafel anlässlich irgendeines runden Geburtstags gefallen. Ingrid und Reto hatten meine Mutter angeschaut und den Kopf geschüttelt. Nichtstun war bei uns verpönt. Wir waren schließlich normal.

Meine Nerven beruhigten sich nicht. Ich hatte das Gefühl, dass mich die Wolken an Mamas Profil und ihr wehendes Haar erinnerten. Das machte mich traurig, ich drehte mich auf den Bauch und schlief plötzlich ein.

Schon wieder träumte ich von meiner Mutter, sie sah mich an und winkte, rief mich zu sich, als wäre nichts geschehen, aber auch im Traum wusste ich, dass es nicht wahr sein konnte. Mir war ein Unglück zugestoßen, da konnte mir ihr geträumtes Lächeln auch nicht viel helfen.

Ich wachte davon auf, dass Ksü mich an der Schulter rüttelte und brüllte: »Hier bist du ja! Gott sei Dank! Ich dachte, du wärest schon wieder weg! Ich habe extra die letzten beiden Stunden geschwänzt, um es dir zu erzählen. Weißt du, was? Professor Melchior hat es meinem Bruder gesagt und mein Bruder hat mir eine Nachricht geschickt und deswegen bin ich da, weil: Der Professor ist an die Liste aller Pheen gekommen, die im Dementio gelandet sind und DEINE MUTTER IST NICHT DABEI.«

Die schwarze Liste

Ich blickte in das runzelige Gesicht des Professor Melchior und er sah in seine Tasse mit dem Pheentee und seine Augen tränten und er zuckte mit der Nasenspitze.

»Sind Sie sicher?«, fragte ich und er rieb sich die Augen und sagte, heftig nickend: »Kindchen, wenn ich irgendwas behaupte, dann können Sie sich darauf verlassen, dass ich es ganz genau weiß. Ich bin schließlich Jurist und kein Metzger, mir konnten sie diese Listen nicht verweigern, wenn ich einen Verdacht habe, meine Mandantin ist betroffen. Und sie sind ja immer pingelig mit allen Personalien – Laura ist nicht dabei.«

Bei dem Gedanken rollte eine Träne aus seinem Auge und verirrte sich in einer seiner tieferen Falten. Ich glaubte, den Grund zu wissen, jedenfalls sparte ich mir die Frage, ob er vielleicht irgendeinen anderen Namen auf dieser Liste kannte.

»Aber was ist jetzt?«, fragte ich ihn. »Wo soll ich sie denn suchen?«

Er zuckte hilflos die Achseln.

»Ich schäme mich fürchterlich, dass ich Ihnen darauf keine erfreuliche Antwort geben kann, Kindchen. Ich kann nur eins sagen – sie hätte da sein müssen, in der Anstalt. Sie steht auf der schwarzen Liste. Sie hätte abgeholt werden müssen. Aber irgendwas ist schiefgelaufen, aus der Sicht dieser Quäler. Sie ist nie im Dementio angekommen. Es tut mir sehr leid, aber das ist alles, was ich weiß.«

Ich nickte automatisch, ich konnte gar nicht sauer auf ihn sein – so hilflos und verzweifelt wirkte er. Und bevor ich auch komplett verzweifelte, durchzuckte mich ein Gedanke. Wie hatte es Ivan gesagt – *Pheen schotten sich ab.*

Es war ganz einfach! Warum war ich nicht eher draufgekommen?

Ich musste eine andere Phee finden und sie fragen, ob sie meine Mutter kannte. Sie *musste* ein Leben außerhalb unseres Zuhauses gehabt haben. Ich sah unser weißes Haus vor meinem inneren Auge, den Garten, das Garagentor. Jetzt kam mir alles fremd und schrecklich weit weg vor. Wenn ich mehr über das Leben meiner Mutter außerhalb des normalen Viertels erfuhr, würde ich vielleicht auch rauskriegen, wo sie jetzt steckte.

Und dann fiel mir ein, was Ksü mir einmal erzählt hatte, und kaum war ich wieder bei Ivan und Ksü zu Hause, stürzte ich mich auf die Altpapiertonne.

Wir fuhren mit Ksüs Moped hin. Ich hatte die Anzeige der Wahrsagerin aus dem alten Werbeblatt herausgerissen und den Fetzen in die Hosentasche gesteckt. Ksü war sofort für meinen Plan entflammt. Ich hatte da schon wieder Zweifel an meiner eigenen Idee gehabt, aber Ksüs Entschlossenheit gab mir Auftrieb.

Der Straßenname sagte mir gar nichts, aber Ksü meinte, sie läge im Pheendorf.

»Aber du hast doch gesagt, im Pheendorf leben gar keine Pheen mehr«, wandte ich ein.

Ksü zuckte mit den Schultern. »Das Viertel ist eben ein Sammelbecken für Abgestiegene aller Art.«

»Also doch?«

Ksü sagte nichts mehr.

Die Wahrsagerin praktizierte im Keller eines kleinen Hauses, das sich in eine schiefe Reihe ähnlicher Hütten quetschte. Die Hausnummer war unter der dicken Schmutzschicht nicht zu erkennen, aber Ksüs Navi hatte es trotzdem zielsicher gefunden. Ich sah mich um auf der Suche nach einer Art Praxisschild.

»Vergiss es«, sagte Ksü. »Kein Normaler möchte sich dabei erwischen lassen, wie er zu einer Wahrsagerin geht. Obwohl sie es natürlich alle tun. Wenn jemand hier gesehen wird, kann er dann immer noch hoffen, dass niemand weiß, was er vorhat.«

Ich stieg ab und sah sie Hilfe suchend an. Ksü saß immer noch rittlings auf dem Moped. Sie schüttelte bedauernd den Kopf, es fiel ihr sichtlich schwer, mich allein zu lassen. Aber Ivan hatte uns gewarnt – zu einer Wahrsagerin ging man eben nicht zu zweit, wenn man es ernst meinte.

»Hast du Bargeld dabei?«, fragte Ksü zum vierten Mal.

Ich klimperte mit den Münzen in der Hosentasche.

»Viel Glück«, sagte Ksü.

Ich seufzte. Dann schob ich die quietschende Tür auf und betrat das Haus.

Ich fand mich in einem stockdüsteren Flur mit einer so niedrigen Decke wieder, dass ich sie mit meinen Stoppelhaaren kitzelte. Ich streckte die Arme aus und berührte eine raue Wand, tastete mich ein paar Schritte vor und wartete, bis meine Augen sich an die Dunkelheit gewöhnt hatten. Dann sah ich einen schmalen Lichtstreifen knapp über dem Boden, erahnte dort eine Tür und drückte vorsichtig die Klinke herunter.

Der Raum war so klein und vollgestellt mit Möbeln, dass ich fast Platzangst bekam. Ich brauchte eine Weile, bis ich in dem Durcheinander die Hausherrin erkannte, eine kräftige Frau mit ausladendem Oberkörper, gekleidet in eine Art gemusterten

Vorhang. Erst dachte ich, sie säße auf einem Thron. Aber es war ein Rollstuhl, dessen rostige Räder unter der Wolldecke rausguckten, mit der die Frau ihre Beine bedeckt hatte.

Sie saß ganz unbeweglich da, wie eine Schaufensterpuppe, die für Spenden für Behinderte warb. Dann merkte ich, dass sich ihr riesiger Busen ganz sachte hob und senkte und dass die runden Augen, die mich, ohne zu blinzeln, taxierten, sich auch kaum sichtbar bewegten.

Ich nannte meinen Namen und sagte, ich hätte angerufen.

Sie schaute mich an, ich schaute zurück, sie wartete, ich wartete.

Schließlich sagte sie: »Und?«

Sie gefiel mir nicht. Überhaupt nicht. Sie war dick und hässlich und seltsam angezogen. Ihr Haus gefiel mir auch nicht. Das Zimmer war mit Vorhängen abgedunkelt. An den Wänden hingen Kräuterbündel und gruselige Quadren von schmerzhaft verzerrten Gesichtern. Auf der Kommode brannten mehrere Kerzen und daneben stand ein ausgestopftes Tier, das am ehesten einem Kaninchen ähnelte. Es roch süßlich und faulig.

Wenn *sie* wirklich eine Phee war – und keine Trittbrettfahrerin, wie es laut Ivan ebenfalls gut möglich war –, wie konnte meine Mutter etwas mit ihr gemeinsam haben?

Da sie immer noch nichts sagte, versuchte ich es erneut.

»Ich bin Juliane Rettemi und ich suche meine Mutter.«

»Und?« Die schmaler gewordenen Augen betrachteten mich feindselig. »Du bist nicht mehr so klein, um nach Mama zu rufen. Du bist kein Küken mehr.«

»Ich hab auch Geld dabei«, sagte ich. »Genau so viel, wie Sie am Telefon gesagt haben. Sogar etwas mehr.«

»Hm?«

Ich steckte die Hand in die Hosentasche und klimperte, genau so, wie ich es mit Ksü geübt hatte. Und während die Augen dieser Frau beim Klang der Münzen aufleuchteten, dachte ich bitter, dass ich jetzt die Feindseligkeit gegenüber Pheen nachvollziehen konnte. Dabei hatte ich mich gerade an den Gedanken gewöhnt, dass man sich nicht schämen musste, eine Phee zu sein. Und jetzt diese Frau, die alle Vorurteile bestätigte. War ich schon wieder zu oberflächlich?

Ich begann zu schwitzen, strich mit der feuchten Hand über meine blauen Haare, auf die ich nach dem Gespräch mit Ivan auch nicht mehr stolz war.

»Gib mir das Buch da«, sagte die Frau und deutete mit dem krummen Zeigefinger hinter meinen Rücken. Ich schaute ihrem gelben, langen und schwarz geränderten Nagel nach, fuhr herum und entdeckte ein dickes Buch im grünen Einband, das auf der Kommode lag.

Ich nahm es in die Hände, erstaunt über die Leichtigkeit und den kratzigen Stoff, der aus der Entfernung wie Samt ausgesehen hatte.

Die Phee schnappte sich das Buch aus meinem Griff, öffnete es auf ihrem Schoß und beugte den Kopf tief darüber. Sie blätterte ziemlich lange darin, dann richtete sie ein Auge auf mich. Das andere hielt sie geschlossen.

»Wie heißt du?«

»Juliane Rettemi«, wiederholte ich, meine Stimme zitterte.

»Das Lyzeum?«

»Woher wissen Sie das?«

Anstatt zu antworten, deutete sie mir, ich solle meinen Arm hochheben. Sie holte etwas aus den Falten ihres Rocks, das sich zu meinem Erstaunen als ein billiger Distanzscanner herausstellte. Er piepste kurz zur Bestätigung, dass meine Nummer eingelesen worden war. Die Phee warf einen kurzen Blick aufs Display und nickte zufrieden.

Dann schaute sie wieder in ihr Buch, bewegte den Zeigefinger über eine aufgeschlagene Seite.

»Juliane Rettemi, fünfzehn Jahre, besucht das Lyzeum, zwei jüngere Geschwister, Vater in der Geschäftsführung von HYDRAGON...«

Ich nickte ununterbrochen wie ein kaputter Roboter.

»Die es geschafft hat, ein von der Polizei abgeschlossenes Zimmer aufzuschließen, und diese alberne private Putzkolonne verjagt hat, die, nebenbei bemerkt, vergeblich versucht, mit den Sonderbrigaden der kommunalen Polizei zu konkurrieren und die nur so jemand wie ihre hochgradig alberne Großmutter Ingrid Rettemi rufen konnte, die ihre letzte gute Idee vor fünfunddreißig Jahren gehabt haben muss...«

»Steht das in Ihrem Buch?«, unterbrach ich sie.

»Du fällst mir viel zu oft ins Wort, Mädchen, bist du etwa doch ein Freak?«

Ich schaute sie misstrauisch an. Warum lächelte sie jetzt?

»Meine Mutter ist Laura«, sagte ich vorsichtig, aber die Phee lachte schon aus vollem Hals, warf die Decke beiseite, rollte auf mich zu und drückte mich, mir den Atem abschnürend, an ihre ausladende Brust.

Die Gesetze der Pheen

Wenig später saß ich im Nebenzimmer und schaute zu, wie die Frau die hässlichen Nägel von ihren Fingern streifte – sie waren aus kunstvoll gefärbtem Plastik. Vorher hatte sie sich aus dem Bademantel geschält und an einem kleinen Waschbecken die graue Maske vom Gesicht gewaschen. Jetzt stand vor mir eine kräftige, viel jünger wirkende Frau im langen dunklen Kleid. Sie schenkte mir einen duftenden Tee ein. Ich musste grinsen: Professor Melchior dürfte mich um mein Glück beneiden, einen garantiert echten Pheentee zu trinken.

»Wozu dieser ganze Karneval?«, fragte ich. Floria starrte mich an, streckte ihre Hand aus und berührte mich ständig, fuhr mit den Fingern durch meine blauen Fransen, streichelte meine Wange, als könne sie nicht glauben, dass ich wirklich leibhaftig vor ihr saß. Ich war auf so viel Überschwang nicht vorbereitet gewesen.

»Die Verkleidung ist für die Kunden«, sagte Floria, meine Hand zwischen ihren glühend heißen Fingern. »Sie wollen es so haben. Ich bin da ganz Dienstleister.«

»Das verstehe ich nicht«, sagte ich. »Du siehst so viel netter aus. Harmloser, unauffälliger.«

»Wer hierherkommt, der will eine Phee sehen. Nichts Harmloses und Unauffälliges. Er will seine schlimmsten Albträume bestätigt sehen. Eine Verkörperung der kollektiven Ängste. Dann trauen sie einem alles zu, vor allem die richtigen Prognosen. Würde ich in meiner Alltagskleidung praktizieren, säßen alle Normalen bei den hochgradig verkleideten Freakluschen, die sich als Pheen ausgeben, aber von Tuten und Blasen keine Ahnung haben.«

»Meine Mutter hätte sich nie so herausgeputzt.«

»Bist du sicher?« Floria zwinkerte mir zu.

Ich erstarrte. War ich mir sicher? Musste meine Mutter jetzt auch so leben? Und wennschon? Würde mir das noch etwas ausmachen, nach allem, was ich inzwischen wusste? War es mir immer noch so wichtig, wer was trug?

»Ja, ich bin mir sicher«, sagte ich trotzdem, aus purem Trotz. Und wechselte sofort das Thema. »Kommen viele Normale zu dir?«

»Ach, es kommen alle. Normale, Abnorme, was da draußen so rumläuft. Alle wollen sie ihre Zukunft vorhergesagt bekommen. Aber bitte nicht allzu genau.«

»Und du sagst sie ihnen?«

»Um Gottes willen!« Floria lachte. »Da muss man höllisch aufpassen. Ich will ja, dass sie mich weiterempfehlen.«

»Na gut.« Ich zuckte mit den Schultern. »Dann sag mir, wie es um mich steht.«

»Um dich?« Sie hörte auf zu lachen, schaute mich aufmerksam an, berührte meine Wange.

»Kannst du sehen, wer ich bin?«, fragte ich.

Sie schüttelte den Kopf.

»Warum nicht? Bist du eine Wahrsagerin oder nicht? Wie ist meine Zukunft? Was wird passieren?«

»Ich weiß es nicht«, sagte sie.

»Bist du eine Betrügerin?« Ich fühlte auf einmal die Enge und Stickigkeit dieses kleinen Raums, in dem so viele Menschen ihre Sorgen und Ängste abgeladen hatten.

»Ich betrüge nicht«, sagte Floria ruhig.

»Sondern?«

»Du machst denselben Fehler wie alle anderen, die hierherkommen. Sie denken, ihr Leben ist eine Autobahn und die Strecke steht fest. Es will ihnen nicht in den Sinn, dass ich zwar das Unsichtbare sehen kann, vielleicht nicht sehr gut, andere können es durchaus besser. Aber es gibt keine Zukunft. Jeder entscheidet in jedem einzelnen Augenblick, welchen von vielen möglichen Wegen er einschlägt. Mit jedem einzelnen Atemzug formt man seine Zukunft und woher soll ich wissen, was du als Nächstes tun wirst, wenn du es selber nicht weißt?«

»Und was erzählst du dann deinen Kunden? Denkst du dir einfach irgendwas aus?«

»Wieso ausdenken? Ich sehe viel. Ich sehe ihre Ängste. Ich sehe ihre Krankheiten. Ich weiß, wo sie stehen und was sie quält. Und das sage ich ihnen – nicht alles, nur so viel, wie sie gerade verkraften können.«

»Und ich? Was siehst du bei mir?«

Floria warf mir einen merkwürdigen Blick zu, als würde sie nicht direkt auf mich schauen, sondern knapp neben mich.

»Viel Kummer«, sagte sie.

»Haha. Was du nicht sagst.«

»Wie eine lilafarbene Wolke. Und ich sehe Gold. Eine Kapsel, die dich umschließt. Sie leuchtet, ich kann kaum etwas erkennen. Da ist eine Schlange zu deinen Füßen. Ein kleiner Vogel, der versucht, dich in die Wange zu picken, aber er kommt nicht durch die Kapsel.«

»Ich verstehe kein Wort, Floria. Ich muss es aber wissen. Wer bin ich?«

»Ich sehe kaum was, Mädchen. Die Goldkapsel um dich ist zu dicht und sie blendet mich, je länger ich hinschaue.«

»Das klingt aber hübsch«, sagte ich spöttisch. Aber Floria achtete nicht auf meine überdeutliche Enttäuschung.

»Es ist alles deine Mutter«, flüsterte sie. »Das hat sie gemacht. Du sollst nicht durchschaut werden. Du sollst nicht verletzt werden.«

»Du kannst bei mir weniger sehen als bei anderen?«

Floria blickte mich aus aufgerissenen Augen direkt an.

»Deine Mutter will es nicht«, flüsterte sie.

»Aber ich will es wissen!«, rief ich sauer. »Ich will sie endlich wiedersehen, und bevor ich mich für die angeblich so schmucke Goldkapsel um mich herum bedanke, soll sie mir erklären, was das alles soll! Sie hätte mir lieber ein bisschen über sich erzählen sollen, statt mich in Kapseln zu stecken.«

»Das habe ich ihr auch gesagt.« Floria nickte. »Sie soll dich und deine Geschwister darauf vorbereiten, was sie erwartet, genau so habe ich es ihr gesagt. Weißt du, was sie darauf geantwortet hat?«

»Was?«

»*Wenn die vermeintliche Vorbereitung darin besteht, die Kinder vorzeitig unglücklich zu machen, dann kämpfe ich um jeden glücklichen Tag, den sie haben können.*«

Ich knurrte nur, aber Floria breitete ratlos die Arme aus.

»Ich habe sie gewarnt. Dieser ganze Pakt war ein Fehler. Sie wollte nichts hören, ging immer vom Besten aus. Als ob man sich als Phee Optimismus leisten könnte.«

»Wovon sprichst du?«

Als wüsste ich es nicht selber. Es ging um das, was meine Eltern miteinander vereinbart hatten. Etwas, was den ersten Baustein meines Lebens gelegt hatte. Wovon ich schon geträumt hatte.

»Seid ihr befreundet, du und meine Mutter?«, fragte ich.

Floria sah mich entgeistert an. »Wir sind Schwestern.«

»Was? Nennt man das bei euch einfach so? Oder habt ihr

wirklich dieselben Eltern? Oder sind alle Pheen automatisch Schwestern?«

Floria sagte nichts.

»Hast du denn Kinder?«, fragte ich.

Floria schüttelte entrüstet den Kopf. »Gott sei Dank nicht. Bei mir war es nie so dringend wie bei Laura. Deswegen begegne ich Normalen nur hier in diesem Raum, wo ich Räucherstäbchen verbrenne und Hokuspokus betreibe. Abends gehe ich aus und morgens schlafe ich. Windeln wechseln war noch nie mein Ding!«

»Ich brauche längst keine Windeln mehr«, sagte ich beleidigt. »Und meine Geschwister auch nicht. Warum können Pheen eigentlich nicht einfach einen dieser reizenden Freaks heiraten, die sie sowieso vergöttern?«

»So steht es eben in den Gesetzen«, sagte Floria. »Will eine Phee Kinder haben, muss sie sich mit einem Normalen zusammentun. Dabei läuft sie Gefahr, sich selbst zu verlieren. Die Mädchen werden mit fünfzigprozentiger Wahrscheinlichkeit selber Pheen und die Jungs . . .«

Ich starrte sie an. Das alles hatte ich schon irgendwo gehört.

»Halt«, sagte ich. »Was ist das, was du gerade sagst?«

»Es sind unsere Gesetze«, sagte Floria.

»Und wer stellt sie auf?«

»Niemand stellt sie auf. Sie sind einfach da. Es bestimmt schließlich auch niemand, dass es im Sommer heiß sein muss und im Winter kalt.«

»Eine Art Naturgesetz?«

»Weißt du, was«, sagte Floria. »Hat mich nie besonders interessiert, wer es festgemacht hat. Mir reicht zu wissen, dass es so ist.«

Dann verfielen wir beide in Schweigen. Ich dachte daran,

wie weit ich schon gekommen war und meinem Ziel trotzdem kein bisschen näher. Und dass ich Floria noch nicht nach dem Wichtigsten gefragt hatte.

»Floria«, sagte ich. »Wo ist meine Mutter? Ich habe herausgefunden, dass sie auf der schwarzen Liste stand, aber nicht im Dementio angekommen ist. Dass es offenbar einen Einsatz der Sonderbrigade bei uns zu Hause gegeben hat, aber irgendwas schiefgelaufen ist. Aber was genau?«

Sie sah mich schweigend an.

»Sie kann sich nicht einfach in Luft aufgelöst haben. Du musst mir helfen. Du musst.«

»Das darfst du nicht wissen«, flüsterte Floria.

»Wer sagt das? Meine Mutter?«

»Nein.«

»Eure verdammten Gesetze?«

Floria antwortete nichts.

»Ist sie in Sicherheit? Du musst es mir sagen!«, brüllte ich. »Ich bin ihre Tochter. Wenn du mir nicht hilfst, wer dann?«

Floria presste die Hände an die Schläfen, schloss die Augen und verharrte einen Augenblick so. Dann sah sie mich an. Sie hatte sich entschieden.

»Dein Vater hat sie heimlich auf diese Liste setzen lassen, um Vorteile im Sorgerecht zu bekommen. Er hat damit die Vereinbarung gebrochen, die sie getroffen haben. Aber noch während des Einsatzes konnte sie fliehen. Sie ist in Sicherheit und es geht ihr den Umständen entsprechend gut.«

Ich wusste nicht, ob ich Floria jetzt um den Hals fallen oder ihrem Rollstuhl, der hinter mir stand, einen gewaltigen Tritt versetzen sollte. Deswegen blieb ich einfach sitzen, die Hände im Schoß gefaltet, und versuchte zu begreifen, was sie mir da gerade erzählt hatte.

Ich trat vor die Tür, schaute mich um und im selben Moment fegte das Moped um die Ecke.

»Du warst aber lange drin!« Ksü hielt für genau die eineinhalb Sekunden an, die ich brauchte, um mich hinter ihr in den Sattel zu schwingen. »Ich hab tausend Runden gedreht, bin hier immer wieder vorbeigefahren, aber die Vorhänge waren immer zugezogen, ich konnte nichts sehen. War es denn gut?«

»Ich weiß nicht«, sagte ich. »Sie hat meine Mutter gekannt. Sie treibt Schabernack mit der Wahrsagerei, macht sich einen Spaß draus und kassiert ab. Aber sie hat mir nicht gesagt, wo meine Mutter ist. Nur, dass die Sonderbrigade sie nicht gekriegt hat.«

»Und mehr hat sie dir nicht gesagt?« Ksü schaute enttäuscht. »Das wissen wir doch längst. Warum hat sie dir nicht vertraut?«

»Vielleicht weil ich eine Normale bin und nicht eingeweiht werden darf in die ach so geheimnisvolle Pheenwelt.«

»Du bist eine Tochter, die verzweifelt ihre Mutter sucht!«

»Ja«, sagte ich. »Eine Mutter, die gerade irgendwo in Sicherheit ist und mich und meine Geschwister ohne ein Wort der Erklärung allein gelassen hat. Dann soll sie eben dort bleiben, wo sie ist.«

Den Rest des Tages spielten wir Karten. Ich wollte etwas tun, was mich ablenkte von den ständigen Gedanken an meine Mutter. Obwohl ich immer noch nicht viel schlauer war, war das Wichtigste erst mal eine gute Nachricht, die sich bestätigt hatte: Meiner Mutter war es gelungen, der schwarzen Liste zu entgehen. Die schlechte Nachricht war, dass mein Vater sich nach dieser Darstellung als Arschloch herausstellte.

Alles andere sollte eben ein Staatsgeheimnis bleiben.

Ich wollte nicht an meinen Vater und an die Zwillinge denken. Die ganze Zeit war es mir – fast – gelungen, den Gedanken an mein Zuhause auszublenden. Ich fühlte mich nicht mehr wie ich selbst. Ich war eine andere, eine neue. Ich hatte keine Familie mehr.

Und manchmal glaubte ich fast selber daran.

Ich hatte Skrupel, mein Gespräch mit Floria an Ksüs Bruder weiterzugeben. Die Heimlichtuerei der Phee hatte auf mich abgefärbt. Aber schließlich wäre ich ohne ihn und Ksü niemals so weit gekommen. Also erzählte ich, wie es gelaufen war.

»War ja nicht gerade viel«, sagte auch Ivan, als ich fertig war.

Wir saßen zu dritt am Küchentisch, es war warm und gemütlich, und obwohl mein Leben in tausend Scherben zertrümmert worden war, fühlte ich mich merkwürdig leicht, fast schwebend. Das Haar des blonden Mädchens auf dem Quadrum bewegte sich kaum merkbar, wie in einem ganz leichten Luftzug. Es roch nach Kuchen. Irgendein Tier nagte am Holz. Wir konnten es nicht sehen, aber die Geräusche waren so laut, dass wir uns zwischendrin kaum verstehen konnten. Ksü sagte, es sei wahrscheinlich eine der wilderen Ratten, die es sich zwischen zwei Wänden gemütlich gemacht hatte. Die Vorstellung eines Nagers in der Doppelwand machte mich unruhig, ich stellte mir den Geräuschen nach etwas Hundsgroßes vor. Ivan saß bei uns, obwohl er nicht mitspielte. Ab und zu blickte er auf, aber Ksü ließ ihn nicht in ihre Karten schauen, sie sagte, ich könnte als Pheentochter vielleicht noch in seine Gedanken reingucken.

Die Vorstellung hatte einen gewissen Reiz.

Als ich später Ksüs Schlafanzug anzog, die Ärmel und Hosenbeine waren mir etwas kurz, dachte ich wieder an mein Zuhause. Ich sah die Schubladen vor meinem inneren Auge, die

Fächer des Kleiderschranks mit den sauberen, gebügelten Kleidern. Ich hätte die Hand ausstrecken und alles, was ich brauchte, mit geschlossenen Augen finden können, aber zwischen meinen Sachen und mir lagen jetzt mehrere Viertel und einige waren auf der Stadtkarte als »unbetretbar« markiert. Mein Vater, meine Großeltern, meine kleinen Geschwister, sie alle waren in dem Teil der Welt geblieben, der nicht mehr der meine war.

Hoffentlich war bei ihnen alles in Ordnung, dachte ich. Hoffentlich verstanden sie, dass mir nichts zugestoßen war, sondern dass es meine eigene Entscheidung gewesen war, nicht zurückzukommen. Hoffentlich unternahm mein Vater nichts, um mich zu finden.

Doch während ich mich in die Decke einkuschelte und mich vom Schlaf davontragen ließ, wusste ich schon, dass meine Hoffnungen sich nicht erfüllen würden. Nichts war in Ordnung. Und mein Vater würde alles auf den Kopf stellen, um mich zurückzuholen.

Ich nehme das Kind vorsichtig hoch, der kleine Körper ist schwer und die Haut feucht vor Schweiß, und setze es zurück auf die Bank, werfe die Decke über seine Schultern, obwohl es hier drin schon ziemlich warm ist. Durch das eine Fenster sehe ich meine Mutter. Aber es ist nicht meine Mutter von heute.

Auf der Flucht

Am nächsten Morgen hatte ich wieder verschlafen. Ksü war schon weg. Es war ganz ungewohnt, ausgeschlafen zu sein. Seit ich denken konnte, riss mich der Wecker immer aus den süßesten Träumen, wenn der Morgen hinter der Fensterscheibe noch besonders kalt und grau war. Selbst jetzt fühlte ich mich ein bisschen schuldig, nicht mehr so müde zu sein. Wegen des Lyzeums hatte ich dagegen kein schlechtes Gewissen. Ich glaubte nicht mehr daran, dass mir ein Lyzeumsabschluss eine glückliche Zukunft ermöglichen würde.

Diesmal zog ich mich erst an und ging dann in die Küche. Aber Ivan war nicht da. Ich machte mir Frühstück und guckte das blond gelockte Mädchen auf der Fensterbank an. Wenn ich es nicht besser gewusst hätte, hätte ich es wirklich für Kassie gehalten. Aber das Quadrum musste älter sein als Kassie, Ksüs Eltern hatten es schon in ihrem Besitz gehabt, als Ksü noch ein kleines Mädchen war.

Während ich das Quadrum anschaute, musste ich wieder an

mein Zimmer zu Hause denken. Ich hatte Sehnsucht nach meinem eigenen Quadrum. Und ich vermisste Jaro und Kassie immer heftiger.

Ein Motorgeräusch riss mich aus meinen Gedanken. Es näherte sich rasch. Es trampelte wild auf der Treppe, ich hörte Ksü meinen Namen rufen und dann stand sie vor mir.

»Juli! Gott sei Dank, dass du da bist!«

»Was ist los?«, fragte ich. Um diese Zeit hatten wir normalerweise Unterricht. Ksü sah ziemlich irre aus. Ihr Gesicht war rot, ihr Atem ging schwer, die Schlange auf dem Schädel sah schuppig aus. Mit heiserer Stimme sagte Ksü: »Dein Vater war in der Schule!«

»Was?«, fragte ich dümmlich, aber ich war nicht erstaunt. Höchstens darüber, dass es nicht schon früher passiert war.

»Er hat nach dir gesucht, also er hat gefragt, wer mit dir befreundet sein könnte, leider war das nur ich und mich kannte er schon und dann...«

»Und dann?«, fragte ich, mein Herz klopfte bis zum Hals.

»Und dann hat er mich zur Seite genommen und mit mir geredet.« Ksü hatte rote Flecken auf den Wangen.

»Hat er dir was getan?«

Sie schwieg.

»Jetzt sag schon, ich kenn ihn doch. Hat er dich bedroht?«

»Ich glaube schon«, flüsterte Ksü. »Er hat gesagt, dass er weiß, dass du nur bei mir sein kannst und dass du sofort nach Hause sollst, sonst wird die Polizei kommen und dich holen und die Siedlung hier dem Erdboden gleichmachen.«

Das hatte ich nicht bedacht: Ich war nicht nur selber eine Verbrecherin, ich hatte auch noch Unschuldige mit reingezogen. Wie naiv war ich eigentlich?

Ich stand auf. »Ich gehe sofort nach Hause.«

»Bitte nicht.« Ksü stellte sich mir in den Weg.

»Ich will euch nicht in Gefahr bringen. Nicht noch mehr.«

»Bleib«, sagte Ksü. »So ein paar Polizisten haben wir doch immer irgendwie rumgekriegt.«

»Das sagst du! Aber was meint Ivan?«

»Das Gleiche«, sagte Ksü fest überzeugt, aber ich glaubte ihr nicht. Ich hatte schon länger das Gefühl, dass meine Anwesenheit Ivan störte. Wenn wir in einem Raum waren, hing eine seltsame Spannung in der Luft. Das konnte nicht nur an meiner eigenen Verlegenheit liegen. Ich war sicher, dass Ivan sich in meiner Nähe unwohl fühlte.

Ich stritt mich mit Ksü, bis wir uns darauf einigten, dass ich erst mal zu Hause anrufen und dann weitersehen sollte. Vielleicht würden sich die Wellen beruhigen, wenn meine Familie meine Stimme hörte, meine Sicherheit spürte, die Überzeugung, dass ich wusste, was ich gerade tat.

Ksü brachte mir das Telefon und ich wählte die Nummer von zu Hause. Ingrid ging dran. Sie krächzte ein Hallo in den Hörer, ich legte erschrocken auf.

»Was ist?« Ksü schaute auf meine Hand, die zitternd auf dem Hörer lag.

»Meine Großmutter«, sagte ich.

»Und? Warum hast du nicht mit ihr gesprochen?«

Ich schüttelte den Kopf und wählte die Nummer von Papas Büro. Normalerweise ging eine Sekretärin dran, aber jetzt meldete sich mein Vater sofort. Mein Herz zog sich schmerzhaft zusammen – wahrscheinlich hatte er auf meinen Anruf gewartet. Oder vielleicht auch nicht: Er nannte ganz offiziell erst den Namen der Firma, dann unseren Nachnamen herrisch und stolz – auf der Arbeit klang er immer so.

»Hier auch«, sagte ich.

Erst schwieg mein Vater. Ich fühlte Ksüs Hand auf meiner Schulter.

»Juliane?«, fragte mein Vater nach einer Weile.

»Ja.«

Noch eine kurze Pause, in der ich dachte, dass er mir jetzt etwas sagen würde, was ich von ihm noch nie gehört hatte. Etwas, was mich dazu bringen würde, alles zu bereuen, meine Pläne aufzugeben, sofort nach Hause aufzubrechen. Ich hatte Sehnsucht nach einem kleinen Rest meiner Kindheit, offenbar hatte ich die Hoffnung, dass alles irgendwie noch gut werden würde, doch nicht ganz aufgegeben.

Aber mein Vater machte es mir einfach.

»Ich erwarte dich spätestens in einer halben Stunde zu Hause«, sagte er mit offizieller Stimme.

»Nein«, sagte ich.

»Ich weiß, wo du bist.«

»Dann brauche ich es dir ja auch nicht zu erzählen. Dann kann ich dich gleich darüber informieren, dass ich erst mal hierbleiben werde.«

Mein Vater lachte gutmütig.

»Was bist du doch noch für ein Spielkind, Juliane. Pack deine Sachen, ich bin gleich da. Das Lyzeum hat die Adresse deiner Entführer an die Polizei weitergereicht. Wir werden mit dieser Situation zurechtkommen. Notfalls gehst du in eine Behandlung. Du wirst schon wieder normal, das verspreche ich dir.«

»Du hast mich nicht verstanden. Ich komme erst wieder nach Hause, wenn ich weiß, was mit meiner Mutter passiert ist.«

Ich legte auf, bevor ich seine Antwort hören konnte, und schaute in Ksüs blasses Gesicht. Sie nickte und versuchte ein Lächeln.

Sobald ich die Stimme meines Vaters nicht mehr hören konnte, zweifelte ich daran, mich richtig verhalten zu haben. Vielleicht hatte ich einen schlimmen Fehler begangen, indem ich Ksü und Ivan noch mehr in diese schmutzige Angelegenheit mit reinzog.

Mir war klar, dass ich gehen musste, aber ich schaffte es nicht. Ich wollte nicht weg von hier. Ich wollte nicht mehr allein sein. So heldenhaft war ich nicht.

Es passierte schneller, als ich gefürchtet hatte. Ksü merkte es zuerst.

»Hörst du das auch?«, fragte sie.

Ich spitzte die Ohren, hörte aber nur das Rauschen der Baumkronen im Wind.

»Was meinst du?«

Ksü gab keine Antwort.

Und in diesem Moment hörte auch ich ein gleichmäßiges Geknatter, das ganz langsam dichter wurde.

»Was ist das?«, fragte ich.

Ksü presste den Zeigefinger an ihre Lippen, lauschte angestrengt und dann erkannte ich sie auf einmal kaum wieder. Ihre ganze Coolness war wie weggeblasen. Beängstigende Unruhe überfiel sie. Entsetzen stand in den weit aufgerissenen Augen, den Augen eines Kindes, das zum ersten Mal im Leben geschlagen wird und es nicht fassen kann.

»Was hast du bloß, Ksü?«

»Ich habe Angst«, flüsterte sie.

»Hab keine Angst, es wird schon irgendwie werden.«

»Nein.« Sie schüttelte den Kopf. »Es geht schlecht aus. Das weiß ich. Es war schon einmal so ähnlich.«

»Wovon redest du?«, fragte ich nervös. »Was war schon mal?«

»Es war Nacht, damals.« Ksüs Zähne klapperten. »Es war anders, aber es war das Gleiche. Ich habe Angst. Mama und Papa . . .«

Sie verstummte, die Augen aufs Fenster geheftet. Sie war keine Ksü mehr, sie war ein Häufchen Elend, das ich, ohne zu begreifen, was ich da eigentlich tat, in die Arme schloss. Ich drückte sie an mich, fuhr mit der Hand über ihren Schädel und flüsterte, als wäre sie meine kleine Schwester, während der Lärm ohrenbetäubend wurde:

»Wir schaffen das schon, Ksü. Zusammen schaffen wir es. Wovon auch immer du sprichst: Das hier ist anders. Wir kriegen das hin.«

Es schien zu wirken. Ksü kam wieder zu sich. Sie packte meine Hand und murmelte: »Wie gut, dass du dir die Haare gefärbt hast. So werden sie dich nicht so schnell erkennen.« Sie zog mich hinter sich durch das Haus, aber nicht zum Haupteingang, sondern in eins der hinteren Zimmer, das bis auf ein rostiges Bettgestell leer war.

»Wir klettern durch das Fenster raus, schnell auf das Moped und nichts wie weg.«

»Aber du musst doch nicht mit.«

»Halt die Klappe. Wir dürfen keine Zeit verlieren.« So hatte Ksü noch nie mit mir gesprochen. Plötzlich wurde auch mir klar, dass die Sache ernst und eventuell lebensgefährlich war, und ich rannte hinter Ksü her, aber wir waren trotzdem zu spät.

Das Geknatter dröhnte nicht nur über dem Haus, sondern auch in meinem Schädel.

»Was ist das?«, brüllte ich. Ksü hatte schon das Fenster aufgerissen und schob mich raus.

»Schnell!«, rief sie. »Lauf!« Aber dann sah ich mehrere mintgrüne Hubschrauber, die über dem Haus kreisten, mit grellen Scheinwerfern zwischen den Baumkronen in den Garten leuchteten, ich konnte jetzt zwischen Helikopter-Geknatter und einem weiteren, etwas dumpfer klingenden unterscheiden, endlich wurde mir klar, dass es sich um das typische Geräusch der Polizeimotorräder handelte, aber dutzendfach verstärkt.

»Hat Papa die Polizei geschickt?«, flüsterte ich. Ich fiel aus dem Fenster und landete auf dem Rasen, aber da rannte schon ein Polizist auf mich zu, ich sah das auf mich gerichtete Auge seiner Waffe, gab Ksü die Hand und brüllte: »Schnell, zieh mich ins Haus zurück!«

Ksü zerrte an mir, bis ich über die Fensterbank zurück ins Zimmer flog. Wir knallten das Fenster zu und in diesem Moment hörten wir eine Stimme, die über einen Lautsprecher dröhnte, so laut, dass es in meinem Rückenmark vibrierte: »Die Polizei klagt die Geschwister Okasaki der Entführung der minderjährigen Normalen Juliane Rettemi an und fordert die sofortige Herausgabe, andernfalls wird das Haus gestürmt.«

»Ich gehe raus!«, schrie ich. »Ich gehe zu ihnen, sonst hauen die hier alles kurz und klein!«

»Kommt nicht infrage!« Ksü zog mich weg vom Fenster, durch die verwinkelten Flure. »Ich lasse es nicht zu. Wo bleibt Ivan?«

Mein stärkstes Bedürfnis war, unter einen Tisch zu klettern und mir Augen und Ohren zuzuhalten. Aber Ksü zog mich unerbittlich mit. Etwas quiekte unter meinen Füßen. Wahrscheinlich war ich auf eine Ratte getreten. »Tut mir leid!«, brüllte ich im Laufen. Wir kamen in der Dachkammer an und drückten die Nasen gegen das winzige staubige Fenster.

Ksü sah ihn als Erste. »Endlich. Er ist da!«

Ich hatte so etwas noch nie gesehen: Ein geflügeltes Motorrad flog wie ein kleiner zielstrebiger Drache über die hohe Hecke und landete auf der Wiese vor dem Haus. Ivan stieg ab, riss sich den Helm vom Kopf. Der Wind verwehte seine Haare, sein Gesicht war verzerrt vor Wut. Er gestikulierte mit den Polizisten, er schrie ihnen etwas zu und seine Worte schienen sie immerhin ein klein wenig zu beeindrucken. Einige machten sogar einen Schritt zurück.

»Was sagt er ihnen?«, flüsterte ich.

»Ich weiß nicht«, flüsterte Ksü. »Aber ihm fällt immer was ein.«

»Ich gehe raus und sage, dass ich an allem schuld bin. Allein.«

»Auf keinen Fall.« Ksü hielt mich am Ärmel fest.

Ich schaute auf die schwarzen Helme der Polizisten, auf Ivans zerzaustes mondhelles Haar, auf die zurücktretenden Uniformstiefel.

»Was sagt er ihnen bloß?«, flüsterte ich. »Wenn wir es doch hören könnten . . .«

Und dann sahen wir, wie Ivan den Polizisten bedeutete zu warten, sich umdrehte und ins Haus ging. Wir hörten seine sicheren Schritte auf den Treppen, drückten uns aneinander und drei Atemzüge später stand er vor uns.

Seine Stimme klang gelassen, obwohl er sehr blass war. »Wusste ich doch, dass ihr euch hier versteckt. He, was ist los?«

Ksü und ich, wir heulten beide und Ivan lächelte kurz und tätschelte die Schlange auf Ksüs Schädel.

»Ich habe gesagt, dass du dich freiwillig hier befindest, Juli, und dass sie gegen eigene Gesetze verstoßen, indem sie hier auf unserem privaten Grundstück auf solche Art und Weise auftauchen. Zwar ist dein Vater dein Erziehungsberechtigter und du bist noch minderjährig. Da du aber bereits über vierzehn bist, muss man in diesem Fall zuerst dich anhören, bevor man zu anderen Maßnahmen greift.«

»Und haben sie das eingesehen?«, fragte ich, soweit es meine klappernden Zähne zuließen.

»Sie wollen, dass du rauskommst und es ihnen selber sagst. Sie wollen sehen, dass du gesund und munter bist und nicht unter Drogen stehst.«

»Aber wenn das eine Falle ist?«, fragte Ksü.

»Wir haben keine Wahl«, sagte Ivan. »Sie sind stärker. Sie stürmen das Haus bei Zuwiderhandlung und es kann ausgehen wie . . . damals.«

»Ich gehe«, sagte ich. Bevor Ksü mich aufhalten konnte, rannte ich die Treppe runter. Ksü stürzte hinterher, gefolgt von Ivan.

Wir traten zusammen vor die aufgereihten Polizisten. Die Motoren ihrer Gefährte liefen immer noch und das Dröhnen hing in der Luft. Ich fröstelte unter den teils gleichgültigen, teils aufmerksamen Blicken von so vielen Augenpaaren. Bis ich meinen Vater entdeckte. Ich hatte nicht mit ihm gerechnet, vom Dachfenster aus war er nicht zu sehen gewesen, weil er so ungünstig stand.

Er wirkte im Gegensatz zu den Polizisten alles andere als gleichgültig. Die Schöße seines Sakkos flatterten im Wind, sein sonst so gerader Mittelscheitel war durcheinandergeraten, das Gesicht eine Maske; ich erkannte ihn kaum wieder. Ich zog meine Zehen ein. Mir wurde immer kalt, wenn ich Angst hatte. Mein Vater schaute uns drei an, aber er wirkte wie blind, sein Blick streifte mich und wanderte weiter. Er hatte mich nicht erkannt.

»Wo ist meine Tochter? Was haben Sie mit ihr gemacht?«,

fragte er und in diesem Moment machte Ksü einen Fehler und schaute mich ratlos an. Papa drehte sich wieder in meine Richtung und begann zu starren und in seinem Gesicht war jetzt klar zu lesen, dass er mich lieber tot als mit blauen Haaren gesehen hätte.

»Papa«, flüsterte ich, schließlich war er genau das, mein Papa, den ich immer geliebt hatte, und es war absolut unnötig, mir wegen ein paar blauer Haare solche Blicke zuzuwerfen.

Und dann ging eine Bewegung durch die Reihen der Polizisten und diesmal kapierte ich etwas schneller, dass sich die Dinge anders entwickelten, als Ivan erwartet hatte. Und zwar ganz anders.

Es kam alles gleichzeitig: Die Polizisten stürmten auf uns zu, mein Vater versuchte, mich am Ärmel zu fassen, den ich ihm entriss, Ivan warf sich zwischen mich und die Horde und schrie irgendwelche Paragrafen-Ziffern, aber die Polizisten scherten sich nicht darum. Ich sah aus dem Augenwinkel, wie einer von ihnen Ivan einen Schlag mit dem Knüppel versetzte und Ivan in die Knie ging. Ksü schrie auf und dann war die Schlange auf ihrem Kopf plötzlich nicht mehr nur eine kunstvolle Zeichnung, sondern wuchs in eine weitere Dimension, wurde zu einer echten Schlange. Der Schlangenkörper schnellte nach vorn, das Zischen ging offenbar nicht nur mir unter die Haut, ich sah, wie die Polizisten zurückschraken, und dann bückte ich mich, glitt unter einem ausgestreckten Arm durch und rannte zurück ins Haus, gefolgt von Ksü, deren Schlange die Verfolger abwehrte.

Wir stürmten die Küche, knallten die Tür zu, ich drehte den Schlüssel, der von innen steckte – jetzt würden sie die Tür nicht mehr so leicht aufkriegen, aber lange würde es sie nicht aufhalten. Ich sah mich um, irgendwas in meinem Gehirn schaltete die Gefühle aus, es blieb nur das Wissen, so eine ähnliche Situation schon mal erlebt zu haben ... oder von ihr gehört ... und dass das, was danach passiert war, unmittelbar mit mir zusammenhing. Mein Blick wanderte über die Küchenschränke, das Fenster, die Wand ... das Quadrum.

Und in diesem Moment begriff ich, wie sich meine Mutter gerettet hatte, als die Sonderbrigade gekommen war, um sie zu holen.

Das Quadrum sah völlig unverdächtig aus, Leinwand, grobe Pinselstriche. Ich drehte Ksü mit dem Gesicht zu ihm, schubste sie mit aller Kraft in den Rahmen hinein, kniff die Augen zu und sprang hinterher.

Im Quadrum

Wir lagen auf dem Boden, die Gesichter in der feuchten klumpigen Erde. Ein Grashalm kitzelte meine Nase. Ich hob den Kopf und schaute auf Ksü. Ihre Schlange hatte sich wieder in die Tätowierung zurückgezogen und sah harmlos aus.

Ksü atmete schwer. Ich streckte die Hand aus, an der ein Blatt klebte, und schnickte es der Schlange auf den Kopf. Im Endeffekt traf ich ja nur Ksüs Schädel. Sie stöhnte, drehte sich um, starrte in den rötlichen Himmel, dessen Ausblick von den Baumkronen eingerahmt wurde, und fragte heiser: »Was?«

Ich lächelte, wahrscheinlich sah ich gerade ziemlich blöd aus, so fühlte ich mich auch. Ich wusste nicht, wie ich ihr die Dinge erklären konnte. Es war entweder ganz einfach oder endlos kompliziert.

Für Ksü war es eher endlos kompliziert. Sie hatte nur ein Auge geöffnet, das andere war zusammengekniffen.

»Alles klar?«, fragte ich.

»Ich wusste gar nicht, dass du *so gut* drauf sein kannst«, murmelte Ksü.

Ich lachte.

»Aber sag mal.« Ksü schloss sicherheitshalber auch das zweite Auge. »Sollten wir uns nicht so schnell wie möglich aus dem Staub machen?«

»Keine Sorge«, sagte ich. »Hier können sie niemals hin.«

»Wo sind wir?«

Und dann sagte ich es ihr.

»Ksü«, sagte ich so unaufgeregt wie möglich, »wir sind in dem Quadrum, das meine Mutter gemalt hat.«

»Was?« Ksü richtete sich abrupt auf, schwankte etwas, offenbar war ihr noch schwindlig. Mir ging es dagegen sehr gut, ich fühlte mich leicht und beschwingt – am liebsten wäre ich aufgesprungen und losgerannt.

»Na ja«, sagte ich und zuckte mit den Schultern. »So ist es eben.«

»Dann ist es also wahr«, flüsterte Ksü.

»Was?«

»Das mit den Quadren.«

»Ich bin ja auch schon mal so zu dir gekommen, als du krank warst. Ich hatte es damals noch nicht so richtig kapiert . . . nicht richtig wahrhaben wollen. Verstehst du?«

Ksü nickte langsam.

»Und eben – mit all diesen Polizisten: Ich dachte schon, wir sind verloren, da hatte ich das Gefühl, so etwas schon einmal erlebt zu haben. Umzingelt zu sein und es gibt nur einen einzigen Ausweg, von dem niemand weiß. Das Quadrum. So hat sich meine Mutter gerettet, als die Sonderbrigade gekommen ist, um sie ins Dementio zu bringen. Ich hätte viel früher draufkommen sollen.«

Ksü fasste sich an den Kopf und stöhnte.

»Ich meine, wir sind einfach nur in einem Quadrum, sonst nichts«, sagte ich. »Und die Quadren sind offenbar miteinander verbunden und irgendwo hier . . .« Ich schluckte, ich traute mich nicht, es auszusprechen. Ich wollte nicht schon wieder hoffen. Es war schon ein Riesenglück, dass wir die Polizei abgeschüttelt hatten.

Ich stand auf und hielt Ksü die Hand hin.

»Stell dir vor, wie blöd die jetzt alle gucken«, sagte ich.

»Vor allem Ivan«, flüsterte Ksü.

Ich klappte meinen Mund zu. Ivan hatte ich ganz vergessen.

»Wir gehen zurück und holen ihn«, sagte ich und sah mich hilflos um. Ich hatte keine Ahnung, wie man das Quadrum wieder verließ.

Ksü schüttelte den Kopf.

»Auf keinen Fall. Sonst verstehen sie, was wir gemacht haben, und versuchen, die Quadren zu vernichten.«

»Das versuchen sie ja sowieso schon«, sagte ich. »Ständig.«

Meine gute Laune war verflogen. Ich schämte mich, dass ich nicht an Ivan gedacht hatte. Ich schaute Ksü an, ich wusste, wie es ihr jetzt ging.

»Er schafft es schon«, flüsterte Ksü mit Tränen in den Augen. »Er ist sehr, sehr klug.«

Ich nickte und legte meinen Arm um sie.

»Er hat sie alle unterschätzt«, sagte Ksü, ich nickte wieder.

»Er glaubt immer an das Gute, an die Gerechtigkeit, an die Kraft der Gesetze. Aber er wird trotzdem ein brillanter Anwalt, er weiß, wie er sich wehren kann.«

Ich nickte auch diesmal, obwohl ich mir nicht sicher war. Ivan hatte beim Angriff der Polizei mit Paragrafen um sich geworfen, er mochte theoretisch recht haben, aber es hatte die Polizei überhaupt nicht interessiert. Bei der Erinnerung an das Geräusch, mit dem der Knüppel auf Ivans Kopf niedergesaust war, schloss ich die Augen. Ich hoffte nur, dass Ksü gerade nicht das Gleiche dachte.

»Ksü«, sagte ich. »Ich weiß, wie viele Sorgen du dir machst. Mir geht es genauso. Aber jetzt sind wir hier und ich weiß, dass meine Mutter auch hier sein muss. Und wenn wir sie finden, wird alles gut.«

Ksü wankte immer noch, wahrscheinlich hatte sie sich an die Welt auf dieser Seite des Quadrums noch nicht ganz gewöhnt oder sie war noch sehr von unserer Flucht mitgenommen. Wir hielten uns an den Händen, als wir auf dem Pfad in Richtung der aufgehenden Sonne liefen. Ksüs Schritte wurden sicherer, aber trotzdem war ich diejenige, die sie führte. Das war ganz ungewohnt, denn in der Welt auf der anderen Seite des Quadrums war es meist genau umgekehrt. Und nun war auf einmal ich diejenige, die den Ton angab.

Der Weg wurde breiter, hier und da raschelte es und einmal flatterte etwas kleines Gelbes vorbei. Ich sah hinterher, das Zickzack der Flugbahn kam mir vertraut vor.

»Zero?«, rief ich. Aber der gelbe Fleck verschwand im Gebüsch.

Ksü blieb wieder stehen, ihre Brust hob und senkte sich.

»Alles okay?«, fragte ich.

»Weiß nicht.« Sie drückte die Hand gegen ihren Hals. »Hier ist die Luft so anders.«

»Wie denn?« Ich hatte keinerlei Probleme.

»Weiß nicht. Anders.«

Sie setzte sich auf einen großen runden Stein, der am Wegrand lag. Er war genau dann aufgetaucht, als Ksü nicht mehr laufen konnte. Ich wartete, während sie verschnaufte, und hoffte sehr, dass es nicht schlimmer werden würde.

Ich kannte die Geheimnisse dieses Waldes nicht. Es war kein Computerspiel, sondern dunkles, feucht-modrig riechendes, borniges und sehr fremdes Leben. Ein Wald war nicht harmlos, so viel wusste ich. Vielleicht waren wir hier nicht willkommen, und dann sah es für uns nicht gut aus.

Es dauerte nicht lange und Ksü erhob sich. Sie atmete jetzt ruhiger, die Blässe war aus ihrem Gesicht gewichen. Wir liefen weiter. Die Erleichterung ließ mich fast schweben.

Der Pfad unter unseren Füßen wurde ein wenig breiter und der Boden war jetzt zu sehen. Die Farne streichelten unsere Waden, hier und da blieb eine Klette oder der Fangarm einer dornigen Pflanze an meiner Hose hängen, als würde er mich bremsen wollen. Dann hielt ich an und löste die Dornen, schob den Zweig vorsichtig zurück.

Und dann standen wir da. Vor dem Haus. Dem schlichten Holzhaus aus Baumstämmen, mit einem ganz leicht schiefen Dach. Mit einer Veranda, auf der ein Napf stand, und dem Geländer, über dem ein Handtuch hing. Mein Herz klopfte laut.

Ksü starrte das Haus mit offenem Mund an. Auch sie erkannte es wieder. Ich griff nach ihrer Hand und sie erwiderte meinen Händedruck.

Ich konnte sehen, dass jemand im Haus war. Ein Schatten bewegte sich am Fenster. Ich zitterte, obwohl ich keine Angst mehr hatte. Es war etwas ganz anderes, eine Mischung aus Glück, Aufregung, Sehnsucht und dem Wunsch, den Moment hinauszuzögern.

Kein Haus war mir so vertraut wie dieses, es war das Haus, das ich mein Leben lang, Tag für Tag, auf dem Quadrum in meinem Zimmer gesehen hatte.

Und dann öffnete sich die Tür und sie kam heraus, blinzelte in die Sonne, strich sich die rotbraunen Haare aus dem Gesicht. Sie trug ein langes geblümtes Kleid, war barfuß, jung, genauso, wie ich sie das letzte Mal gesehen hatte.

Meine Mutter.

Ich stieß Ksü aus dem Weg und rannte los, ich sprang wie ein kleines Kind in die Arme meiner Mutter, fast warf ich sie um. Ich konnte es nicht glauben, dass sie es wirklich war. Ich hatte befürchtet, dass sie sich in dem Moment in Luft auflösen würde, in dem ich sie berühre.

»Mama! Mama!«, wiederholte ich. Mehr fiel mir im Moment nicht ein. Meine Mutter streichelte meine Haare. Dann ließ sie mich los und wandte sich Ksü zu.

»Wir kennen uns doch?«

Ksü nickte und näherte sich vorsichtig. In ihrem Gesicht stand blanke Ehrfurcht. Na sicher, kapierte ich: Meine Mutter war die berühmte Phee Laura. Für alle außer mir. Mir war es völlig egal, wer sie war. Es reichte einfach, dass sie da war.

»Das ist Ksü«, sagte ich und meine Mutter umarmte auch meine Freundin kurz, legte jeder von uns eine Hand auf die Schulter und führte uns ins Haus.

Wir sitzen an dem Holztisch. Meine Mutter brüht einen Tee auf. Ksü und ich schauen uns an. Ich habe mir den Moment anders vorgestellt. Heftiger, feierlicher. Nicht so selbstverständlich. Ich bin ganz ruhig. Kein bisschen aufgeregt, keine Spur euphorisch.

Hauptsache, sie ist da. Hauptsache, sie lebt.

Der Duft des Tees umweht unsere Nasen.

»Ooooh«, sagt Ksü und schließt die Augen.

Meine Mutter stellt drei Tassen auf den Tisch und schenkt ein. Ksü umfasst ihre Tasse mit beiden Händen.

»Haben Sie die Kräuter gesammelt?«, fragt sie meine Mutter.

Laura lächelt. »Für dich nur eine halbe Tasse«, sagt sie, ohne Ksüs Frage zu beantworten. Ich bin ihr dankbar, dass sie nicht weiter auf den Tee eingeht. Eine Diskussion um die richtigen Kräuter und von wem sie nun gesammelt wurden, das hätte ich jetzt nicht ausgehalten. »Mehr würde ich dir nicht empfehlen, aber diese halbe Tasse schon. Du bist so müde. Es war alles zu viel.«

Erstaunt sehe ich, dass eine Träne Ksüs Wange herunterrollt. Ich schaue verlegen zur Seite. Laura legt eine Hand auf Ksüs Kopf.

Ich bin fast eifersüchtig, dass meine Mutter sich mehr um Ksü als um mich kümmert. Schließlich bin ich hier die Tochter. Ich habe gelitten. Ich habe sie gesucht. Aber Laura schaut nur Ksü an, wartet, bis meine Freundin ihre Tasse geleert hat, und nickt ihr aufmunternd zu.

»Leg dich da drüben hin, du schläfst ja längst.«

In der Tat kann Ksü kaum noch stehen. Sie wankt zu der Bank, die in der Ecke steht, breit und gepolstert, und lässt sich fallen. Laura deckt sie mit einer gemusterten alten Decke zu.

Es dauert keine zwei Sekunden und Ksü ist eingeschlafen.

Jetzt wendet sich meine Mutter mir zu. Endlich. Sieht mich an und lächelt. Sagt aber nichts, wahrscheinlich wartet sie darauf, dass ich den Anfang mache.

Also sage ich: »Darf ich auch nur eine Tasse trinken und schlafe dann sofort ein?« Mein Tee ist schon ziemlich kalt und so aufregend finde ich seinen Geschmack nicht. Das ganze Thema interessiert mich nicht. Und weil es so unwichtig ist, spreche ich es an, bevor wir zu anderen Dingen kommen.

Meine Mutter scheint auf etwas zu warten. Als ich schweige, winkt sie ab. »Nein, für dich gilt das nicht. Du darfst mehr.«

»Warum?«

Meine Mutter sagt nichts und eigentlich weiß ich es auch so. Ich bin anders als Ksü. Ich muss mich an die Dinge, die von Laura kommen, nicht erst langsam gewöhnen. Aber trotzdem – ich bin enttäuscht, wie sie mich behandelt.

Doch anstatt sie zu löchern, sitze ich still da und sehe sie an.

Und sie mich und ihre leichte Hand liegt auf meinem Unterarm und ich spüre irgendwo unter meiner Haut ein stilles, flüchtiges Glück. Ich habe das Gefühl, dass die Dinge, die ich in den letzten Tagen erlebt habe, gerade anfangen, sich in meinem Kopf zu etwas zusammenzufügen, was gut ist. Ich kann sie noch nicht benennen. Aber es ist ein Wissen, das sich nach und nach ordnet. Zumindest ist mir klar, dass ich manches empörte »Warum?« nicht fragen werde. Jedenfalls jetzt nicht.

»So ist es also«, sage ich.

»Ja«, sagt meine Mutter. »So ist das also.«

Wir schweigen noch ein Weilchen. Was sagt man zur eigenen Mutter, die zur Flucht gezwungen war, weil der eigene Vater sie auf eine schwarze Liste hat setzen lassen? Die ihre Kinder . . . wie lange nicht gesehen hat? Es fühlt sich an wie Monate, aber als ich zu rechnen beginne, wird mir klar, wie wenig Zeit seitdem vergangen ist. Und plötzlich stellt sich mein ganzes Unglück der letzten Tage als harmlos heraus. Sie ist die ganze Zeit da gewesen, in der Nähe. Es ist nicht ihre Schuld, dass ich es nicht gemerkt habe.

Ich schaue sie an. Sie hat sich doch verändert. Sie ist eine Spur älter und härter geworden. Sie spricht anders. Ich frage mich sogar, ob sie echt ist oder ob ich vielleicht gerade von ihr träume. Ich strecke schnell den Arm aus und kneife sie mit aller Kraft ins Handgelenk.

Sie zuckt zurück, dann zeigt sie mir lächelnd die roten Spuren meiner Nägel auf ihrer dunklen Haut. Sie ist echt. Ich habe ihr wehgetan. Und sie versteht meine Bedenken.

Das hält mich nicht davon ab, sie plötzlich anzuschreien, gedämpft, um Ksü nicht zu wecken, heiser, mit letzter Kraft.

»Warum hast du mir nie etwas erklärt? Warum nicht einfach die Wahrheit gesagt?«

Aus dem Augenwinkel kann ich sehen, wie Ksü sich auf der Bank in der Ecke aufsetzt, mit leeren Augen in die Gegend schaut und wieder zurück auf den Rücken fällt.
»Ich wollte euch schützen, Juli.«
»Vielen Dank. Ist dir prächtig gelungen.«
»Was hätte ich denn anderes tun sollen?«
Sie ist meine Mutter, ich habe sie endlich gefunden, aber sie hat keine Antwort auf meine wichtigste Frage. Sie lässt meinen Vorwurf unkommentiert stehen. Was hätte sie besser tun sollen? Ja, ist es etwa meine Aufgabe, mir den Kopf darüber zu zerbrechen?
»Du hättest uns mitnehmen können«, sage ich. »Mit uns weglaufen. Dann wäre das alles nicht passiert.«
»Wohin weglaufen?«
»Was weiß ich. Hierher.
»Für immer hierher? Nie wieder raus?«
»Warum nicht?«
»Weil du nie weißt, was dich hier erwartet.« Meine Mutter lehnt sich zurück.
»Aber es ist doch dein Wald?«
»Es ist viel eher dein Wald«, sagt meine Mutter. »Was du hier siehst, kommt von dir.«
»Aber du hast doch die Quadren gemacht!«
»Ich beherrsche vielleicht die Technik«, sagt meine Mutter. »Aber wer einen Spiegel baut, ist nicht verantwortlich für das Spiegelbild.«
Ich habe meine Zweifel, ob das stimmt.
»Es fühlt sich komisch an, hier zu sein«, sage ich. »Die Luft ist anders und der Himmel hat einen rosa Stich.«
»Die Zeit ist hier anders. Sie ist verzerrt. Wenn man neu ankommt, bereitet das einem Schwierigkeiten. Je jünger man ist,

desto leichter geht es. Deine Geschwister, zum Beispiel, fühlten sich von erster Sekunde an wohl hier.«

»Was?« Ich spüre einen erneuten Stich, eine Mischung aus Eifersucht und Überraschung. »Sie waren auch schon hier?«

»Im Traum.«

»Was soll das heißen??«

»Wenn sie einschlafen, kommen sie hierher.«

»Dann ist sie es also doch«, sage ich langsam. »Das Mädchen auf dem Quadrum in Ksüs Küche. Sie sieht aus wie Kassie, aber ich dachte immer, das kann sie nicht sein, das Quadrum ist viel älter.«

»Ja«, sagt Mama. »Die Fensterbank ist Kassies allerliebster Platz.«

»Was sehen sie hier eigentlich?«

»Das musst du sie fragen.«

»Aber warum haben sie es mir nicht gesagt?«

»Sie erinnern sich nicht so genau. Nach dem Aufwachen fühlt sich das an, als hätten sie geträumt. Und außerdem sind sie nicht davon ausgegangen, dass du ihnen glauben würdest.«

»Na, toll. Als du Zero zu Kassie geschickt hast, hat sie mir davon auch nichts erzählen wollen«, sage ich bitter.

»Und du, hast du ihr von deiner Katze erzählt?«

Ich schaue meine Mutter an. Ist das ein Vorwurf? Nein, es ist einfach Tatsache. Wir können nicht einfach so vertrauen, weder meine Mutter noch ich. Und Kassie ist genauso. Sie hat es nicht anders gelernt.

»Die Zwillinge haben nie unglücklich gewirkt«, erinnere ich mich. »Als wüssten sie, dass du nicht weit sein kannst.«

Meine Mutter nickt und für einen Augenblick kann ich in ihrem Gesicht sehen, wie viel Kummer und Kraft sie diese Zeit gekostet hat.

»Wann kommst du nach Hause?«, frage ich.

Sie sieht mich nur an.

»Das kannst du nicht, oder? Natürlich nicht. Sie werden dich schnappen und . . .«

Mir wird schlecht, ich halte mir die Hand vor den Mund.

»Außer, dein Vater nimmt seinen Antrag zurück und setzt sich dafür ein, dass ich rehabilitiert werde«, sagt meine Mutter.

»Das wird er nicht tun«, sage ich bitter.

Meine Mutter schüttelt traurig den Kopf.

»Oh, doch, das wird er«, sagt sie.

Immer zusammen

Als Ksü aufwacht, ist sie verwirrt. Es dauert, bis sie versteht, wo sie sich befindet. Sie spritzt sich am kleinen Waschbecken Wasser ins Gesicht, setzt sich an den Tisch und verfällt in bedrücktes Schweigen. Ich weiß genau, worüber sie gerade nachdenkt.

Bis eben ist es umgekehrt gewesen. Ich habe mir Sorgen um den Menschen gemacht, den ich am meisten auf der Welt liebe. Jetzt ist genau das Gleiche Ksü passiert.

Sie sieht meine Mutter an, endlich ohne Ehrfurcht, mit einem offenen, traurigen Blick.

»Was ist nur los mit mir?«, fragt sie.

»Es führt kein Weg dran vorbei«, sagt meine Mutter. »Es muss so wehtun. Es macht überhaupt nicht glücklich, als Einziger von der Familie in Sicherheit zu sein. Ich weiß es.«

Ksü nickt, schaut sich um. Ihr Blick streift die Holzwände, die weißen Vorhänge an den Fenstern, die herunterhängenden Kräuterbündel.

»Dann ist das alles wahr?«, fragt sie.

Meine Mutter nickt.

»Wir sind in ein Quadrum geflohen. Aber wann können wir wieder zurück?« In Ksüs Augen blitzt Verzweiflung auf und ich weiß, dass sie an Ivan denkt.

»Jederzeit«, sagt meine Mutter. »Aber du musst dich nicht beeilen. Du kannst dich erst mal erholen.«

Ksüs Blick wird wieder leer. Sie erwidert nichts. Ich weiß nicht, ob sie meiner Mutter glaubt. Die Vorstellung, wieder auf die andere Seite des Quadrums wechseln zu müssen, lässt mich innerlich aufschreien. Ich will da nicht noch mal hin. Und ein Teil von mir denkt – Ivans Schicksal ist Ksüs Problem. Das hat mit mir nichts zu tun.

Aber dann denke ich an meine Geschwister. Ich schaue meine Mutter an. »Können die Zwillinge nicht zu uns kommen? Nicht nur im Traum, sondern richtig? Ich meine, sie würden es doch wollen, oder? Warum holst du sie nicht?«

Lauras verschiedenfarbige Augen werden dunkel.

»Ja.« Sie klingt dumpf, als würde ein Echo meine Worte leicht verändert wiedergeben. »Sie können hierher. Und sie werden es wollen.«

Ksü schläft viel in dieser Zeit. Manchmal liegt sie auch wach mit dem Gesicht zur Wand, flüstert etwas und ihre Schultern zucken. Meine Mutter sagt, ich soll sie in Ruhe lassen. Sie ist dabei, sich zu erinnern, und man darf sie nicht stören.

»Woran erinnert sie sich?«, frage ich.

»Das sagt sie dir selber, wenn sie will.«

So ist es immer mit meiner Mutter. Ich akzeptiere das. Meine Lust, Fragen zu stellen, sinkt auf den Nullpunkt. Meine Mutter und ich, wir verbringen Stunden zusammen, manchmal ganz ohne zu reden. Es ist merkwürdig und nicht langweilig. Ich sitze neben meiner Mutter, unsere Knie berühren sich und mir wird klar, dass ich inzwischen fast so groß bin wie sie.

Manchmal spricht Mama. Ich höre einfach zu, wenn sie erzählt. Ihre Worte fließen dahin, und gerade weil sie nicht bitter sind, weil sie sich Mühe gibt, beiläufig und ohne Schuldzuweisungen zu sprechen, trifft mich das Entsetzen mit voller Wucht. Ich bin so wütend, dass meine Hände sich verkrampfen, den Griff eines unsichtbaren Schwerts umklammern, mit dem ich diejenigen, die ihr das angetan haben, in Stücke hacken will.

Als sie das merkt, legt sie ihre Hand auf meine Faust, die sich unter der Berührung langsam wieder öffnet.

»Als ich so alt war wie du, ging es mir ähnlich«, sagt sie.

»Wie?«, presse ich zwischen den zusammengebissenen Zähnen hervor.

»Ich war auch blind vor Wut.«

»Du?« Ich schaue sie erstaunt an. »Kann ich mir gar nicht vorstellen.«

»Oh, doch.« Sie lächelt, doch die Augen bleiben traurig. »Und bis heute bereue ich die Dinge, die ich damals getan habe.«

»Das ärgert mich«, sage ich. »Es gibt niemanden, der Pheen wie dich schützt. Einige versuchen es, aber sie sind so hilflos. Nur du kannst dir selbst helfen. Du darfst nicht immer so nachsichtig sein.«

»Nachsicht ist auch ein Selbstschutz«, sagt meine Mutter. »Es gibt Pheen, die an ihrem eigenen Hass von innen verbrannt sind. Und bitte glaub nicht, dass Pheen harmlos sind. Du wirst kaum eine treffen, die nicht eine ziemlich düstere Vergangenheit hätte.«

Ich lausche in mich hinein. Der Hass, den ich spüre, brennt in der Tat. Es dauert nicht mehr lange und er wird meine Eingeweide langsam geröstet haben.

»Ich meine nicht dich«, sagt meine Mutter. »Dass du jetzt hasst, ist ganz normal. Du bist so jung und der Schock ist so groß. Das wird sich noch ändern.«

»Glaub ich nicht«, sage ich und wende mich von ihr ab.

»Ich muss wieder zurück«, sagt Ksü und sieht mir in die Augen.

Mir ist klar, wieso. Und ich werde sie nicht allein lassen. Ich schäme mich dafür, dass ich vor Kurzem noch allzu bereit dazu war. »Ich komme mit.«

»Bleib hier«, antwortet Ksü.

»Nein. Jetzt, wo ich weiß, dass meine Mutter in Sicherheit ist, habe ich keine Angst mehr.«

Ksü hebt den Kopf und schaut mich an. Ich sehe die Hoffnung in ihren Augen aufblitzen und wieder verschwinden.

»Ich lass dich nicht im Stich«, sage ich.

Wir sitzen auf der Veranda und lassen die Beine baumeln. Auf den Holzdielen zwischen uns steht ein Tonteller mit winzigen duftenden Erdbeeren, die wir an diesem Morgen im Wald gepflückt haben. Meine Mutter hat uns die Wiese gezeigt und wir sind sofort in die Knie gegangen, um herumzukriechen auf der Suche nach den Beeren, die wie Blutstropfen zwischen den Blättern leuchten. Ich lege sie einzeln auf die Zunge und drücke sie gegen den Gaumen und ihre aromatische Süße breitet sich in meinem Mund aus.

Ich weiß nicht, was meine Mutter sagen wird, wenn ich ihr nun eröffne, dass ich wieder gehen will. Nicht nur wegen meiner Geschwister, sondern erst mal wegen Ksü.

Ich höre meine Mutter aus dem Haus auf die Veranda treten, die nackten Füße auf den Dielen.

»Ich muss wieder weg«, sage ich, ohne mich zu ihr umzudrehen. Ich habe Angst – nicht vor einem Verbot, aber vor ihrer Traurigkeit. »Mit Ksü.«

Meine Mutter kommt näher und umarmt uns.

Ksü schaut zu ihr auf.

»Mein Bruder, verstehen Sie«, sagt sie.

»Ich verstehe«, sagt meine Mutter. »Natürlich. Du musst zu ihm.«

»Sie kennen es ja«, sagt Ksü.

»Ich kenne es«, bestätigt meine Mutter.

»Und Kassie und Jaro.« Ich stehe auf, bin jetzt auf Augenhöhe mit Laura. »Ich muss sie hierherbringen.«

»Ja«, sagt meine Mutter. »Es ist Zeit.«

Der Quadrumrahmen ist ein Tor. Immer, wenn ich eins sehe, muss ich aufpassen, sagt Laura. Niemand kann wissen, was er hier erleben wird, und es gibt Menschen, die einen Rahmen passiert und ihren Verstand für immer zurückgelassen haben.

»Das Wichtigste ist, dass ihr zusammenbleibt«, sagt meine Mutter. »Jede für euch allein ist schwach, aber zusammen kriegen sie euch nicht so schnell. Wenn wir Pheen etwas besser zusammenhalten würden, wären all die schrecklichen Dinge nicht passiert.«

»Warum haltet ihr dann nicht zusammen? Könnt ihr euch untereinander nicht leiden?«

»Nein, so etwas ist uns fremd. Wir sind eher gleichgültig«, sagt meine Mutter. »Einer Phee ist einfach niemals langweilig. Sie ist am liebsten für sich allein.« Sie drückt Ksü an sich. »Das können wir wirklich von euch lernen.«

»Was?«, fragt Ksü verlegen.

»Eure Hilfsbereitschaft, euren Mut. Ihr setzt euch für andere ein, obwohl es für euch gefährlich ist. Ohne euch gäbe es uns Pheen überhaupt nicht mehr. Wir sind eine undankbare Art.«

»Und mich würde es nicht ohne Sie geben«, sagt Ksü und ihre Augen füllen sich wieder mit Tränen.

Ich weiß nicht, wovon sie genau spricht, aber ich weiß, dass

Ksü sich jetzt wieder erinnert. Meine Mutter weint auch, aber sie braucht sich nicht zu erinnern. Sie hat es keinen Augenblick lang vergessen.

»Ich schäme mich so, dass ich sie nicht retten konnte«, sagt sie. »Ich habe sie verloren, weil wir Einzelgänger sind. Hätten Pheen zusammengehalten, wären unsere Möglichkeiten viel größer gewesen.«

»Aber Sie haben mich gerettet.«

»Ich konnte nicht genug tun«, sagt meine Mutter bitter, die Tränen rollen ihre Wangen herunter. »Ich bin schuld, weil es immer um meine gottverdammten Quadren geht. Ich hatte deinen Eltern so oft gesagt, dass sie die nicht so wichtig nehmen sollen. Ein paar vernichtete Quadren sind kein Drama. Ich hätte neue gemalt. Ich wollte kein Blut und keinen Tod. Ich wollte einfach in Frieden leben und meine Kinder großziehen. Aber sie sahen es anders.«

»Es ist nicht Ihre Schuld. Ihre Kunst war für meine Eltern stärker als das Leben.«

»Und du sagst, ich bin nicht schuld?« Meine Mutter ist bestürzt. »Nicht schuld, wenn ich etwas mache, was Menschen dazu bringt, den Bezug zur Realität zu verlieren? Was sie so süchtig macht, dass sie dafür alles aufs Spiel setzen?«

Jeder Muskel bei mir ist angespannt, aber ich halte den Mund. Ich darf bei ihnen sein, aber nicht stören, wenn Ksü sich erinnert, wie sie ihre Eltern verloren hat.

Vielleicht hätte Ksü lieber auf der anderen Seite des Quadrums bleiben sollen. Dort war sie fröhlich und stark. Jetzt schluchzt sie und zittert. Ich frage mich, ob das gut ist.

Wenn Ivan mir damals in seiner Küche von Menschen erzählte, die ihr Leben dafür riskierten, die Quadren meiner Mutter zu retten, dann sprach er aus Erfahrung. Er meinte seine Eltern.

Ich denke, es war einfacher für Ksü, als sie sich noch nicht erinnern konnte – daran, wie eine Explosion vor drei Jahren ihr Haus und ihre Familie zerstört, ihren Körper zerfetzt, ihre Erinnerungen ausgelöscht hat.

Wenn sie das alles vergessen hat, kann sie wenigstens nichts vermissen, denke ich.

»Ivan hat mir vieles darüber erzählt.« Ksü schaut an mir vorbei. »Es klang wie ein Schauermärchen. Er wollte, dass ich meine eigene Geschichte kenne, aber es löste nichts in mir aus.«

Ich spüre das schlechte Gewissen, das nach mir greift. Ich hätte sie von den Quadren meiner Mutter fernhalten müssen. Die Angst der Normalen vor dieser Kunst hat Gründe, die nicht von der Hand zu weisen sind.

Ich brauche eine Weile, um zu begreifen. Ksüs Eltern hatten sich der Kunst und der Verteidigung von Pheen verschrieben. Sie spürten Quadren auf. Sie waren Wissenschaftler, sie deklarierten meine Mutter und ihre Rechte zu einem wichtigen Forschungsgegenstand, sie legten sich mit Sonderbrigaden an und verklagten sie. Erfolglos. Sie vermittelten zwischen meiner Mutter und Sammlern, die bereit waren, ein Vermögen dafür zu zahlen. Laura machte sich nichts aus Geld, ein Fehler, denke ich. Sie verschenkte viele Quadren, auch das mit der knienden Kassie auf der Fensterbank. Ein Quadrum, das sie Jahre vor Kassies Geburt gemalt hatte.

Ksüs Eltern waren Freaks und sie standen unter Beobachtung. Irgendwann galten sie als zu gefährlich.

Ich hatte mich einmal gefragt, ob meine Mutter jemals Freunde gehabt hat. Jetzt weiß ich, dass es mindestens zwei gewesen sind. Sie sind beide tot.

Es wurde nie offiziell geklärt, warum eines Nachts ein Flügel von Ksüs Haus in die Luft flog. Die Explosion hat zwei Stockwerke zerstört. Im oberen hatten Ksü und ihre Eltern geschlafen, darunter war ein Lager mit den Quadren meiner Mutter.

Wie überlebt man das? Wahrscheinlich steht die Frage in mein Gesicht geschrieben.

»Weil ich ... jetzt das hier hab.« Ksü streicht über den Kopf ihrer Schlange.

»Die Tätowierung?«

»Es ist keine Tätowierung.« Meine Mutter ist blass. »Eine Phee kann, wenn ein Mensch im Sterben liegt, einen freien Inspiro herbeirufen und ihm den Verletzten anvertrauen. Wenn der Inspiro sich für den Kranken entscheidet, setzt er die Heilung in Gang. Und lässt ihn nie mehr im Stich ... meistens zumindest.«

»Und geht der Inspiro dann wieder weg?«, frage ich.

»Nein. Wenn er wieder geht, ist alles vorbei.«

»Und dein Inspiro?«, frage ich atemlos. »Ist noch in dir?«

»Sonst stünde ich jetzt nicht hier.« Ksü lächelt.

Und ich begreife: Alles hat seinen Preis. Wenn man auf Teile seiner Erinnerung verzichtet, dann spart man sich einigen Schmerz. Wenn man weiterleben will, dann muss man unter Umständen völlig neue Maßstäbe akzeptieren für das, was man Leben nennt. Ich darf mir nicht anmerken lassen, dass mich die Vorstellung anekelt.

Ich denke an Ivan. Jetzt wird mir vieles klar. Die Freundschaft zu meiner Mutter hat seine Eltern umgebracht und seine Schwester beinah. Er selber hat nur überlebt, weil er in dieser Nacht nicht zu Hause gewesen ist. Wegen der Quadren hat er alles verloren. Und dann stehe ich plötzlich in seiner Küche. Ich wäre an seiner Stelle viel abweisender gewesen. Er war einfach nur vorsichtig. Ich war ein Päckchen Dynamit, das der zerstörten Familie den Rest geben konnte.

»Du hast also auch nicht gewusst, dass unsere Leben so verbunden sind?«, frage ich Ksü.

»Nein.« Sie schüttelt den Kopf. »Nur Ivan hat es gewusst. Er hat mir nie gesagt, dass die Explosion wahrscheinlich ein Attentat war. Er hielt sich mir gegenüber an die offizielle Version. Aber ich habe eins und eins selber zusammengezählt. Meine Erinnerung war beschädigt, aber nicht mein Verstand.« Sie lächelt kurz.

»Aber wie lebt ihr . . . zu zweit?«, frage ich.

Ksü schaut mit trockenen Augen in mein Gesicht. »Wir leben gut«, sagt sie. »Es war ein Glück, dass Ivan gerade achtzehn geworden war. Er wurde mein Vormund, man gab ihm ein Stipendium für die Uni, ließ ihn alles machen, was er wollte.«

»Hauptsache, er nahm Abstand davon, die Gründe für die Explosion zu untersuchen«, sagt meine Mutter. »Die offizielle Version lautet, dass das Unglück durch die gefährlichen Güter, die im Haus gelagert wurden, selbst verursacht wurde.«

»Meinen sie etwa deine Quadren?«

»Was sonst?«

»Aber Quadren können nicht explodieren.«

»Quadren können alles«, sagt Ksü.

»Meine Quadren explodieren nicht im Haus meiner Freunde«, sagt meine Mutter. »Die offizielle Version ist Verleumdung.«

»Das weiß ich doch, Laura«, sagte Ksü.

»Und wie geht Ivan damit um?«, frage ich.

»Was soll er denn tun? Er will anders leben. Er will für eine Welt kämpfen, in der es weder Freaks noch Normale gibt und in der Pheen nicht diskriminiert werden.«

»Wie – weder Freaks noch Normale? Sondern?«

»Menschen«, sagt Ksü. »Einfach Menschen, so wie wir auch. Das haben unsere Eltern so beschlossen. Wir mussten keine Freaks sein, wenn wir nicht wollten. Ivan hat sich sofort entschieden, mir war es lange Zeit egal.«

»Aber das ist doch eine Märchenwelt, von der Ivan da träumt«, sage ich.

»Ich weiß. Aber er glaubt daran. Er will einen anderen Weg bestreiten. Fertig studieren und dann offen nach Recht und Gesetz verfahren. Er glaubt an so was.«

»Er glaubt an so was, obwohl ihr in die Luft gesprengt wurdet?«

»Ja«, sagte Ksü. »Man ist ihm *danach* in jeder Hinsicht sehr entgegengekommen, unter der Voraussetzung, dass er kein Aufhebens um diesen . . . Unfall macht. Ich durfte zum Beispiel, sobald ich wieder ganz gesund war, auf das Lyzeum gehen, und zwar ohne einen Cent zu zahlen. Ein Brandopfer-Fonds hat mir ein Stipendium bewilligt. Ivan für sein Studium auch.«

Ich versuche zu begreifen. »Ivan kooperiert mit der Normalität, die seine Familie zerstört hat?«

Meine Mutter schüttelt den Kopf. Was ich da gerade sage, gefällt ihr nicht. Wer bin ich, um Ivan zu kritisieren?

»Genau das tut er«, sagt Ksü.

Die Rettung

Den Wald kann man durch die Quadren betreten. Ihn wieder zu verlassen, geht noch einfacher.
Meine Mutter zeigt auf zwei der vier Fenster des Hauses, auf mehrere Pfade, die vom Haus wegführen.
»Je nachdem, wo ihr hinwollt«, sagt sie.
»Ich will nach Hause«, sagt Ksü, ihre Unterlippe zittert, sie sieht aus wie ein kleines Mädchen. Ich muss sie trotzdem bewundern, dass sie nicht mehr weint, nicht mehr mit dem Gesicht zur Wand auf der Bank liegt, sondern sich zusammengerissen hat und loswill.
Ich habe nur eine kleine Ahnung davon, was in ihr vorgegangen sein muss. Wenn aus dem abstrakten Wort »Explosion« plötzlich Feuer wird, das die eigene Haut verbrannt hat. Wenn aus dem abstrakten Wort »Eltern« Menschen werden, auf deren Schoß man gesessen, in deren Augen man geschaut hat. Ich weiß nicht, ob ich so etwas hätte aushalten können.
Zum ersten Mal denke ich, dass ich meine Mutter verstehen kann, die ihren Kindern einfach nur Augen und Ohren zuhalten wollte.
»Dann gehen wir erst zu Ksü«, sage ich, schaue Laura fragend an. Sie nickt.

Die Fensterbank ist rau und von der Sonne angewärmt. Ich berühre sie mit der Hand. Es will nicht in meinen Kopf, dass meine Schwester Kassie immer auf dieser Bank kniet, wenn man es von außen betrachtet, von der anderen Seite. Wir haben

Kassie hier drin nicht gesehen. Es muss an der verzerrten Zeit liegen.

»Zurück in deine Küche?«, frage ich Ksü.

»Willst du wirklich mit?«

Ich sehe sie an. Ich habe mich nie als besonders gutherzig empfunden. Ich bin eine Normale, Hilfsbereitschaft ist unter uns nicht üblich, jeder ist für sein eigenes Vorwärtskommen selbst verantwortlich. Aber seit ich all diese Dinge über Ksü weiß, kann ich einfach nicht anders. Auch wenn ich, zugegeben, viel lieber den Pfad zu Jaro und Kassie genommen hätte, in mein Elternhaus. Denn auch meine kleinen Geschwister habe ich im Stich gelassen, während ich nur mich und mein eigenes Unglück zelebriert habe.

»Red keinen Quatsch«, sage ich. »Ich gehe voran, ja?«

Ksü schaut mich so glücklich an, dass ich mich in Grund und Boden schäme.

Ich springe zuerst, der Kuss meiner Mutter brennt noch auf meiner Stirn und ich bin stolz, dass sie mich gehen lässt.

Ich halte die Augen geschlossen, die Knie an den Bauch gezogen, und lande unsanft auf dem Hintern.

In dem Augenblick, in dem ich durch den Fensterrahmen fliege, denke ich daran, dass das Quadrum vielleicht längst nicht mehr in der Küche hängt, sondern eingepackt in einem Gefahrguttransporter ruckelt oder gerade in Flammen aufgeht. Daher bin ich erleichtert, dass die einzige Unannehmlichkeit ein unsanfter Knall gegen die Wand ist. Aber es ist immer noch Ksüs Küchenwand, es ist ihr Tisch, bloß das Quadrum hängt nicht mehr, sondern steht angelehnt und umgedreht neben dem Küchenschrank.

Ich helfe Ksü auf, die nach mir stöhnend auf die Dielen gepurzelt ist, ihre Hand hat sich im Flug an meine Schulter geklammert.

»Was ist passiert?«, fragt sie, nachdem sie sich wieder aufgerichtet hat.

Ich schaue mich um, sehe das Ausmaß der Verwüstung und bin sprachlos.

»Die haben uns gesucht.« Ksü schluckt. »Aber wenigstens haben sie sich nicht getraut, das Quadrum zu zerstören.«

Wir gehen über Scherben und zertretene Brotscheiben. Ksü passiert die Verwüstung gleichgültig, als wäre es gar nicht ihr Zuhause, das einmal so freundlich und geborgen gewesen ist, nachdem es schon einmal zerstört wurde. Wir haben keine Zeit. Wir suchen Ivan.

Ich schaue aus dem Fenster in den Garten. Abgebrochene Zweige und versengtes Laub bedecken die Wiese, Glasscherben glitzern in der Sonne, Stofffetzen flattern in den Bäumen. Die Spuren eines ungleichen Kampfes. Gegen wen haben die Polizisten gewütet, alle gegen Ivan, den sie doch schon in der ersten Minute niedergeknüppelt haben? Ksü zieht mich plötzlich am Ärmel und schaut auf die Uhr, die an der Wand hängt.

»Guck mal!«

»Was?«

»Die Uhr! Wir sind nicht einmal eine Stunde weg gewesen.«

»Vielleicht geht sie falsch?«

Die Uhr tickt gleichmäßig, der Sekundenzeiger zuckt im gewohnten Takt.

»Hinter dem Quadrum herrscht eine andere Zeit«, erinnert mich Ksü.

»Das ist gut«, sage ich.

Dabei gehe ich vom Schlechtesten aus: Ich bin überzeugt,

dass die Polizei Ivan mitgenommen hat. Ich will es aber Ksü nicht klarmachen, sie soll diejenige sein, die zuerst zu diesem Schluss kommt. Solange will ich ihr helfen und gewissenhaft mitsuchen. Deswegen bin ich völlig überrascht, als Ksü laut ruft: »Hier ist er!«

Ivan liegt auf dem Rücken auf der Couch in einem der Nebenzimmer, einem schmalen Raum mit einer Wand, die man hinter Bücherregalen nicht erkennen kann, mit einem alten Tisch, auf dem irgendwelche vergilbten Blätter liegen, obwohl der Schreibtisch sicher seit Jahren nicht mehr benutzt wurde. Ksü kniet sich hin und greift nach Ivans Hand, tastet nach seinem Puls, presst das Ohr gegen seine Brust.

»Er atmet«, sagt sie. »Sie haben ihn einfach hier reingeworfen.«

Ich knie mich neben sie. Ivans Gesicht ist weiß und friedlich. Auf der Stirn hat er eine Platzwunde, das Blut ist schon angetrocknet. Ich nehme seine andere Hand, die quer über der Brust liegt, versuche, den Puls zu fühlen, aber ich weiß nicht genau, wie man das macht.

Ivan stöhnt und ich bin glücklich darüber. Er lebt.

»Ruf einen Arzt«, sage ich. »Ruf sofort einen Arzt.«

»Nein.« Ksü schüttelt den Kopf. »Sie werden ihn sterben lassen und nachher sagen, er wäre von Freaks überfallen und getötet worden und sie konnten nichts mehr für ihn tun.«

»Was schlägst du dann vor?«

»Wir müssen ihn zu deiner Mutter bringen.«

Sie zieht Ivan an einem Arm, will ihn an den Schultern hochzerren. Er stöhnt. Ich versuche, seine Beine anzuheben. Dass ein Mensch so schwer sein kann.

»Ksü, wir schaffen es nicht. Er ist zu schwer. Wir müssen das Quadrum hierherbringen und ihn reinschieben.«

Wir rennen polternd und stolpernd die Treppe hinunter.

Ich denke, dass auch das Quadrum so schwer sein wird, dass wir es nicht heben können. Ich kann nicht glauben, dass es wirklich einfach ein Gemälde ist, Öl auf Leinwand, dass man es verschieben, umdrehen, mit einem Messer zerschneiden kann. Zum Glück ist es heil und erstaunlich leicht und wir tragen es schnaufend die Treppe hoch und stellen es vor der Couch auf, auf der Ivan liegt.

»Meinst du, das funktioniert so?«, frage ich Ksü.

»Nie im Leben. Halt es näher.«

Ich drücke Ivans leblose Hand gegen die Leinwand. Nichts passiert.

»Es funktioniert nicht, Ksü«, sage ich.

»Musst du nicht einfach zuerst rein? Und ihn dann mitnehmen?«

»Ich zuerst?« Ich schaue auf den Rahmen. Ich habe es schon ein paarmal gemacht, aber mir ist immer noch nicht klar, wie das gehen kann.

»Da hält jemand vorm Haus.« Ksü hat sich kurz aufgerichtet, um aus dem Fenster zu schauen, aber jetzt geht sie schnell wieder in die Knie. »Ein Polizist.«

»Was will der schon wieder hier?«

»Wir müssen weg. Sofort.« Ksüs Hand zittert. »Mach schon.«

»Ich weiß nicht mehr, wie das geht!«

Ich presse meine Wange gegen die Leinwand.

»Mama«, flüstere ich in den gemalten Rücken des Mädchens hinein. »Mama, wenn du irgendwo da bist, hilf mir. Ivan ist verletzt. Ich hab vergessen, wie man wieder zu dir kommt. Ich glaube nicht mehr, dass wir da durchkönnen. Laura!«

»Schritte auf der Treppe«, sagt Ksü panisch.

Die Dielen quietschen. Es scheint, als wollte uns das ganze

Haus warnen, dass ein Eindringling es betreten hat, der Gänge abläuft, Türen aufreißt, Scherben unter seinen Schuhsohlen knacken lässt.

»Mama!«

Der kleine Raum, in dem Ivan auf der Couch liegt und ich und Ksü uns ängstlich aneinanderpressen, befindet sich am Ende des Flurs. Die Schritte werden lauter. Der Polizist betritt das Zimmer gerade in dem Moment, in dem zwei langgliedrige, zarte Hände sich plötzlich aus dem Quadrum strecken und Ivan hineinziehen.

Wir hocken da wie zwei verschreckte Kaninchen. Ivan ist verschwunden. Der Polizist schaut uns an.

»Was macht ihr hier?«

»Ich wohne hier«, flüstert Ksü.

Der Polizist hat ein rundes Gesicht. Er sieht nett aus, so nett, wie Polizisten eben sein können, wenn sie Kinder über die Straße begleiten. Er wirkt verwirrt. Er hat nicht damit gerechnet, uns hier anzutreffen, ich weiß sowieso nicht, womit er gerechnet hat. Ob ihn jemand von seinen Vorgesetzten, die ihn hierhergeschickt haben, vorgewarnt hat oder ob er den Schlamassel ahnungslos beseitigen soll.

»Das war alles die Polizei«, helfe ich ihm auf die Sprünge. »Ihre Kollegen sind mit Hubschraubern und Motorrädern gekommen und haben die Hausbewohner angegriffen.«

»Die Polizei macht das nur im äußersten Notfall«, belehrt mich der Beamte. »Wer ist hier der Hausherr?«

Ksü und ich wechseln Blicke. Ich warte darauf, dass Ksü »ich« sagt. Aber sie sagt nur:

»Der ist weg.«

»Weg?«

»Ja. Fragen Sie Ihre Kollegen, vielleicht wissen sie mehr darüber.«

Der Polizist wirft uns einen ratlosen Blick zu und holt sein Funkgerät raus. Wenn er sich nur für eine Minute entfernt hätte, hätte ich mich aufs Quadrum geworfen und Ksü mitgezogen. Aber er lässt uns nicht aus den Augen. Wir hören eine krächzende Stimme, die von ihm Angaben zum Tatort einfordert. Der Polizist sagt, er habe zwei Mädchen mit schmutzigen Gesichtern gefunden, zwei Freaks, eine mit einem Schlangen-Tattoo auf dem Kopf, die andere mit blauen Haaren.

»Hat die Blaue eine Nummer?«, krächzt das Gerät.

Der Polizist greift nach meinem Arm, schüttelt ihn, das Armband rutscht zu seiner großen Überraschung unter dem Ärmel hervor. Er liest die Nummer ein.

Als er sie durchgibt, weiß ich, dass Ksü und ich verloren haben.

Die Krankheit

Wir quetschen uns auf die Rückbank des mintgrünen Polizeiautos, der Beamte setzt sich uns gegenüber. Er lässt mich nicht mehr aus den Augen. Ich klammere mich an Ksüs Hand, ich will verhindern, dass wir getrennt werden.

Es dauert über eine Stunde, bis der Kleinbus die Stadt durchquert hat, und ich beginne, die weißen Häuser und die Buchsbaumhecken meines Viertels wiederzuerkennen. Ich schaue aus dem vergitterten Fenster. Versuche, mich zu erinnern, wie ich diese Straßen mit eigenen Füßen abgelaufen bin, arglos, naiv, viele Jahre lang bis zu dem Tag, an dem meine Mutter verschwand. Aber ich kann keine Gefühle wachkitzeln. Dieser Teil meiner Erinnerung bleibt merkwürdig leer, als hätte ich all die Jahre gar nicht selber erlebt. Vielleicht hat sich der Verlust für Ksü ähnlich angefühlt, bis sie den Wald meiner Mutter betreten hat.

»Dein Vater wird dich schon in Ordnung bringen.« Der Polizist nickt mir aufmunternd zu. »Ich hab noch nie ein normales Mädchen gesehen, das so rumläuft wie du.«

»Ich auch nicht«, sage ich und schaue aus dem Fenster. Ich ärgere mich nicht über den Mann, ich habe das Gefühl, seine schlichten Gedanken lesen zu können. Er ist nicht boshaft, aber immer bereit, jede zarte Pflanze illegalen Lebens auszureißen, die es wagt, sich durch die Ritzen seines normalen Daseins zu drängen. Auf den Schultern von Leuten wie ihm hat sich die Gesellschaft der Normalität aufgebaut. Er fühlt sich wohl darin, er ist bereit, andere zu opfern, damit es nur so bleibt. Auch er ist schuld an dem, was meiner Mutter und Ksüs Eltern zugestoßen ist.

Der Kleinbus hält an, die automatische Tür fährt zur Seite. Ich klettere raus, halte Ksü die Hand hin. Ich habe immer noch Angst, dass man uns trennen wird, wenn wir nicht aufpassen. In dem Moment, in dem ich ihre Hand berühre, muss ich an den Inspiro in ihrem Körper denken. Meine Hand zuckt zurück, aber mein Wille ist stärker als der kurz aufsteigende Ekel.

Ich laufe voran, Ksü an meiner Seite, der Polizist hinterher. Ich will nicht, dass er mich ins Haus schleppt wie einen entlaufenen Mops, auf den eine Belohnung ausgesetzt wurde.

Ich habe Angst. Ich fühle mich nicht stark genug, um meinem Vater und meiner Großmutter entgegenzutreten.

Aber hier sind meine kleinen Geschwister und meine Mutter braucht meine Hilfe.

Mein Elternhaus begrüßt mich mit Grabeskälte und heruntergelassenen Rollläden. Die Heizung ist abgedreht, es ist dunkel, der vertraute Geruch einer künstlichen Sommerbrise, Ingrids liebsten Spülmittels, kriecht mir in die Nase. Es fühlt sich an, als würde ich ein Haus betreten, in dem längst niemand mehr wohnt. Ich merke, dass Ksü neben mir ihre Schultern hochzieht und meine Hand fester umklammert. Auch sie wäre am liebsten draußen geblieben, aber ich weiß, dass sie mich nicht im Stich lassen wird.

»Hallo!«, ruft der Polizist laut. Seine fröhlichen Töne klingen falsch in diesem Haus. »Herr Doktor Rettemi, schauen Sie mal, wen ich mitgebracht habe!« Ein Echo fängt seine Stimme auf und bringt sie wieder zurück. Mir läuft ein Schauer über den Rücken.

»Was ist hier los?« Ich werfe Ksü einen Blick zu, sie schüttelt ratlos den Kopf.

Als ich Kassie am anderen Ende des Flurs auftauchen sehe, vor dem Schlafzimmer meines Vaters, erkenne ich sie kaum wieder. Sie sieht älter aus, läuft mit lautlosen Schritten, ihr Gesicht so ernst. Sie sieht mich zögernd an, als wollte sie ihren Augen nicht trauen. Dann rennt sie auf mich zu, bleibt in einigem Abstand noch mal abrupt stehen und schaut wieder. Schließlich macht sie einen Schritt auf mich zu, streckt die Hand nach mir aus und berührt mich vorsichtig. Ich gehe vor ihr in die Hocke, sie fällt mir endlich um den Hals. Ich habe schon vergessen, wie schmal ihre Schultern sind.

»Kassie, was ist los? Ich bin immer noch ich, sehe bloß etwas anders aus. Ich bin euretwegen zurückgekommen, ich lasse euch nicht mehr allein. Wo ist Jaro?«

Kassie winkt über meine Schulter hinweg Ksü zu. Den Polizisten ignoriert sie komplett.

»Ist mit Jaro alles in Ordnung?«, frage ich beunruhigt.

»Mit Jaro, ja«, sagt Ksü. »Aber Papa ist total krank. Weil Mama sagt, wir müssen jetzt zu ihr kommen.«

Ich folge Kassie ins Schlafzimmer meines Vaters, hinter mir Ksü, dann, in einiger Entfernung, der Polizist, der mich offenbar persönlich übergeben will, am besten gegen Quittung. Ich finde alles so seltsam, dass ich mich gar nicht mehr um ihn kümmere. Ich betrete Papas Schlafzimmer, einen Raum mit halb heruntergelassenen Rollläden, in dem es mich noch mehr fröstelt.

Erstaunlicherweise ist mein Vater am helllichten Tag nicht bei der Arbeit, er liegt im Bett und sein Gesicht ähnelt ein bisschen dem von Ivan vorhin auf dem Sofa. Nur dass Papas Gesichtszüge noch stärker eingefallen sind, er ist bis zum Kinn zugedeckt, ich sehe ihn an, kann meinen Augen kaum trauen.

»Papa, was ist passiert?« Ich vergesse sofort, wie wütend ich auf ihn bin.

Ksü atmet laut aus und der Polizist hüstelt verlegen.

An Papas Bettrand sitzt Ingrid mit einer Tasse in den Händen. Ich registriere automatisch, dass deren Inhalt nicht viel anders riecht als der HYDRAGON-Duftstein für die Kloschüssel. Reto steht daneben. Mein Vater liegt auf der Bettseite, auf der er schon geschlafen hat, als er dieses Bett noch mit unserer Mutter geteilt hat. Auf der anderen schläft jetzt Kassie, wie ich an ihrem geblümten kleinen Kissen erkenne.

Jaro sitzt ebenfalls da, mit hochgezogenen Beinen. Als er mich sieht, zeigt sein Gesicht den gleichen staunenden Ausdruck wie das seiner Zwillingsschwester. Ich frage mich, ob ich in ihrer Vorstellung überhaupt richtig weg gewesen bin. Ob meine Mutter es geschafft hat, ihnen auf einem nur ihr vertrauten Wege meine Nähe zu vermitteln. Ob sie aus jeder Entfernung mit den Seelen meiner Geschwister flüstern kann, weil sie im Gegensatz zu mir noch Kinder sind und daher keine Zweifel kennen.

»Was hast du bloß, Papa?« Meine Kehle fühlt sich rau und heiß an. Ich schiebe mich an meinen Großeltern vorbei, setze mich an den Bettrand. Ksü bleibt in einiger Entfernung stehen. Jaro nickt ihr freundlich zu und richtet seine Augen wieder auf mich.

Mein Vater sieht den Polizisten an.

»Sie können jetzt gehen«, sagt er sehr leise.

»Aber«, der Polizist holt in einer Bewegung einen Stift und einen Notizblock mit Vordrucken hervor.

»*Sie können gehen.*«

Der Polizist zuckt mit den Schultern. Dann gehorcht er.

Papa schaut Ksü an, sein Gesicht verzieht sich.

»Sie bleibt hier«, sage ich.

Mein Vater muss sehr schwach sein, denn er widerspricht nicht. In seinem Gesicht bewegen sich jetzt nur die Augen und die Lippen. »Ich will mit dir allein sprechen«, raschelt es in meine Richtung.

»Ich traue dir nicht.«

Pause, Blicke, Stille. Ich strecke meinen Arm aus. Meine Finger verschränken sich mit Ksüs.

Ingrid steht auf. Sie sieht mich nicht an. Vielleicht widert sie mein blaues Haar an. Sie hat sich in der Zwischenzeit offenbar abgewöhnt, mich für ihre Enkelin zu halten. Zischend und mit den Armen rudernd scheucht sie meine kleinen Geschwister aus dem Raum, Reto folgt ihnen. Ich sehe Jaro und Kassie hinterher. Ich bin gekommen, um sie zu unserer Mutter zu bringen, es gefällt mir nicht, dass sie jetzt außer Sichtweite verschwinden.

Kaum fällt die Tür hinter ihnen zu, legt mein Vater seine Hand auf meine. Ich zucke zusammen. Sie ist eiskalt und trocken.

»Was ist mit dir, Papa? Hast du dich irgendwo angesteckt?«

»Deine Mutter«, sagt mein Vater sehr leise. »Deine Mutter hat deine Schwester gerufen.«

»Meinen Bruder auch«, wende ich der Vollständigkeit halber ein.

»Weißt du, wo deine Mutter ist? Du musst sie holen.«

»Was?« Ich schüttele seine Hand ab. »Ist es dein Ernst? Nach allem, was passiert ist? Du hast sie in die Falle gelockt und dann der Sonderbrigade ausgeliefert. Wäre sie nicht geflohen, hätte ich sie nie wiedergesehen.«

»Aufpassen«, sagt Ksü warnend hinter meinem Rücken.

Ich presse mir die Hand auf die Lippen.

»Ich frage dich nicht nach deinen Geheimnissen«, sagt mein Vater kaum hörbar. Es muss ihm wirklich sehr schlecht gehen. »Ich brauche deine Mutter. Nur sie kann mir helfen.«

»Warum?«

»Weil sie eine Phee ist.«

Ich bin mir sicher, dass es eine erneute Falle ist. Vielleicht ist er gar nicht so krank.

Ich schwanke zwischen Hass und Mitgefühl, im Moment gibt es für mich nichts dazwischen.

»Ich habe meinen Antrag zurückgezogen, Juli.« Ich muss mich anstrengen, um ihn zu verstehen. Ich will aufstehen, aber mein Vater versucht mich an der Jacke festzuhalten. Seine Finger rutschen ab.

»Deiner Mutter wird nichts passieren, das garantiere ich.«

»Was willst du schon wieder von ihr?«

Mein Vater schaut mich an.

»Es gibt etwas, was du nicht weißt.«

»Dann sag es mir.«

Es ist klar, dass er es nicht gern tut. Aber er weiß auch, dass er mich nicht mehr zwingen kann, irgendwas für ihn zu tun. Er muss mich überzeugen.

»Deine Mutter hat mir einmal das Leben gerettet«, flüstert mein Vater.

Ksü hört hinter meinem Rücken auf zu atmen.

»Eine tolle Art, ihr zu danken«, sage ich. »Hattest du etwa auch einen Unfall?«

Mein Vater sucht meinen Blick. Ich schaue in seine kaffeebraunen matten Augen. »Ich war sehr krank«, sagt er. »Ich hatte keine Kraft mehr. Sie hat mir das Weiterleben ermöglicht.«

»Eure Abmachung«, sage ich.

»Ja.« Er schaut überrascht. »Ich habe ihr allerdings im Gegenzug . . . auch geholfen.«

Ich frage nicht nach. Mir wird etwas ganz anderes klar.

»Deswegen also ist sie vor Gericht nicht so untergegangen wie alle anderen Pheen. Weil du wusstest, dass du sie vielleicht noch brauchst.«

»Schreckliche . . . Dinge . . . passieren durch Pheen«, bringt mein Vater hervor.

Ich nicke automatisch.

Wir sind eine Weile still. Die Uhr tickt, mein Vater atmet schwer.

»Aber warum hast du sie dann auf diese Liste setzen lassen?«

Er schließt die Augen.

»Ich muss es verstehen«, sage ich hart.

»Mit Pheen ist man nie auf der sicheren Seite«, flüstert mein Vater. »Sie bleiben gefährlich. Ich hatte zu sehr Angst, alles zu verlieren.«

»Aber solltest du nicht zuallererst Angst um dich haben, wenn du sie verrätst? Oder . . .« Mir geht ein Licht auf. »Du hast jemanden gefunden, mit dem du sie ersetzen konntest. Der dich an ihrer Stelle am Leben hält. Hast du eine andere Phee kennengelernt?«

»Nein, nein.« Die Mundwinkel meines Vaters zucken im Anflug eines Lächelns. »Es ist nicht das, was du denkst.«

Er schließt die Augen, presst die Lippen aufeinander. Die Uhr tickt. Ksü atmet leise.

Ich sehe die freie Betthälfte, auf der nachts meine kleine Schwester schläft.

Ich atme aus. »Kassie.«

Mein Vater schweigt.

»Ich fasse es nicht.«

Mein Vater holt tief Luft. Seine Sätze kommen jetzt schnell und zerhackt.

»Deine Mutter will sie mir wegnehmen. Das darf sie nicht. Hol deine Mutter, ich muss mit ihr sprechen. Ich tue niemandem was. Ich will Kassie einfach nur bei mir haben. Ohne sie sterbe ich ganz.«

»Sie hat dir so viel Kraft gegeben, dass du dachtest, du könntest den Pakt mit meiner Mutter brechen? Den Pakt, in dem du versprochen hast, meiner Mutter selbst dann nicht zu schaden, wenn sie dich verlassen will?«

»Ich . . . verspreche ihr jetzt . . . Sicherheit.«

»Warum sollte ich dir noch etwas glauben?«

»Weil ich sterbe, Juli«, sagt mein Vater und eine trübe Träne kriecht unter seinem Augenlid hervor, kullert die Schläfe und die Wange herunter und hinterlässt einen winzigen nassen Fleck auf dem schneeweißen Bettbezug.

Vor der Tür zu Papas Schlafzimmer drücke ich mein Gesicht gegen die Raufasertapete. Ich bin verwirrt und habe keine Worte.

Ksü fasst mich an den Schultern. Ich frage mich, ob sie alles genauso verstanden hat wie ich.

»Wir müssen deine Geschwister zu deiner Mutter bringen. Aber du kannst nicht für Laura entscheiden. Du musst ihr sagen, was du gesehen und gehört hast. Sie wird selber wissen, was sie zu tun hat.«

»Ja«, sage ich. »So wird es sein.«

Wir gehen durch das gespenstische Haus, an den Türen mit den vergoldeten Griffen vorbei. Ingrid und Reto sitzen im Wohnzimmer vor dem ausgeschalteten Elektrokamin. Ingrid hat die Hände auf dem Schoß gefaltet, Reto hat sich zurückgelehnt und studiert das Tapetenmuster. Sie bewegen sich nicht, als wir an der Wohnzimmertür vorbeilaufen.

Ich finde die Zwillinge in dem Zimmer, in dem ich immer geschlafen hatte, aber jetzt ist es nicht mehr meins. Es ist nicht mehr mein Haus, nicht mein Zimmer, nicht mein Leben. Es ist nicht mein Vater, es sind nicht meine Großeltern. Vielleicht werde ich das eines Tages anders sehen. Aber jetzt sind sie meine Feinde.

Aber es sind meine kleinen Geschwister, die vor dem Quadrum stehen und sich in seltener Eintracht an den Händen halten. Sie schauen auf das gemalte Haus.

»Seid ihr bereit?«, frage ich. Sie nicken. Wieso wissen sie Bescheid? Wieso muss man ihnen nichts erklären? Bin ich die Einzige, die so überrumpelt worden ist?

Die Tochter einer Phee wird mit fünfzigprozentiger Wahrscheinlichkeit auch eine Phee.

Kassie ist eine Phee, das kann auch ein Blinder sehen. Sie weiß Dinge, die andere nicht wissen. Sie ist erst sieben. Mein Vater will sie an seiner Seite haben, damit sie unsere Mutter ersetzt. Sie, nicht mich.

Die Söhne einer Phee sind sehr besondere . . .

Wie auch immer dieser Satz endet, er ist richtig.

Ich bin das einzige Kind meiner Mutter, das nichts Besonderes ist.

Ich nehme Ksü an die Hand, stelle mich hinter die Zwillinge.

»Wir zuerst«, sagt Kassie. Und dann höre ich noch: »Armer Papa.«

Sie springt.

Zum ersten Mal in meinem Leben wache ich morgens auf, weil Sonnenstrahlen meine Nase kitzeln. Weil ein kleines

Kätzchen mit orangefarbenem Fell auf meinen Beinen landet und mit rauer Zunge meine Zehen ableckt. Weil meine Geschwister so laut lachen. Weil es nach Kaffee und frisch gebackenem Brot duftet. Weil meine Freundin – oder ihr Inspiro – mir ein Kissen um die Ohren knallt. Weil meine Mutter mir wilde Erdbeeren unter die Nase hält, damit der Duft mich aus wirren Träumen kitzelt, die sich fortsetzen, wenn ich die Augen aufmache.

Das Leben in der Welt meiner Mutter kommt mir so unwahrscheinlich süß vor, dass ich mich jeden Morgen selber in den Arm kneife.

Ich habe noch nicht viel mitbekommen. Ich bin zu sehr in mich selbst vertieft. Ich mache wenig: Höre dem Wind in den Baumkronen zu, liege faul auf dem Bett herum und lese alte Bücher, und wenn meine Mutter mit meinen Geschwistern und Ksü in den Wald geht, manchmal für Stunden, und alle mit benebeltem Blick zurückkommen, dann gehe ich niemals mit. Ich bleibe im Häuschen und sie lassen mich in Ruhe. Ich lese ein bisschen, dann schlage ich das Buch zu und denke darüber nach.

Ivan ist auch da. »Er wird es schaffen«, sagt meine Mutter. Er hat außer der Platzwunde an der Stirn noch eine klaffende Wunde am Hinterkopf. Meine Mutter hat irgendwelche Blätter darauf gelegt und den Verband in einem Sud getränkt, der mehrere Stunden auf dem Ofen geköchelt hat, während wir uns die Nasen zuhielten. Mit dem Verband sieht Ivan aus wie eine Mumie. Seit er wieder bei Bewusstsein ist, liegt er auf der Seite und schaut dem Trubel im Zimmer zu. Er ist noch schwach und die Umstellung macht ihm zu schaffen. Wenn alle unterwegs sind, ist es meine Aufgabe, nach Ivan zu sehen. Wir reden kaum. Meine Mutter sagt, dass Ivan nach der Gehirnerschütterung Ruhe braucht. Mir ist das recht, ich will auch nicht reden.

Meine Geschwister sind glücklich und Ksü wie berauscht. Nachdem sie aufgehört hat, um ihre Eltern zu weinen, ist sie wieder ein bisschen wie früher. Ich muss oft an das denken, was meine Mutter als Inspiro bezeichnet hat. Gehört Ksüs Körper gar nicht mehr ihr selbst? Und wer hat immer mit mir gesprochen, sie selbst oder ihr Inspiro?

Und ich warte, dass Jaro oder Kassie nach unserem Vater fragen. Sie tun es nicht. Ich überlege, ob sie die ganze Zeit an ihn denken, so wie ich auch. Aber es scheint, als hätten sie vergessen, dass es ihn je gegeben hat.

Ich bin nicht glücklich. Obwohl die Welt meiner Mutter paradiesisch ist – oder vielleicht genau deswegen. Etwas tief in mir drin stört. Ich fühle mich, als hätte ich mich reingemogelt, als hätte ich eigentlich ganz andere Dinge tun müssen. Ich warte darauf, dass alles zusammenbricht, dass bewaffnete Polizisten den Wald stürmen, das Haus abbrennen, uns verletzen oder töten, und dies hoffentlich schnell, damit die Angst der Kleinen nicht so lange dauert, denn es gibt nichts Schlimmeres auf der Welt als die Angst vor dem Tod.

Ich kann das Gefühl nicht loswerden, etwas Verbotenes zu tun.

Ich hoffe, dass die Tage, die ich hier verbringe, sich kürzer anfühlen für meinen Vater, der auf der anderen Seite des Quadrums geblieben ist. Ich habe meiner Mutter nichts von seiner Bitte erzählt, nichts von seinen Worten an mich.

Bis ich eines Tages nicht mehr kann.

Ich nehme sie am Ärmel, ziehe sie raus auf die Terrasse, zische meine Geschwister an, sie sollen uns für eine Sekunde allein lassen, und erzähle, dass mein Vater sie gebeten hat zurückzukommen. Oder wenigstens Kassie. Ich sehe, dass sie das mit Kassie sehr genau weiß. Es wundert mich nicht, dass das Gesicht meiner Mutter sich bei diesen Worten sofort verschließt.

Ich rede weiter. Dass mein Vater für ihre Sicherheit garantiert, wenn sie ihm nur hilft. Dass er ohne sie stirbt. Dass ich mich schuldig fühle, weil ich es ihr nicht gleich gesagt habe, aus Angst um sie. Dass ich hoffe, dass noch nichts passiert ist, was man nicht mehr umkehren könnte.

Laura hört mir zu. Dann steht sie auf, küsst mich auf die Stirn, springt von der Terrasse runter ins Gras. Ich weiß, wohin der Weg führt, auf den sie gerade ihren nackten Fuß setzt.

»Bleib hier!«, sage ich und würge an meinen Tränen. »Ich glaube nicht, dass man ihm trauen kann.«

»Mach dir keine Sorgen«, sagt meine Mutter.

»Ich mache mir aber Sorgen! Was hilft es, wenn alle hier glücklich rumsitzen, wenn dir was zustößt?«

»Ich komme bald wieder«, sagt meine Mutter. »Ich verspreche es dir.«

»Das ist doch verrückt – erst waren wir getrennt, weil du hier warst und wir bei Papa, und jetzt sind wir hier und du kehrst zu ihm zurück.«

»Ich kehre nicht zu ihm zurück«, sagte meine Mutter. »Aber ich werde sehen, was ich tun kann.«

Ich sage nichts mehr. Sie legt die Hand kurz an meine Wange und läuft den Pfad entlang. Es ist der Pfad, der in mein früheres Zimmer zu Hause führt.

Ich renne hinterher.

Meine Mutter ist zu schnell. Sie ist so rasch aus meiner Sicht verschwunden, dass ich Panik kriege. Ohne sie in dem Wald zu sein, bekommt etwas Bedrohliches. Ich möchte sie nicht einfach so gehen lassen, auch nicht für kurze Zeit. Denn ich bin die älteste Tochter – ist meine Mutter nicht da, werde ich sie vertreten müssen. Aber wie soll ich es tun, wenn ich mich selber nicht auskenne? Ich habe den Wald bis jetzt als gnädig empfunden. Aber ich war fast immer im Haus. Und meine Mutter ist immer da gewesen.

Wenn meine Mutter eine Stunde in der Welt da draußen bleibt, dann kann es doch sein, dass es sich hier im Wald wie Wochen anfühlt, denke ich zitternd. Und wenn sie Tage bleibt? Fühlt sich das hier nach einem ganzen Leben ohne sie an? Gerade jetzt, wo ich sie zurückhabe?

Ich renne schneller.

Schon mit dem ersten tiefen Atemzug weiß ich, dass ich einen Fehler mache. Ich kenne mich nicht aus. Ich entferne mich immer weiter von dem Haus, in dem meine Geschwister und meine Freunde sind. Immer tiefer in den dunklen Wald. Irgendein Tier ruft in der Entfernung. Mir sagt der Klang nichts, ich kenne mich mit Tieren nicht aus.

Es dauert keine fünf Minuten und ich weiß nicht mehr, woher ich gekommen bin. Ich traue mich nicht zu schreien, weil ich Angst vor der eigenen Stimme habe. Ich laufe einfach weiter, durchs Gestrüpp, Dornen zerren an meinen Kleidern, zerkratzen meine Beine.

Eine Lichtung. Ein Haus, kleiner als das, in dem wir jetzt leben. Es ist alt, weiß und schief. Auf der Veranda liegt eine Babyrassel.

Ich erkenne das Haus wieder. Es ist das von Jaros Quadrum. Die Tür ist angelehnt. Drinnen herrscht Stille, die plötzlich von einem leisen Wimmern unterbrochen wird. Obwohl etwas in mir flüstert, dass ich nicht reingehen soll, ist der Drang stärker.

Ich mache die Tür auf.

Der Raum ist klein und stickig warm. Ein Kochtopf brodelt auf einem uralten Herd. Flammen leuchten durch die Ritze im Ofentürchen.

Ich muss ruhig sein. Ich darf das Kind nicht erschrecken, das auf einer Bank sitzt. Es ist noch keine zwei Jahre alt, hat verwuscheltes Haar und dreckige Füße. Es trägt eine breite Latzhose, der Oberkörper ist nackt bis auf den dicken grauen Verband, der sich um seine Brust schlingt. Das Kind scheint gerade aufgewacht zu sein, es weint, aber als ich reinkomme, hält es kurz inne und sieht mich voller Hoffnung an.

Und obwohl ich selber große Angst habe, spüre ich zum ersten Mal in meinem Leben, dass es einen Schmerz gibt, der größer und wichtiger ist als meiner. Ich weiß selber nicht, wie es passiert, dass ich plötzlich auf der Bank sitze, das Kind auf meinem Schoß, ich drücke es an mich, fahre mit der Hand über die Verbände.

»Was ist denn mit dir passiert, mein Süßes?«, frage ich.

»Aua«, wimmert das Kind, es drückt seinen Kopf gegen meine Schulter.

»Tut es weh? Und wo ist deine Mama?«

»Mama«, sagt das Kind, zeigt den Hauch eines Lächelns und nickt eifrig. Zeigt mit dem Finger auf die Tür. »Mama!«

»Mama kommt gleich?«

Es nickt wieder, die Tränen laufen über die schmutzigen Bäckchen. Dann wird es kurz still und lauscht. »Mama glei«, spricht es mir nach.

Ich nehme das Kind vorsichtig hoch, der kleine Körper ist schwer und die Haut feucht vor Schweiß, und setze es auf die Bank, werfe die Decke über seine Schultern, obwohl es schon ziemlich warm ist. Durch das eine Fenster sehe ich meine Mutter aus dem Wald kommen. Es ist nicht meine Mutter von heute. Sie ist jünger, schmaler, vielleicht sogar etwas kleiner. Sie ist mit Körben beladen und sie eilt auf das Haus zu.

Ich verstehe, dass ich wieder in etwas getappt bin, was mich nichts angeht. Ich bin überhaupt nicht bereit, meiner Mutter zu begegnen, die gerade mal so alt zu sein scheint wie ich und ein schmutziges weinendes Kind versorgen muss.

Ich springe aus dem anderen Fenster. Diesmal weiß ich, dass ich in Jaros Zimmer landen werde.

»Mama!«, gurrt das kleine Kind hinter meinem Rücken.

Ich höre das Kind noch, als ich auf den Teppich falle. Und als ich mich aufgerichtet habe, taste ich unter allerlei Verrenkungen automatisch nach den beiden symmetrischen Narben, die ich neben meinen Schulterblättern habe. Sie sind noch da. Ich schlinge die Arme um mich und kratze mich blutig.

Ich zittere am ganzen Körper, als ich Jaros Zimmer verlasse, einen freundlichen, hellen Raum mit gelben Vorhängen, einer blauen, mit Wolken bemalten Decke, mit den Autos und Plüschtieren, die ordentlich in den Regalen aufgereiht stehen. Der mit einer Straßenkarte verzierte Teppich ist staubfrei. Hier hat jemand aufgeräumt und es wird sofort klar, der Junge, der hier mal gelebt hat, hat dieses Zimmer schon eine Weile nicht mehr betreten. Wie viel Zeit ist vergangen? Lebt mein Vater überhaupt noch?

Mein Elternhaus ist noch so still, wie ich es zurückgelassen habe. Das beruhigt mich ein wenig. Ich hatte befürchtet, dass es von Menschen in Schwarz belagert wird, die auf meine Mutter warten. Dass sie in eine Falle läuft.

Wenn ich meine Füße auf den Fliesen bewege, hallt das Geräusch durch das Haus. Ich habe eine Gänsehaut.

Ich gehe den Flur entlang, die Treppe runter, an der Küche vorbei. Das Haus scheint verlassen. Langsam und leise erreiche ich das Schlafzimmer meines Vaters.

Die Tür ist angelehnt. Ich lege die Hand auf die goldene Türklinke und drücke sie ganz langsam herunter.

Ich habe das Gefühl, so etwas schon einmal erlebt zu haben. Gleichzeitig zu träumen und zu lauschen. Ich rühre mich nicht. Jeder Atemzug würde mich verraten. Ich bin diesmal bereit, es zu hören.

Mein Vater liegt im Bett, sein langer magerer Körper ausgestreckt unter der dünnen Decke, seine Augen geöffnet. Meine Mutter kniet auf dem Boden. Sie stützt sich mit den Händen auf der Matratze ab, aber jedes Mal, wenn die Hand meines Vaters in ihre Richtung kriecht, zieht sie ihre zurück. Sie will nicht angefasst werden.

»Ich habe auf dich gewartet.« Die Stimme meines Vaters ist schwach, ich kann sie gerade so hören. »Ich habe ihnen allen gesagt, niemand darf bei mir sein, damit du ohne Angst kommen kannst. Ich wollte es dir beweisen. Du kannst mir vertrauen.«

»Ich weiß«, sagt meine Mutter. Sie dreht ihren Kopf leicht zur Seite, aber sie kann mich nicht sehen. Sie kniet mit dem Rücken zur Tür. Trotzdem denke ich, dass sie weiß, dass ich da bin.

»Ich kann nicht mehr«, raschelt die Stimme meines Vaters durch den Raum. »Du musst mir helfen.«

»Ich habe dir schon alles gegeben, was ich kann«, sagt meine Mutter. »Wenn ich dir noch mehr helfe, bleibt nichts mehr von mir übrig. Ich muss mich schützen. Ich habe Kinder.«

»Dann lass *sie* mir«, flüstert mein Vater. »*Sie* hält mich am Leben.«

»Nein«, sagt meine Mutter.

»Sie ist auch meine Tochter«, raschelt es durch den Raum wie Wind durch trockenes Gras. »Ich habe ein Recht auf sie.«

»Nicht darauf«, sagt meine Mutter. Sie ist sehr aufrecht, ihre Hand zieht sich wieder unter den Fingern meines Vaters zurück.

»Aber dann bin ich am Ende«, sagt mein Vater. Ich kann keine Tränen erkennen, höre aber, dass er weint. »Kannst du nichts mehr für mich tun? Ich will mich nicht weiterquälen.«

»Ich kann nur noch eins für dich tun«, sagt meine Mutter. »Aber davor hast du die größte Angst überhaupt.«

»Ich habe vor nichts mehr Angst«, flüstert mein Vater.

»Du weißt, was ich machen kann«, sagt meine Mutter. »Willst du das wirklich?«

Mein Vater zögert.

»Ist es genauso wie das andere, nur andersrum?«

»Genauso.«

»Tut es weh?«

»Nicht dir.« Sie macht eine Bewegung, will aufstehen.

»Bleib!« Der Ruf meines Vaters hält sie zurück. Meine Mutter sinkt wieder auf die Knie.

»Mach es jetzt«, sagt er. »Ich kann nicht mehr.«

»Sicher?«

»Ja.«

Am liebsten würde ich jetzt die Tür schließen, aber ich habe Angst, dass jede kleinste Bewegung stören könnte. Ich halte die Luft an. Meine Mutter nimmt beide Hände meines Vaters in ihre. Mehr kann ich nicht sehen.

Einige Sekunden lang passiert nichts. Und dann verzerrt sich sein Gesicht, er bäumt sich auf, ich habe das Gefühl, dass er gerade laut schreit, kann aber nichts hören, als wäre der Ton abgedreht.

Und dann liegt er wieder in den Kissen, das Gesicht friedlich.

»Danke dir«, sagt er, bevor er die Augen schließt.

»Verzeih mir«, sagt meine Mutter. Sie lässt die Hände meines Vaters los, kreuzt seine Arme mit einer sicheren Bewegung über seiner Brust, hält eine Hand an seinen Mund. Die Lippen meines Vaters bewegen sich eigenartig, sein eben noch so entspanntes Gesicht verzerrt sich noch einmal, wird zur Fratze, der Mund zieht sich auseinander. Ich kann meinen Augen nicht trauen, als seinen Lippen ein kleiner grauer Vogel entschlüpft, von der Hand meiner Mutter aufgefangen wird, sich aufplustert und schüttelt.

Sie setzt ihn auf ihre linke Schulter, erhebt sich, bleibt einen Augenblick lang vor dem Bett stehen und schaut herunter auf meinen Vater. Ich kann ihr Gesicht dabei nicht sehen. Dann geht sie hinaus.

In der Tür stößt sie mit mir zusammen. Ich kann vor Entsetzen kaum etwas sagen, sie blickt durch mich hindurch, müde und traurig.

»Juli«, sagt sie. »Meine Älteste. Lass uns nach Hause gehen.«

Sie schließt die Schlafzimmertür, nimmt meine Hand.

»Aber . . .« Ich will noch mal ins Zimmer, aber sie hindert mich daran.

»Nicht umdrehen. Niemals.«

Ich gehorche. Der Vogel auf ihrer Schulter putzt sich das Gefieder.

Ich stelle die Frage nicht laut. Inspiro, pocht es durch meinen Kopf. Wie bei Ksü. Ein Atem, der gar nicht einem selbst gehört. Ein Leben, das geliehen scheint. Ist das wirklich so? Ich weiß zu wenig, um darüber zu urteilen.

Der Vogel schlägt mit den Flügeln gegen meine Wangen.

Meine Mutter drückt meine Finger fest zusammen. Ihre sonst so warmen Hände fühlen sich kalt an.

Ich schluchze plötzlich. Meine Mutter wartet, bis es vorbeigeht. Ich werde rasch wieder still.

»Das heißt, mein Vater ist tot«, sage ich. Ich spreche es ganz ruhig aus. Ich bin kalt wie ein Eisklotz. Gleichgültigkeit überzieht jeden Gedanken. Vor allem den einen, den schrecklichsten, *Für ihn war es vielleicht besser so.* Weinen werde ich später.

»Wir gehen nach Hause«, wiederholt meine Mutter fröstelnd.

Ich schaue sie von der Seite an. Meine Mutter schaut nach vorn, aber die runden schwarzen Augen des Vogels gucken mich unverblümt an.

»Jetzt ist alles vorbei«, sage ich. »Jetzt bist du frei. Mein Vater ist tot.«

»Rudolf ist nicht dein Vater«, sagt meine Mutter. »Es fängt alles erst an.«

Danke

meiner Mutter (von ihr kam der wichtigste Satz dieses Buches); meinem Vater (immer); Franka (die beste Testleserin, die man sich vorstellen kann); Lilith und Sami - fürs Dasein; Barbara Gelberg (Sie wissen schon, wofür); Georg Simader, der für ein Mädchenbuch einen Krimi beiseite legte; Kerstin Gier, die den Pheen ein so warmes Zuhause vermittelte; Christiane Düring - es ist grandios, mit dir zusammen zu arbeiten. Und für die besten Ideen und die endlose Geduld, und sei es bei der tausendsten Titelerörterung, sowie für alles andere und noch viel mehr: Stephan.

Jana Frey

Wenn du mich brauchst

Skys Leben? Das ist ihre verrückte Mutter Rosie, die im windschiefen Haus in Südhollywood meditiert. Das ist ihr melancholischer Bruder Moon, der nur seinen Olivenbaum und seine Gedichte liebt. Und Gershon, der so anders ist als alle Jungen, die Sky kennt. Dann wirbelt ein Schicksalsschlag Skys Leben durcheinander. Und plötzlich steht sie vor Entscheidungen, die alles verändern werden.

320 Seiten • Gebunden
ISBN 978-3-401-06277-8
Als Hörbuch bei Arena audio
www.arena-verlag.de

Christoph Marzi

Memory
Stadt der Träume

Jude Finney hat eine besondere Fähigkeit: Er kann die Träume der Toten sehen. Auf dem Highgate Cemetery, in einer Welt zwischen Realität und Traum, begegnet er der geheimnisvollen Story, einem Mädchen, das tausend Geschichten kennt, aber sich an seine eigene nicht erinnern kann. Jude ahnt, dass Story noch lebt, irgendwo in den Straßen von London. Und dass es höchste Zeit wird, sie zu finden.

328 Seiten • Gebunden
ISBN 978-3-401-06622-6
www.arena-verlag.de